{ 第7號牢房❷ }

第 7 DAY 天

KERRY DREWERY

凱瑞依・卓威里——著

蔡宜真——譯

獻給尊貴的
珍妮特、捷克、海倫、保羅
並紀念
愛德華、普林斯，還有「再來點牛肉」的洛基

在全宇宙都在欺騙的時代，
說出真話成為一種革命行為。

——佚名

序幕

我應該已經死了。

我

應該

已經

死了。

肺裡有冷空氣。

有人握著我的手。

我聽見吼叫聲。

「瑪莎，什麼……？」

「瑪莎，何時……？」

「瑪莎，為何……？」

太大聲了。

太大聲了。

拜託閉嘴。

我看得見燈光——

白色的。

監視鏡頭在看著我。

巨大的電視攝影機讓我目盲。

拍照。

砰、砰、砰。

我對他們都沒有發表意見。

我走著。

手裡握著你給我的戒指，繼續走著。

離你而去，我很抱歉。
非常抱歉。
我已經支離破碎。
其中一部分和你在一起。
如果你死了，我的一部分也將隨你死去。

第 1 天

電視攝影棚

〔早上十點半〕廣受歡迎的「按鈕定罪」節目最新一集，正在播出片頭

寬敞的攝影棚。後方的階梯座位已經坐滿了期待的觀眾。前方，舞台的右邊是黑色閃亮的證人席，設在高起的平台上，上半部布滿了攝影鏡頭。左邊的牆上是巨大的螢幕。在舞臺和觀眾之間有張長桌，坐著三位審判員。在每個與會者前方都有一個巨大的藍色按鈕，每個人前面都吊著立體的「按鈕定罪」眼睛標識——微微地發光並緩慢眨動。

輕快活潑的主題音樂淡出，主持人克麗絲汀娜穿著合身的灰色細條紋褲裝及淺藍色低胸上衣，大步走上舞台。她面露微笑，把金色的捲髮撥到一邊。觀眾的掌聲漸歇。

克麗絲汀娜：大家好，歡迎來到今天的「按鈕定罪」節目，我向各位保證，今天節目中

您將看到我們的獨家報導，是關於犯罪、謊言、刑期，沉默的無辜者與怒氣沖沖的罪行。內容感人熱淚，揭露真相，而且一定會讓你激動！

觀眾鼓掌，可以聽見「噢……」的低語。

克麗絲汀娜：是的沒錯，相信我，節目精彩可期，所以就讓我們馬上來歡迎今天的審判團，他們將有主持正義的絕佳機會。女士們先生們，別忘了我們只需要以多數做出決定：按下兩個按鈕、投下兩票有罪，我們的被告就完了！

她鼓掌，審判團上方的燈光變強，克麗絲汀娜轉向他們。

克麗絲汀娜：按鈕定罪竭誠歡迎第一位審判員：愛娃，她是住在卡姆登的退休人士，一生最大的心願就是上電視。

攝影鏡頭對準熱情洋溢的愛娃，她拚命地揮手。接著鏡頭轉向下一位。

克麗絲汀娜：第二位審判員沙迪克，你好。他住在德比郡的一個小鎮，夢想未來能進入音樂界。

沙迪克露出溫暖的微笑。

克麗絲汀娜：最後一位但同樣重要的審判員，是住在伯明罕、想成為女演員的坎迪斯。

你好，坎迪斯。

鏡頭轉向坎迪斯。她擺出一個姿勢，頭向後甩，露出大大的笑容。

克麗絲汀娜：今天負責做決定的這幾位正義之士，真是太令人激動了！現在就讓我們把今天第一位罪犯帶上來，在座很多人對此人並不陌生，對我來說也是一樣。他就是曾經在死刑列中的一位，也是不久前「死即是正義」的節目來賓——是的，就是獨一無二的葛斯・伊凡斯！

音樂響起，聚光燈迅速地在攝影棚內移動，然後定在葛斯身上，照出一個瘦而外表邋遢的男子，身穿褪色磨損的牛仔褲、皺巴巴的T恤，燈光隨著他從後台走出。他由一位警衛陪同，低頭走到證人席就位。警衛轉動鎖。音樂淡出，燈光也定住。

克麗絲汀娜：葛斯，再次看到你真是太好了。讓我想一想，距離上次見面已經……一星期了？

她對著他笑。葛斯緩緩點頭。

克麗絲汀娜：很多人都跟我一樣，等不及聽聽你過去這七天攪進了什麼事，想知道為什麼你會在這裡受審。那我們就不要再多耽擱，馬上來看看。

她轉向他們背後的螢幕，整修過的死刑列大樓影像占滿了整個螢幕。大樓立面壯觀，令人印象深刻，為了毫無悔意的審判系統而存在。隱藏在閃耀的立面、鋥亮的大門後，是囚犯們的痛苦流轉在死刑列牢房間（一週內每天換一間），在第七天時交由公眾投票定下判決。在高懸的霓虹燈眼睛標識下、在每個觀賞頻道的人都能盡興的保證下，事實晦暗不清。

接著畫面聚焦在葛斯身上，他站的地方離一群舉著「一命還一命」、「還我安全街道」等牌子的抗議者只有一點點距離。葛斯拿的牌子上面寫著：「一人一票」。他喊口號的時候看得見他的嘴巴在動，重心從一腳移動到另一腳以保持溫暖，並對空舉起一隻拳頭。

一輛車靠邊停，葛斯丟下抗議標語往前跑。人群朝著車子聚攏，開始搖晃、推動車子；此時鏡頭往後退，葛斯消失在暴民群中。車子先是側傾，然後四輪朝天翻覆。破碎的玻璃灑向整個路面，鏡頭先是放大成粗粒子的影像，畫面上是一名年輕女子癱坐在地上哭，然後是一名較年長的男子坐在路邊，用衣服摀著流血的前額。接著鏡頭轉換，對準葛斯不動，他的臉憤怒扭曲，雙手放在翻覆的車子上。

克麗絲汀娜轉向葛斯，搖搖頭。

克麗絲汀娜：我想我可以代表大家說，看到你的行為讓我有點震驚。你的行為顯然導致了無辜市民受傷，不只是那位年輕女子和那位虛弱的長者，還有許多其他人。

她回身面向螢幕。

克麗絲汀娜：但是讓我們來看看，你實際上的罪名是什麼。

葛斯的畫面滑向螢幕右邊，同時左邊藍色粗體的「罪名」字樣，開始發光。字樣底下有幾排LED小燈閃爍，製造緊張效果。然後燈光隨著「砰」一聲停下，構成下列字句：**公共場所滋事**、**干擾秩序**、**煽動暴亂**。

觀眾竊竊低語。

在證人席上，葛斯高高舉起雙手，嘴巴開開闔闔，但完全聽不見他說什麼。警衛從腰帶上解下警棍，警告地敲打著玻璃。

克麗絲汀娜：三項妨害公共秩序的罪名。三項。大家怎麼想呢？女士們先生們？

觀眾發出嘖嘖聲，如漣漪般擴散。

克麗絲汀娜：我們想在街上看到這類人嗎？像這樣的人，他曾因為我們抱持著懷疑而受益，現在卻讓我們蒙羞？這個人假裝是我們的姐妹秀「死即是正義」的盟友，實際上卻繼續和罪犯沆瀣一氣？這個人出身於貧窮的高樓區，我們給予他友情和支持，他卻對我們的仁慈沒有絲毫感恩？我們想要這樣的人在街上橫行嗎？

觀眾鼓譟。

克麗絲汀娜：我是不會坐視的。但是，這不是我一個人能決定的。是你們的決定，是人民的決定。這是屬於你們的土地、你們的規則、你們的民主，決定權就在你們手上。三位代表將作出決定，他們勇敢地挑起這個重擔，為此榮耀而付出了可觀的金錢；他們負起代表你們的責任，代表大眾表達意見及想法。但是首先讓我們來看一下，若是審判員認定葛斯有罪，那麼他的刑期會是……？

她再次轉向螢幕。在罪名之下，出現「共計」字樣，旁邊一排LED燈一明一暗閃爍不定，然後隨著砰的一聲停下來。顯示出「七年」的字樣。克麗絲汀娜發出一聲低低的口哨聲。

克麗絲汀娜：你面對的是不短的坐牢時間啊，葛斯。觀眾們，你們覺得呢？要我說，這很公平。當然，對那些想要破壞現狀的人來說，這也是一個重要的訊息和警告。

她邁步走過舞台，走向葛斯。

克麗絲汀娜：當然了，在真正的民主當中，還沒有聽過被告的陳述之前，我們不能要求審判團做出裁決。

她在證人席前停步，她們兩人頭上的聚光燈亮起。

克麗絲汀娜：葛斯．伊凡斯，你有三十秒的時間進行陳述，從……

在他們身後的螢幕上，葛斯在犯罪現場的影像被巨大的電子數字「：30」取代。葛斯的麥克風開始傳出嗶剝聲。

克麗絲汀娜：現在開始！

螢幕馬上顯示「：29」。

葛斯：呃……

克麗絲汀娜：葛斯，這幾秒鐘是你寶貴的機會，說服我們你是無辜的。別浪費了！

葛斯：我……呃……我只是——

克麗絲汀娜：此時你應該覺得誠實是最好的策略。不過我得指出，跟過去的審派體系不同，我們是不討價還價的！

她大笑。

克麗絲汀娜：我們相信對犯罪要給予恰當、公平的懲罰，當事實就在眼前時，不會因為你承認自己是個罪犯，就對你從輕發落！

螢幕顯示「：16」。

葛斯：我又沒做什麼！我只是舉牌子，就這樣！我沒有開始鬥毆什麼的！也沒有造成什麼暴動！這是栽——

他的聲音被切斷。螢幕顯示「：00」。他的嘴在動、喊叫著什麼，但是聲音聽不見，他的唾沫噴在玻璃上，手掌拍打玻璃，冒起熱氣讓每樣東西都模糊了。

鏡頭轉向微笑著的克麗絲汀娜。

克麗絲汀娜：恐怕時間已經到了，葛斯。讓我們把注意力轉向審判團。他們也會像我們一樣重視正義嗎？現場觀眾們，還有電視機前的觀眾們？

她的高跟鞋喀蹬喀蹬踩著舞台地板，大步走向審判團。燈光變化，照在愛娃、沙迪克及坎迪斯身上，他們頭上立體的眼睛標識發出靜電般的噼啪聲，眼球發出冰藍色的光。

螢幕上的計時器回到「：30」。

克麗絲汀娜：審判員一號，愛娃，我們先從你開始。你看過錄影片段，也聽過葛斯的辯白了，現在你有三十秒可以做出決定。

倒數計時開始，伴隨著巨大的滴答聲。愛娃伸出年長的手，在面前的按鈕上方游移。

克麗絲汀娜：愛娃，我必須催促你了。若你想投葛斯有罪一票，把他送去坐牢，那你只剩下……

她瞄螢幕一眼。

克麗絲汀娜：十秒鐘了。記著，按鈕表示有罪，不要按鈕如果你認為他是無——

愛娃用兩手用力按下按鈕。她頭上的眼睛變亮了，在她頭上發出更響亮的噼啪聲，更強烈的藍光照射在她身上。

克麗絲汀娜：一票有罪，還有兩票。我們需要多數決定。葛斯，如果沙迪克投你有罪一票，你就會馬上入監服刑。沙迪克，請做決定。

螢幕上又開始倒數計時。沙迪克的兩手平放在桌面上，兩隻手在按鈕的兩側。他瞪著按鈕，眼睛標識的藍光照著他。他的手顫抖。

克麗絲汀娜：十五秒，沙迪克。

他舉起兩手，在按鈕上游移。

克麗絲汀娜：十秒。

螢幕上的數字每秒伴隨著脈動而倒數。觀眾跟著倒數。沙迪克看著葛斯，將兩手在胸前交叉，搖搖頭。

克麗絲汀娜：五秒，還有時間，沙迪克。三、二、一。

沙迪克頭上的眼睛閉上，光線黯淡變成黑色。沙迪克也消失在黑暗中。

克麗絲汀娜：哇，女士們先生們，在家中的觀眾們，這真是出人意表啊！我個人以為這是個再明白不過的案子。看起來，葛斯，你有了一線生機——但也許很快就沒了！

克麗絲汀娜走向下一位。

審判員三號，坎迪斯，現在就看你了。葛斯的命運就在你手中。但你的手已經準備好裁決正義了嗎？就讓我們如此希望吧。全都落在你肩上了。如果你按下按鈕，葛斯．伊凡斯，這位從前在死刑列中被判無罪，如今被控三項罪名的人——沒錯，是**三項**——擾亂公共秩序，造成數百名無辜市民受傷，將會在監獄中度過七年刑期。坎迪斯，請聽從你自己的心聲。你的三十秒……現在開始。

計時器重新開始。隨著每一秒鐘，在暗下來的攝影棚裡投射出藍色光線。

坎迪斯雙手按在臉頰上，臉色驚恐。現場觀眾大聲地提供建議，她左右轉頭去看那些觀眾。有些人豎起大拇指，有些人則搖頭。

坎迪斯：（大喊）我不知道該怎麼做！

她聳聳肩，兩手越過桌面，放在按鈕上。她的手在顫抖。觀眾替她加油，但她將眼光投向葛斯，兩人的眼光相會。他露出一抹微笑，她的手又縮了回來。

觀眾噓聲鼓譟。

克麗絲汀娜：還有十五秒，坎迪斯。請你自問：你自己想不想和這個人一起，被捲入一場騷動中？如果是你的母親又如何？或者是你祖母？你的心告訴你怎麼做？十二秒。

坎迪斯：（大喊）我不知道！

螢幕倒數十秒、九……

坎迪斯又轉頭看現場觀眾。有個男人緊緊地盯著她。

克麗絲汀娜：七秒，坎迪斯，六……你現在就要決定。

那男人以嘴型向她說了什麼，她的一手伸進口袋裡。在攝影機照不到的地方，她瞄了名片一眼，名片上草草寫著一個地址，以及「若他下獄明天試鏡」。

克麗絲汀娜：三……二……

坎迪斯看向那個男人，又看看按鈕。

克麗絲汀娜：一……

坎迪斯用力按下，她頭上的眼睛變得更明亮，將她籠罩在絢爛的藍光中。

舞台上，葛斯在證人席上搖晃了一下，一隻手搓揉凌亂的頭髮。他的嘴型似乎在說話，但聽不見聲音。觀眾發出歡呼聲。克麗絲汀娜露出微笑。

克麗絲汀娜：（提高音量壓過觀眾的聲音）女士們先生們，現場及電視機前的觀眾們，我相信這個結果是對的。肯定能讓我們覺得更安全。葛斯．伊凡斯，儘管你自稱無罪，正義昭彰，這是人民的聲音。你，就要下獄了！

聚光燈亮起，在舞台上隨著驟然響起的凱旋音樂跳動。警衛打開證人席的鎖。

克麗絲汀娜：葛斯．伊凡斯，你的刑期從即刻起生效。鑒於你的你的罪行十分嚴重，你的整個刑期——七年——將不得申請假釋或提早釋放。

有些觀眾站了起來，當葛斯被帶著穿過舞台時，他們跟著拍手。葛斯的手被銬在後面，但他的頭依然昂起。

葛斯：（大吼）這是笑話！可恥！我只是說出真相，但沒有人想聽。所以他們就把我的嘴封住！醒醒吧，你們這些白痴。醒醒吧！

克麗絲汀娜：謝謝各位觀眾今天的參與。也謝謝裁判團確保了正義施行。

警衛拖著葛斯穿過舞台，當他靠近審判團席時，在攝影機拍不到的地方，剛才看著坎迪斯的那名男子從陰影中傾身靠近他。

男子：（低語）我們警告過你了，葛斯，你不合作，結果就是如此。我們就是這麼強大。你不該忘記。

男子再次隱入黑暗中。葛斯低著頭，被帶走了。

以撒

我沒經歷過這種安靜。靜到聽得見自己眨眼時眼皮製造出的聲音，還有吞嚥時口水碰上牙齒的聲音。我的呼吸聲震耳欲聾。

他們沒有准許我作出聲明。他們說我昨天的被害人宣言就夠用了。

他們還問我是不是傻了。

「你他媽的幹麼出來擔罪？而且還是為了那個狗屁蜜露？」

我沒有回答。我緊閉著嘴，試著在他們給我剃頭、把我脫個精光、看著我穿上白色囚服時，努力把他們屏除在外。

「不要為了這些動怒。」我告訴自己。

現在，我在一號牢房。

接下來還有六天、六個牢房等著我。我並不相信這個系統，它鼓勵說謊、譁眾取寵，將頭條及小道消息置於正直與誠實之上。被玩弄、蒙蔽的大眾依據的是宣傳與誤導，依此決定某人的生死。

這是黑白兩立的：有罪或無罪。沒有灰色地帶，也沒有理由。只有是或否，沒有解釋的餘地。

這法律主張以眼還眼。

這些我都知道。在我扣下扳機殺了我那所謂的父親之前，就已經知道了。

但如果我沒有這樣做，瑪莎就會無辜地死在這個不允許任何理由存在的系統之下。

幹，我殺了他。

幹，我有罪。

幹，我要死了。

瑪莎

我想把面前的食物吃下去，因為他們跟我說過這樣會有幫助。「他們」指的是伊芙、西塞羅和麥克斯。

但我吃不下。

我躺在床上，因為他們說睡著會比較好過一點，到了早上一切都會解決。

但我怎麼睡得著？

以撒，你的臉就在我眼前。

以撒，你的手正觸摸著我的手。

你正在我的耳邊低語。

我

睡不著。

吃不下。

無法

忍受

一個

沒有你的世界。

我的頭好昏。

無法呼吸。

我推開臥室的門，走進走廊裡，穿過廚房及客廳，掙扎著呼吸，眼淚不聽使喚滑落。

我不舒服。

手刺痛。

我笨拙地擺弄門鎖，把落地窗打開。

寒冷像塊磚一樣擊中我的臉。

讓我頓時清醒。

逼我吸進冰冷的空氣。

我流著淚，踏碎腳下的霜，穿過花園，撲倒在草地上。

天啊，以撒，我好想你。

對不起。

真的很對不起。

我翻過身仰躺。

風呼嘯而過。我顫抖，凝望慘白的天空，只願現在是晚上，讓我能看到星星。

我們的星星，以撒。

它們不知道什麼是有罪或無罪。

你現在是否也和我一樣，正透過那扇狹小的窗，凝望窗外慘白的天空？

我屏除身邊一切，想像你此刻就和我在一起。我確實感覺到你握住了我的手。

以撒

「否認、否認、再否認」，這是傑克森——我那所謂的父親——曾交代我的。

那次我跟他說我在考試中作弊，抄了我隔壁男生的答案。我羞愧得臉都紅了，跟他說我因為慌亂而想不起來要怎麼畫圖表；我解釋說，那個男孩看到我在偷看，就向老師告狀了。

傑克森嘲笑我。他不屑地說：「別孬了。」

我的繼母派蒂走進來，看見我們倆一起在廚房裡——這不是太常見的景象。我還記得，當傑克森對她解釋情況時，還一邊搖頭。

「我告訴他，」他說著指向我，「他們又不能證明。否認就好了。根本用不著擔心。」

可是我想被懲罰，我應該被懲罰。作弊讓我拿高分，讓我晉身頂尖學生，但我不配。而我在傑克森眼中看見的，卻比較像是驕傲而非失望。

「你抓住了眼前的機會，」他說，「好樣的。」

派蒂也有同感。「他們不能證明。只有你的說詞對上他的說詞。老師又沒看見，對嗎？只有那個男孩看見。」

「她說得對。」傑克森說，「要是你想在人生中成功，那就以第一名為目標，從別人頭上爬上去。你這樣做只不過是積極罷了。」

「不，」我喃喃道，「我作弊了。」

派蒂看著我的樣子，好像我很笨。「當初我認識你的時候，你也是這樣天真呢。」她對著傑克森說，然後往我這邊前進一步。「人生中除了你自己，沒有別人會幫你。看看你父親，你以為他是怎麼得到今天這個地位的？是靠抓住各種情況所提供的優勢。是我教他的。」她說。

傑克森沒有回答，他已經往外走了。

隔天在學校，我站在年級導師面前，聽他指責我作弊。我沒辦法逼自己否認，說了實話。派蒂聽到我被罰一星期留校察看，說我是個笨蛋；但傑克森聽到的反應，只是把報紙拿起來看。報紙的標題是：「以撒．派爵被提名為青少年犯罪大使」，他臉上令人費解的表情以及我自己的照片，不懷好意地瞪著我。

當時我沒有辯白，我有罪——在我看那個男孩的答案時就知道了。現在我也沒有辯白，我有罪——在我扣下扳機的時候就知道了。但我還是那麼做了。

以眼還眼。

我把床拉到窗戶旁邊，聲音很大，但沒有人來察看。天空是乾爽的冬季藍天。瑪莎，這是我們的天空，我們的星星也還在那兒，只是現在被白天的光線掩沒了。

如果我把頭扭成一種不舒服的角度，就可以看見之前我走向旁觀席的小徑。那兒有棵樹，它看起來好像長錯了位置，好似有人把它種得太靠近牆邊了。

樹枝光禿禿的，等著春天讓它恢復生機。

呵，但現在也是有生命的，有隻鳥和一個鳥巢。我懷疑牠能否度過冬天。也許有人在餵牠、幫牠。但願如此。

瑪莎，你在這裡時也看見了嗎？

可惜你度過七號牢房之後，我們沒有機會談一談。

可惜我沒辦法陪你久一點、把你抱在懷裡、對你說我愛你，說身為你男友我好驕傲。

七天之前，你在這裡，躺在這張床上，就在這白色的四壁之間。

時間流逝得如此迅速，不因任何人或事而停留。

瑪莎，我和你，我們為了審判體系抗爭，為了讓腐敗消失，為了公平。如今我們還在抗爭。但就算我們成功了，死刑是否還存在？是否那就是這個國家的人想要的？

就因為他們想要，那就是對的嗎？

首相

在乾爽、藍色的十一月天空下，一架私人飛機停在跑道上。

艙門打開，首相在兩名警衛的左右護衛下從機艙裡現身。在金屬舷梯頂端，他停步調整他那副全黑的太陽眼鏡，鏡片反射出冬日的陽光。他露出微笑，白色的牙齒閃閃發亮。他三步併作兩步地下了舷梯，大步走過跑道，走向等候著的媒體及群眾。

他舉起雙手示意安靜，掃視眾人的面孔及對準他的鏡頭，先等大家安靜下來、注意力集中，才開始講話。

「女士們先生們，謝謝你們這麼熱誠地歡迎我回國，尤其是在這種一點也不熱的天氣裡。」

觀眾發出笑聲，他再度微笑。

「雖然我們頭上晴空萬里，但是近來我們似乎籠罩在一片烏雲下。我在海外時，一直關注著有關我們司法體系的事態發展，尤其是對於幾位安置在死刑列中的囚犯，我密切地注意著，並秉持最大限度的關心與關切。」

他打住，並挺起胸膛，抬起下巴。

「我們切莫忘記，我們擁有領先世界、創新且具有啟發性的司法體系。對於最近的變化，我們切莫未經深思熟慮就做出反應。我們身為國民的責任，就是保護我們的體系免於被他人捏造的主張而受到不公平的操弄。

「敢問，世上還有哪個國家容許每一位國民，在每一次的審判中擔任陪審員？你能回答我嗎？」

他堅定而冷靜地掃視在場的群眾。

一片沉默。

「為什麼你答不出來？因為沒有任何一個國家是這樣。我們是指標，是先鋒，我們擁有他人渴求的力量。讓我們我們千萬不要忘記這一點。謝謝大家。」

他邁步準備離開。

「可是，首相，」有位記者大喊，「瑪莎．蜜露的事該怎麼說呢？她是無辜的。要是她被處決了呢？這對我們的司法體系又意味著什麼？」

首相停步。

他暫停了一下，轉身，點頭。「人生中，還有在領導時，常常有必要質問其意義，以及社會對此的期待。關於所謂的無辜，在此我們必須提出這樣的問題。」

「首相！」另一位記者大喊，「她玩弄了整個體系，不是嗎？」

首相微笑，搖搖頭，回答：「要是你這麼相信，那你就是個傻瓜。事實上，要是做出這種指控的人能停下來、檢視司法體系的運作方式，顯然就會發現，在死刑列中去影響決定有罪或無罪判決，這種可能性可以完全忽略不計。」

他再度準備離去，但是問題一湧而上，麥克風和錄音設備伸到他面前，他不疾不徐地向後退一步，對著群眾微笑。

有個聲音壓過了其他的人。

「那腐敗呢？」

他摘掉太陽眼鏡，回答：「什麼腐敗？」

「昨天有很多這類的指控。那個派爵小子有很多證據，做出很多嚴重的指控。指控他的父親傑克森殺了瑪莎．蜜露的母親。如果這是真的，那麼這個年輕人就是為了無辜的人執行正義，還有那段影片——」

首相舉起一隻手。「容我在此打斷你。諸如此類未經證實的指控，是醜惡、不專業的，企圖破壞我們國家的信念。我絕不容忍——」

「但那不是未經證實的。他有證據。還有他從他父親那裡取得的文件——」

首相笑出來。「這正是我擔心我們國家會受到的影響，我們必須團結一致地加以對抗。做出這種毀謗的人，只會破壞大多數人、我們社會大眾這些年來的努力，破壞大家應得的：安定、安全、安心。

「我們不要忘記，自從導入『全民共投』之後，暴力犯罪的數字是如何急遽地降低；你難道想棄這樣的安全和安心於不顧？我想不是吧。這些指控就是指控而已，不值得我們關注。事實上，法院被解散的諸多理由之一，就是因為腐敗——有可能，而且實際上也是——因此阻撓了有罪者接受審判。毒販如果供出其他的同夥就可以減刑、謀殺犯只要認罪就能以過失殺人的罪名起訴，因為這樣可以節省法庭的費用；警官如果同意對某事睜一眼閉一眼，就會被無罪開釋。

「不能再這樣下去！」他對著群眾舉起一隻手掌。「感謝公眾，現在不是這樣了。所以我懇求你們，對於我們共同的成就要感到驕傲。不要因為八卦小道消息就冒險讓這一切隨風而逝。你和我，還有我身後的內閣，我們都承諾過不會忍受任何形式的腐敗，我們會與之對抗。女士們先生們，我很驕傲地說，這樣的態度並未轉變。

「對於派爵的控訴我們鄭重以待，我在假期中做出後續的指示，警方及重案小組已經徹底仔細地調查、分析，並發現這些控訴純屬子虛烏有。據稱從傑克森．派爵辦公室所取得的文件，還有所謂的監視錄影帶，都只不過是巧妙捏造的謊言。」

他暫停，看著群眾。

「讓我們一同為我們的道德標準感到自豪，也讓我們一起堅持下去。不要因為那些比我們軟弱的人一時突發奇想，就汙衊了我們如此珍視的體系。」

閃光燈此起彼落，麥克風擠到他的面前，鬧烘烘的問題吵成一片，在這一團亂中，有個年輕女子平靜地走到他身邊。

「長官，該走了。」她低語。

他點點頭，唇邊還掛著微笑，對群眾揮揮手，大步走向航站。

蘇菲亞，穿著鞋底不發出聲音的跟鞋、長褲、簡潔的毛衣，跟在他身後，懷中抱著一疊檔案，最上面還有個顫巍巍的寫字板。她沒入背景中，但她依然眼觀四面，一切都逃不過她的雷達。

他們走進水泥建築物裡，擺脫了虎視眈眈的眼睛及伸得老長的耳朵，首相臉上的笑容消失了。他的臉憤怒地皺起，當場轉身、兩手扠腰，來回踱步。

「他媽的！」他大吼。「那個女孩搞出一團亂。現在就要除掉！」他停下腳步，搖頭。「他媽的，」他又重複一次，深吸一口氣。「蘇菲亞，我今天的行程是什麼？」

「長官，很多人希望和您談話。」她一邊看著寫字板一邊回答。「《國家新聞》希望能採訪您，『死即是正義』詢問您是否願意擔任特別來賓，或是和現場連線；有個談話節目邀請您，還有《名人面對面》雜誌想做專訪……」

他舉起一手打斷她。「全都推掉。」他說。「我想和派蒂．派爵談談。找她來。」

死刑列大樓外

瑪莎坐在車子後座，手指敲打車門上骯髒的塑膠部分。

伊芙轉動鑰匙，引擎靜止下來。她疲憊的藍眼睛往後視鏡看。

「我覺得這不是個好主意。」她對瑪莎說。

「那你說說還有什麼更好的主意？」瑪莎回答。「從我認識你以來，你一直都有很多好主意。想想那是多久前……？一個星期？」

副駕駛座上，西塞羅轉身看著瑪莎，揚起眉毛。「至少你活著啊，不是嗎？」他反嗆。

「要是伊芙沒擔任你在死刑列的諮商師，你覺得會怎樣？」

伊芙搖搖頭，回道：「沒關係的。」

「有關係！」他一拳打在座位上。「瑪莎，我們為你置身險境。還有麥克斯也是。要是當局發現當你在七號牢房的時候，是麥克斯駭進系統裡、讓大家看見你沒殺死傑克森，你覺得會發生什麼事？又或者，如果他們發現那個扣應進去的人是我，只是把聲音變造過，為了替你抱不平，那又會怎樣？要是他們知道伊芙替你和以撒傳遞消息呢？」他搖著頭，臉上表情變得緊繃。

車後座的瑪莎在座位上縮起來。

「嘿！」他的聲音平靜下來。「你有沒有停下來想一想，後果會如何？」

伊芙把一隻手放在他膝上。「現在不是時候。」她低聲對他說。

西塞羅嘆了口氣，轉身回去。

他們沉默了一會兒。

瑪莎伸手抹去窗上的霧氣往外窺視。街道對面，記者看著車這邊。

「對不起。」她喃喃地說。「你說得沒錯。你們幫我從那裡逃出來。謝謝你們。」

「是團隊合作。」伊芙回答，「我們不是枯坐乾等的人。」

瑪莎聳聳肩。「我需要讓大眾聽見我的聲音。」她低聲說道。

伊芙鬆開安全帶，轉向瑪莎，看著她一會兒。

瑪莎終於抬起頭來看她。「我知道你的意思。」她說，「但我想讓他們知道我不是怪物，還有……」她打住，用力吞嚥並深呼吸。「以撒……他是多麼……他是個……」她的眼光移開，用衣袖抹臉。

「你想要我陪你一起進去嗎？」伊芙問。

瑪莎搖搖頭。「我沒事的。但是……」她暫停、深吸一口氣，「我出來的時候你們還會在這兒，對吧？」

伊芙露出一個薄弱的微笑並點頭。「當然。」她回答。

晚間六點半　「死即是正義」節目即將開始

在暗藍色的螢幕上，白色的光點嗡嗡鳴叫、噼啪作響，像電氣一般。一隻有著冰藍色虹膜的巨大眼睛出現在螢幕中央。眼睛眨呀眨，一行文字「以眼還眼」繞著藍色的瞳孔打轉。

男性聲音：「以眼還眼」製作單位，為你呈現……

那行文字停止旋轉，如同電氣般的嗡嗡聲又響起，那行文字的邊緣從平滑變成鋸齒狀，眼睛則漸漸泛紅，然後閉上。

男性配音：今天晚上的「死即是正義」節目，主持人是……

藍色背景消褪，螢幕上光線變亮，呈現出絢爛的攝影棚。寬大的銀藍色地板反射著多盞聚光燈的燈光；右邊是一片巨大的螢幕，上面呈現那隻巨大的眼睛，那行文字緩緩地轉動，眼睛一眨一眨地。中央的左邊則是一張閃亮的弧形桌，搭配光滑的高腳椅凳，圍繞在桌後及兩側，面對著棚內的觀眾。觀眾們則是隱身在陰影中，看不清面目。

男性配音：約書亞．德克！

燈光照亮了約書亞，他站在桌子前方，身穿合身剪裁的午夜藍西裝，配潔白閃亮的正式襯衫。有圖樣的領帶反射光線，走在攝影棚裡的舞台上時，鞋跟發出喀喀聲。他對正在拍手歡呼的觀眾們眨眨眼。

約書亞：女士們先生們，現場和電視機前的觀眾們，非常歡迎各位！謝謝你們！能再次站在這裡，和你們一起主持這個具有指標意義的節目，真的非常榮幸。

觀眾們更用力地鼓掌。

約書亞：是的，我們親愛的克麗絲汀娜．白亮現在退居二線。她主持我們白天的節目「按鈕定罪」。若你還沒有看過這個節目，我誠心懇求你觀賞。真的是名符其實的娛樂不斷！正義當場施行、立刻做出判決，而裁判團就是由和各位一樣的人所組成。一隻手放在那個巨大的藍色按鈕上，認為某人有罪就砰地按下按鈕，然後等著看你是否是多數這一方！你們也想參加嗎？

觀眾沉默。

約書亞：我說，你們也想參加嗎？

觀眾：想！

約書亞：那就請上我們的官網：www.以眼還眼製作單位.com，點擊網頁上方的「按鈕定罪」按鈕，申請購票！絕對划算的票價，現場觀眾九十九磅，四百九十九鎊就可以擔任極度重要、極度有力的審判團成員。審判團不僅僅判決一個案件，而是當天節目當中的所有案件。還有哪個社會有這麼先進的司法？真是太令人狂喜了。現在已經累積了相當長的等候名單，所以請今天就去申請加入。現在，讓我們回到節目中……

他暫停一下，燈光變暗，他步向觀眾。

約書亞：我幾乎不敢相信，我是你們的主持人。謝謝你們的熱情以及溫暖的歡迎。這是我的榮譽，也是一項特權。

掌聲再度響起。

約書亞：而談到特權……有誰的人生當中，能像他一樣享有這麼多特權？他就是最近剛加入我們死刑列的以撒．派爵。他原本有大好前途等著他，然而他卻隨意地捨棄了。是這樣嗎？你們怎麼想？

私語聲如漣漪在觀眾間擴散。

約書亞：很多人認為實在很可惜。但也許，他的出發點很純真。也許他是為了愛才這麼做？是情感導致的犯罪。若是如此，那麼觀眾們，我請問各位，為了世上你最愛的人，你會做什麼？

觀眾沉默。約書亞看似微微地皺眉，突然快速地伸出一隻手碰觸耳朵。接著他恢復鎮定，繼續說。

約書亞：（不經心地）又或者，就像有些人認為的，他利用了這個情況，竄改他那些所謂貪汙腐敗的證據。這是個很難琢磨的問題。

他在接近觀眾的地方停步，對著前排的一個女人微笑。那女人咯咯笑了，低語聲傳開。他俏皮地眨了眨眼，並轉回來面對攝影鏡頭。

約書亞：也許今天的來賓可以為此情況帶來一線曙光。是的，女士們先生們，還有在家中的各位觀眾，今天晚上我們有一位真的非常特別的來賓。也許是唯一能解釋這一切的人。沒錯，我知道你們認為這絕對不可能，但是今天，就在她獲釋之後，我們邀請到死刑列的釋放者本人。歡迎她上台來——瑪莎·蜜露！

攝影棚裡響起沉重的音樂聲，燈光搖擺晃動，瑪莎從後台走出來。當她走向約書亞、站到桌邊時，觀眾的掌聲變小了。他露出微笑並上前擁抱她，而她只是僵硬地往後退，一時有點尷尬。

音樂消失、燈光也停住之後，約書亞和瑪莎各自坐上位置。

約書亞：瑪莎，很高興見到你。太好了。看到你被釋放，我們都鬆了一口氣。

瑪莎：謝謝。

約書亞：據報導，目前你住在諮商師家裡——或者我該說是前任諮商師，也就是伊芙．史坦頓。是這樣嗎？

瑪莎：（點頭）是，沒錯。

約書亞：目前是。

瑪莎：抱歉，什麼？

約書亞：伊芙目前允許你和她住在一起。

瑪莎：我不懂你的意思。

約書亞微笑，掃視在場冰冷不友善的觀眾們，然後目光又收回。

約書亞：在你昨晚被釋放之後，你知道重案組的哈特探長說了什麼嗎？

瑪莎盯著他看。

瑪莎：我不……

攝影棚陷入寂靜。約書亞望向觀眾。

約書亞：噢天啊。嗯，女士們先生們，顯然，我們必須讓可憐的瑪莎小姐嚇一大跳了。

瑪莎，如果你願意看看……

眼睛的標識移到螢幕右側，左邊則出現哈特探長的定格畫面，他身上成排的勳章在聚光燈下閃閃發光。

影像開始播放。瑪莎驚呆了。

（錄影）哈特探長：這整件事是個超級大醜聞。我從一開始就說過，這件事沒有看起來那麼簡單，不幸的是，又被我說中了。蜜露把當局、受害者、以撒・派爵、警方，還有大眾，也就是你們，都當笨蛋耍。我，身為社會中有投票裁量權的一員，對於她如此利用無辜、脆弱的一般大眾，感到十分憤慨。我個人向你們大家保證，絕對不會再發生這種事。雖然警方不會在她身上浪費時間，但我可以跟你們保證，就在我們說話的同時，已經開始著手計畫將她安置在適合她心理需求的照顧機構，而且是盡快。她將會受到持續不斷的管教，直到時候到了為止。就她在死刑列的那項罪名來說，也許她是無辜的，但這並不代表她是適合在街上大搖大擺的自由國民。公眾的安全是我們的第一要務，一如既往。

畫面停格在他扭曲的臉。瑪莎盯著它看。

約書亞：（溫和地）看到這個你有什麼感覺？

瑪莎在椅子上前後搖動，閉上眼睛，抓住桌子。

約書亞：瑪莎，看到這個你有什麼**感覺**？

瑪莎睜開眼睛，瞪著螢幕。

瑪莎：噁心。

約書亞：聽你這麼說我很難過。真的。上個星期你在死刑列的日子很不好過，對嗎？

瑪莎：和其他人一樣。但哈特探長那樣說是什麼意思——

約書亞：是的，但是你——

瑪莎：你可以再放一次嗎？我想知道他說我把以撒當笨蛋要是什麼意思。

約書亞：（關心地）瑪莎，我們之後還會再討論這點。正如我說過的，你在裡面的日子很不好過。畢竟，你是**無辜**的。

她的目光從螢幕轉向約書亞。

瑪莎：對，但還有其他人也是，此刻也是。例如奧利佛．巴科夫。

約書亞：這是你的說法，但是——

瑪莎：現在你知道了吧？

她轉向觀眾。

瑪莎：你們知道他沒有殺我母親。你們知道是那個雜種傑克森．派爵殺的，對吧？

觀眾沒有回應。

約書亞：瑪莎，我必須提醒你注意你的用詞。

瑪莎：但你們知道他是有罪的吧？傑克森．派爵？我是說，現在每個人都知道了，對嗎？你們看過錄影了，也聽見錄音，看過以撒找到的那些——

低語及評論在觀眾席間擴散。有幾個人搖頭或嘖嘖表示不相信。瑪莎皺眉，掃視觀眾，然後看向約書亞。

約書亞緊閉雙唇。他暫停了一下似乎想說些什麼，接著再度開口。

約書亞：（輕聲地）你是說這個錄影嗎？

螢幕再度改變，哈特探長的影像被粗糙的監視錄影畫面取代。畫面被拉近，只顯示出以撒用槍指著傑克森，畫面上看不見瑪莎。槍發出砰一聲，有白色閃光，傑克森倒地。接著倒退、重播，然後又倒退。一直重複。

觀眾蹙縮了。錄影畫面在傑克森倒地的時候暫停。攝影棚裡的鏡頭轉回，對著約書亞和瑪莎。

瑪莎：這不是全部！沒有傑克森威脅我的那部分！有人剪過了。這是誤導！還有那個——

觀眾之一：（大喊）以撒該死！以眼還眼！

其他觀眾歡呼。

瑪莎：但是……那不對啊……看不到事情的經過……他是為了救我！

觀眾之一：（大喊）那是因為他是不知感恩又自私的雜種。傑克森給了他機會、把他帶出貧民窟，結果他做了什麼？白白地羞辱了他！

瑪莎站起來。椅子在她身後翻倒。

瑪莎：（大喊）不，不是這樣子！

她開始在桌子旁走來走去，戳指空氣。

瑪莎：那傑克森口袋名單裡的那些人又是怎麼回事呢？那些賄賂！他們犯的罪被遮掩了！你們都看過那些了嗎？還有那個錄影，傑克森用皮帶綁住我的脖子欸，老天啊！他本來會殺了我！以撒救——

約書亞：瑪莎，很抱歉我必須告訴你，當局宣稱你偽造——

觀眾之一：你這個撒謊騙人的婊子！

瑪莎：不是，你們都看過了，就在我在七號牢房的時候！電視上都播了！

她轉向約書亞，後者平靜地坐在桌旁。

瑪莎：他們看過了嗎？你看過了嗎？就在那個天殺的節目裡！是這樣吧……不是嗎？

她的眼睛盈滿淚水。

約書亞：（平靜地）坐下……瑪莎，那段錄影沒有記錄。

觀眾之一：騙子！譁眾取寵！都是你編的。你搞不清楚，你腦袋有問題！你應該被關起來！

約書亞：讓我們冷靜——

瑪莎：（大喊）去你的冷靜！他殺了我媽。他故意撞死她。我們有監視畫面為證！以撒在現場節目裡公開了！

瑪莎的聲音破碎了。觀眾嘲笑她。

瑪莎：（哭著大吼）我們有他腐敗的證據：有名單和文件。還有拿他錢的警察、他說的謊。所有的東西！

觀眾愈發嘲笑她。瑪莎瞪著他們。眼淚從她頰上滾落。攝影機往後拉。現在約書亞在她身邊。他把一隻手放在她手臂上，而她躲開了。

約書亞：（平靜地）瑪莎，來坐下，這樣是沒有用的。

瑪莎不理約書亞，衝往觀眾。

瑪莎：睜開你們的眼睛！睜開你們該死的眼睛！你們是蠢嗎？你們真的以為——

有些觀眾站起來怒吼。兩名安全人員上台，各站在瑪莎的一邊。他們把她往後拉。約書亞從口袋中掏出一條手帕，輕壓眉毛。

觀眾繼續大喊大叫，更多人站了起來，一隻鞋子飛過約書亞、砸中瑪莎。另一隻飛過來時，約書亞壓低身體並轉身。

瑪莎被拉著遠離觀眾的時候，約書亞碰觸耳朵，然後調整姿態，轉向攝影鏡頭並露出微笑。

約書亞：在「死即是正義」永遠都會激起公憤，情緒也和戲劇性一樣高漲！攝影棚觀眾和瑪莎小姐都表達了強烈的意見。那您對這起案件的意見呢？您對以撒．派爵遭關押有什麼想法？現在電話線開放叩應。女士們先生們，讓我們開始辯論吧！不要忘了投票專線也一樣是開放的。請撥打0909 87 97 77，投「有罪」請在末尾加上7，投「無罪」請加0。您也可以用簡訊傳「生」或是「死」到7997。網路投票請上我們的官網：www.以眼還眼製作單位.com，點擊網頁上方的「青少年殺人犯以撒．派爵」按鈕，然後登入投票。電話投票會加計費用，請先徵求帳單付費者的許可；簡訊投票收費五英鎊，外加服務商的簡訊費率；網路投票一樣是五英鎊，首次登入需二十英鎊手續費。詳細規則及條款請參閱我們的官網。在我們的贊助商「網安」提供的簡短訊息之後，我們將再度回到棚內。

鏡頭轉回螢幕，螢幕上現在只見網安蓬鬆雲朵的商標，左下角有個金色的掛鎖，同時資訊的串流（姓名、地址、信箱、文件等）不斷地流入雲中。

女性旁白：網安——將全國最重要的資料上鎖。

派蒂與首相

派蒂一身羽絨長大衣，人造毛皮帽精心地安置在頭上，站在井然的後花園裡，頭上是黑暗沉重的天空。

她跺腳，將兩手插在外套的腋下。

「我不懂為什麼我們不能在屋裡談。」她說，吐出的溫暖空氣在空中形成短暫的白霧。

她身邊的老式街燈溫和的光線照亮她完美的輪廓，一條小徑穿越修剪過的草坪，結霜的表面在燈光下閃閃發光。小徑邊，首相坐在一棵大橡樹下的木製長椅上，抬頭看她。

「你明知道為什麼。」他說，往後靠，將手肘倚在長椅的靠背上，皮手套發出啪擦聲。

他交叉雙腳時。熨燙得完美的褲子從長大衣底下露出來。

「我不懂你為什麼要保密我們的關係。」她回答。

他笑了。「因為你對關係這個字的詮釋，與一般大眾大不相同。」

「我不懂你的意思。」

「才怪。」他說。

「如果你以為我會羞——」

「現在不討論我們之間的安排。要討論的是你兒子和那個女孩。」

「**安排**？」她回答。

他無視她，繼續說：「派蒂，你怎麼能讓它發生？這令人無法接受。你也知道。坦白說，我對你很失望。我對你的期望不是這樣。我必須善後的工作真是荒謬。」

她的視線從他身上移開，從大衣口袋拿出一包菸，掏出一根叼在唇間，點燃；火光在她臉上形成陰影，在線條與皺紋之間跳躍。

首相抬起眼睛看她。「不要在我的花園裡抽菸。」他說。

她移開大拇指，火焰消失。

「是誰死了才讓你變成老大的？」她拖長了聲音說。

他笑了，站起來。「派蒂，我就知道把你放在身邊是有理由的。你會逗我笑。」他鬆開脖子上的圍巾，拿掉它。「現在我們回頭說說令郎吧。」

她邊發抖邊盯著他。「看在老天的份上，他才十六歲。我哪有辦法一直看著他！」

「似乎你根本沒辦法看住他。」

「不是那樣——」

「還有你丈夫也是……」

「呃，至少現在那已經不是問題了。」

他往前傾的時候，她變得僵硬。當他把圍巾圍在她脖子上的時候，她瞪著他。

「我想，」他說，左手拉緊圍巾，「你得記住你是在跟誰說話。我可以把你了結，就像——」他把右手靠近她的臉，儘管戴著手套他還是扳響了手指。「這樣。」

遠處，警鈴聲在夜空中尖銳地響起。是警車或是救護車。

「那個女孩，」他繼續說，「瑪莎．蜜露太麻煩了。需要控制。如果我們不小心，她就會步步進逼。我已經完成我的部分，現在輪到你了。」

「相信我。」派蒂說道。「我在進行了。」

「是嗎？是我的人把所有連結到你兒子的那段毀滅性聲明的連結全都刪掉，也刪掉記錄、弄壞必要的錄影帶、攔截在場人士電話，現在還讓媒體抹黑瑪莎．蜜露，讓她和你兒子的話變得不可信——那你又做了什麼？」

「相信我，我會修理她。」

他鬆開抓著圍巾的手。「但願如此。」他低聲說，「為了你好，但願如此。」

瑪莎

一樣的天空。

一樣的星星。

這還是一樣的世界。就是一堆大便用不一樣的方式排列。

我在這裡，你在那裡。我想念你，以撒。

糟透了。

糟糕到頂點了。

我常常想，我已經死了，我死了。我必須跟伊芙還有麥克斯說話，看西塞羅捻他那可笑的小鬍子尾端，這樣才能說服自己、再次提醒自己，是他們每個人的努力，才讓我脫離了死刑列。

我看了你在一號牢房的直播畫面一陣子；受不了看你受苦。

我試著吃麥克斯做的食物，和他們一起坐在桌邊，但我的胃拒絕了。

我聽著他們說話，伊芙、西塞羅和麥克斯，他們向我解釋你努力拿到的那些、你在電視上公開的那些，都白費了，不是消失在某種黑洞裡（消失的資訊似乎都進了這個黑洞），就是警方和政府已經說服大眾，那些是我們編出來的。

於是我終於了解、大徹大悟：我一定是活著，否則編不出來這麼狗屁的事。

「瑪莎可以和我們住在這裡，對嗎，媽？」麥克斯問，一邊把千層麵放到我的盤子上。

「當然了。」她回答。但我不敢看她，因為我知道我會在她眼裡看見什麼。

謊言。

為了讓我覺得好過一點的謊言。我太清楚明天會發生什麼事了。

以撒，我們又回到起點了。

但我絕不會放棄你。

我會盡一切的努力。

但事實是，我不知道該做什麼。
但請你和我一起，在我腦海裡陪著我，幫我找出我該怎麼做。

第2天

以撒

我坐在白色的虛擬諮商室中央的旋轉椅上。光腳踩在鋪瓷磚的白色地板上，很冷。我雙手抱胸，身上穿的連身囚服也是白色，至少我想像它們剛誕生時是白色，如今已經是一種髒兮兮的灰。

「以撒．派爵，」電腦對我說，用一種音節斷開、金屬的女性聲音。「歡迎來到死刑列的第二天。我是你的虛擬諮商師，是為了你的心理與情緒需要而存在。你今天覺得怎麼樣？」

我向前傾身，窺視螢幕上方的微小攝影鏡頭。「瑪莎，」我說。我的聲音因久未使用而粗啞。我咳嗽。「你在看嗎？」

「我們要求你不要說跟問題無關的事。派爵先生，你今天覺得怎麼樣？」

我無視它，繼續說：「我希望你正在看。」

有種隱約的嗡嗡聲及沉悶的砰聲。

「我們很快就會讓你看你過去的相片。你受到的指示是分享你對這些相片的想法及記憶，好讓觀眾得到更多資訊，也可以幫助我們監測你的狀態。這是第一張。」

螢幕上出現一張年輕女性的照片，穿著醫院的長袍。她抱著一個裹在藍毛毯中的嬰兒，臉上汗水淋漓，頭髮凌亂，但露出快樂的笑容。

是我媽。我真正的母親。

我有種也對著她笑的衝動，但我不想露出任何反應讓他們開心。

我繼續對瑪莎說話：「我希望你很安全。」

媽的照片被另一張照片取代。上面有個小小孩，臉胖嘟嘟、頭髮捲捲的。是我。我的T恤上有個徽章，是個大大的阿拉伯數字二，面前有個小巧克力生日蛋糕在桌上。真希望我還記得那一天。她就坐在我身邊、看著我、對我笑。我的媽媽。

我來不及阻止自己，眼前便一陣朦朧，臉也皺了起來。

「我希望媒體現在會聽真話，」我說，企圖轉移情緒。

照片消失了。

現在出現了一個穿著學校制服的男孩——又是我——站在某棟公寓門口，旁邊的標示是「藍鐘花之家」，那一定是我上學的第一天。我不希望他們注意到，但我盯著照片看的時間長了點。褲子的膝蓋部分似乎有點舊，毛衣上有毛球。襯衫看起來也灰灰的。但是看看我的樣子：乾淨整齊，頭髮洗乾淨、梳過，站得直挺挺的，臉上大大的笑容。

她已經為我做了她所能做的一切。

「我希望大家注意我提出的那張犯罪清單。」我繼續說，「我希望現在正義已經得到伸張，也希望每個人都瞭解這些有權有錢的人，是如何操弄司法系統的。」

「以撒．派爵，我們要提醒你，」電腦的聲音說，「你要對這些照片表示意見，這非常重要。大眾有必要知道你對你的生母，以及對於加諸於你的情況有何感覺。」

我沒有動，沒有任何反應，只是盯著我的舊照片，我看起來如此天真，渾然不知一年多之後我的人生就會發生不能挽回的變化。

最後出現了一張不一樣的照片，是新聞的頭版，頭條的大字橫跨其上：「百萬富翁名人的善心」。

字句流過螢幕，如同提詞機一般，我無法忍著不讀。

在這個世界上，我們經常太忙，沒時間去幫助不如我們幸運的人，往往要有特殊的機遇才能讓我們付諸行動。昨天發生的事，證實了（不論是否有人懷疑過），百萬富翁名人傑克森．派爵並不會對需要他的人匆匆別過頭去。

這是個悲慘的故事，但有個快樂的結局。上週在高樓區有個年輕的母親驚傳自殺，該名母親顯然因無法負荷自身處境，因而從自家公寓的陽台跳樓身亡，留下六歲的兒子以撒孤身一人。

當時國內最慷慨的人之一，正好就在附近，這是奇蹟嗎？還是命運讓他成為第一個抵達現場的人？傑克森．派爵沒有讓這個孤兒被照護機構收養，而是和他耀眼的妻子派蒂一起，將這個男孩從悲慘的命運中拯救出來，打開家門迎接他，讓他擁有每個孩子連想都不敢想的璀燦未來……

對這些文字的愚蠢及天真，我很想不敢置信地搖搖頭，但我拒絕表現出任何反應。

從報紙上截取的照片現在出現在畫面上。

是我。穿著整潔的黑色西裝和領帶，鞋子亮得可以反映出我站著的草地，頭髮梳得像軍隊一樣精準。媽的棺木就在我旁邊。我還記得當時我只覺得麻木，但沒有哭，然而照片上的我眼角掛著一滴淚珠。那是他們為了效果而加上去的嗎？

我清清喉嚨，往前傾。

「我很想你，」我對著鏡頭說，「我很想你，瑪莎．蜜露。」

我也很想你，媽，但我不會告訴他們。

「以撒．派爵，」虛擬諮商師繼續說，「我們必須提醒你，這項服務是為了幫助你，在你離開人世之前，面對那些一直以來困擾你的事，讓你可以安全地探索過去人生當中的創傷事件，最後才能安然放下。錄影轉播是為了讓觀眾對你有完整的認識，並在知情的狀況下投票。這並不是讓你和特定人物交流的機會。

「和外界交流是被嚴格禁止的，如你繼續企圖這麼做，將會使你立即、永遠喪失接受虛擬諮商服務的資格。」

我再看了一眼照片，我身旁那雙光溜溜的腿一定是屬於派蒂，另一邊穿著灰色褲子的是傑克森的。

「瑪莎．蜜露，」我面帶著微笑說，「我愛你。」

螢幕一閃而滅，燈光熄滅，我忽然置身黑暗中。

瑪莎

「我也愛你。」我對著電視輕聲呢喃，不讓任何人聽見。

他們都在我背後的廚房裡走來走去。伊芙在電話線上等著，和西塞羅一起站在窗邊，從百葉窗縫往外看。他們以為我聽不見他們說話，以為我沒在聽，但他們錯了。

「我從來沒看過這麼多記者。」她低聲說。

「是志願者，」他回答，「他們希望能瞥上一眼。想要在頭條上把她抹得更黑。」

「也許我們該跟他們談談。」伊芙用氣音說。「我們可以說出從她的角度出發的看法。或是告訴他們，如果他們願意發布從傑克森來的那些文件，就可以採訪她？」

「把她當成餌招搖？想法很不錯，但我們不能信任他們。看看他們今天在『死即是正義』

做了什麼好事。那段監視器畫面讓事情變得更糟。不行，他們只會把所有事都扭曲成他們想要的樣子——」

我轉過頭去，想要回答、和他們爭辯；我想說我願意這麼做；我不會讓他們操弄我；也許幫得上忙……但是這時伊芙伸出一隻手示意西塞羅暫停說話。

「是的，」她對著電話說，一邊走出房間，「我是伊芙．史坦頓，請幫我轉接負責……」

她的聲音變得非常小，我聽不清楚，但我很確定聽到她說「領養」。

某種嘶嘶噗哧聲傳來，我轉過頭，是麥克斯站在爐灶旁，一手拿著手機看，一手在煎鍋上做菜。

不知道那是什麼，但聞起來很香。

可以吃到不是包裝好的或是裝在盒子裡的食物，真好。

可以待在一個溫暖的房子裡，真好。

我回過頭去看電視。

以撒在虛擬諮商室的轉播影像消失了，只剩下靜電的沙沙聲和閃光。

伊芙給了我一條鍊子，讓我可以把以撒給我的巧拼戒掛在脖子上，因為我還沒能把它拼好。我一邊選擇各個不同的牢房頻道，一邊玩弄戒指。

七號牢房裡沒人，六號裡有一個男人，然後有個女人在五號，是個很老很老的女人，三號和四號都沒人，接著我切換到二號。

空的。

那他到底在哪？

我把咖啡杯放下，開始咬指甲。實在忍不住。

接著他就出現了。門打開來，有幾隻手把他推進來。他進來後的第一件事就是看向螢幕，彷彿直接看著我，就像他知道我在看他一樣。

天啊，要是不覺得這麼痛、這麼崩潰就好了。那樣的話會比較容易恨他、氣他占了我的位置。死了還比這樣輕鬆。

螢幕又變了。另一台攝影機從房間的另一端拍他，但他沒發現。

現在我只能看到他剃了頭的後腦。

有人碰觸我的手臂，我轉過身。

「瑪莎？」西塞羅說，他露出微笑，眼睛皺了起來。「吃點東西吧？麥克斯做了鬆餅。」

我由著他把我領到桌邊坐下。

我現在覺得要理解他們的善意很困難。太強烈了。雖然是以一種好的方式。

「他們是怎麼辦到的？」我問。

他們三個人都看著我。

「他們是怎麼辦到什麼？」伊芙問，她回到房間裡，把電話關掉，在我對面坐下。

「把昨晚的所有記錄都弄掉。一定有幾百萬人看過了。網路上應該到處都是才對。但卻不是。」

西塞羅把一份《國家新聞報》放在我面前。頭版有兩張照片。

「每一份報紙的頭版都是你。你比較有趣。有的頭條甚至更灑狗血。」

是我上星期的照片，光頭、罪犯檔案照。

在我的照片旁邊，是以撒昨天的樣子。

我們這一對看起來像什麼啊。

頭條躍入我眼中：「絕望的真愛」。我把報紙拉近閱讀。

出於了不起的真愛，百萬富翁名人傑克森．派爵之子在「死即是正義」節目中挺身而出，自承他本人是謀殺他父親的兇手，而非被起訴的瑪莎．蜜露。

有些消息來源指出，蜜露從一開始承認有罪，就是為了保護她的戀人以撒．派爵。

看到「戀人」一詞我臉紅了。

儘管公眾意見最初似乎傾向於對他們兩人抱持同情，但現在，由於受到欺騙以及此案件造成的高昂社會成本，民調顯示憤怒感已經高漲。今天受訪時，許多曾在蜜露公訴案中投票的受訪者表示，他們會對以眼還眼製作單位要求賠償，儘管該節目法務團隊表示此舉違反了規則及條款。

另外一些消息來源則認為是蜜露誤導了派爵……

讀不下去了。我把報紙翻面。無法忍受看到那些照片。

麥克斯在我面前放了一個盤子，上面有塊鬆餅，然後把桌上的糖漿推向我。我抬起頭，看著他拿起報紙，丟進回收桶裡。

「不要管它。」他說。

「但別人會看那些狗屁。」我說。「他們相信那些。」

「我們手上還是有那些文件，」西塞羅突然脫口而出，「還有那些攝影機的錄影拷貝——」

「但他們認為那些是假造的。」我說。

麥克斯的鍋子嘶嘶作響，他往鍋裡放進更多奶油。「那不重要，」他說，「我正把那些東西上傳網路。人們可以自己去看看，那些不是假造的……我也會把連結放到報紙的網站上，放在大家用來抱怨的意見欄。我們會把消息散出去。沒問題的。」

我很想相信他，但他對人生不像我這麼了解。

「會冷掉。」他對我說，用鍋鏟指著我的盤子。

我都想不起來上一次吃鬆餅是什麼時候了。是想不起來多久以前的懺悔日，那時媽還沒死。實在不能說我現在很想吃鬆餅。其實我什麼也不想吃。

「吃吧，」他說，「對你有好處。」

不吃感覺很沒禮貌，於是我拿起叉子。

伊芙坐在我旁邊，低聲對我說：「他喜歡做菜，會讓他覺得自己幫得上忙。確實也是。」

「他有天可以讓某人成為好太太。」西塞羅從桌子的另一端發話，還加上一抹笑和擠眉弄眼，我才瞭解這是個老笑話了。

「我聽見了喔，庭上。」麥克斯回答。「你不想吃可以不要吃。」

「外面有很多人嗎？」我問，一邊在盤子裡撥弄一塊鬆餅。

伊芙點頭。「沒錯，一大堆。」她說，「你造成的影響不小。」

我聳聳肩。「不是以我想要的方式。我沒有想到我會是在這兒。我以為……我以為會是以撒在這兒。我沒有計畫要這樣！」

「外面也有些人是站在你這邊的——」

「那他們為什麼不告訴我？」我沮喪地砰一聲放下叉子。「我什麼都沒做到。我應該讓他們把我帶走，讓你們不用難過。」

「在那樣做之前，你要知道有些人是有同情心的，只是目前比較多人討厭你。」麥克斯在我背後說道。

我的胃翻攪。

伊芙的視線越過我，不敢置信地看向他。「麥克斯——」

「噢，拜託，瑪莎，不然你以為會怎樣？你向好幾百萬的觀眾指出，掌控這個國家的人貪汙腐敗。你告訴他們說，他們推崇得像神一樣的某人是個殺人犯、負心漢、騙子，睡妓女，而且還曾經是毒販。你以為他們會感謝你、讓他們發現自己一直以來是多麼愚蠢又天真？討厭你、說你是騙子，比面對事實要容易多了！」

「但是——」

他把一片鬆餅滑到伊芙的盤子裡。

「你現在退縮，他們只會認為你那樣做是為了博取注意或是什麼的。他們會相信政府的說法，說你情緒不穩定什麼的。現在就要更用力地反擊、要更堅定。我們把所有的證據放上去，還有監視器畫面，讓他們看證據，讓他們無法抵賴。但是真相讓人不安。人們不喜歡。他們會想盡辦法來對付你。」

門鈴響了。

每個人都停下手邊的動作。

「也許是哪個記者想試試手氣？」西塞羅猜測。

「也許。」伊芙聳聳肩，但我看得出她眼中的憂慮。

伊芙走出房間時，我看到西塞羅和麥克斯交換了眼神。一秒鐘之後西塞羅點點頭跟著走出去。我站起來悄悄往門口移動，透過門縫看出去。

「你可以相信他們。」麥克斯從水槽邊出聲說道。

「我知道。」我低聲說，但我還是很好奇，同時也很害怕。

我躡手躡腳走進走廊，腳踝感覺到一股從打開的門吹進的冷風。聲音太小了。我繼續往前走，無聲而且小心翼翼。當我走到角落時，聲音變大了。

「我們注意到瑪莎·伊莉莎白·蜜露沒有監護人且未滿十八歲。在法律上屬於未成年……」是一個男性的聲音。低沉而清晰。

「只有你們方便的時候才注意到啊。」西塞羅說。

「哈特探長特別指示，要帶她到本地的一間照護機構，該機構會評估她的心理及情緒需求，同時照顧她到成年為止。」

媽的。

「我會照顧她。她可以留在這裡。」伊芙說。

「女士，您並非當局註冊在案的未成年人照顧者。」

「我一整天都在打管理單位的電話，但一直被掛斷！我是個諮商師，完全符合單獨和孩子相處的條件。」

「但你未經註冊。如果我們讓她繼續和您在一起就會違反規定。昨晚是我們出於善意而容忍，但僅限於昨晚。」

「但是她在這裡會比較開心。」伊芙說。

「那並非我們所關切的。」

「我要怎麼註冊？」

「有些表格——」

「那就現在給我！」

「女士，請保持冷靜。所有照顧機構都能取得那些表格。你可以前往領取，或由我們協助寄送。但請注意，申請手續的處理時間約需六個月。現在我們必須帶走逃亡者了。」

「逃亡者？」

我沒有繼續聽。

我盡可能不出聲地從走廊跑回去，跑進廚房關上門。

麥克斯看著我。

「快點，」我說，「鞋子。」

「什麼？」

「我需要鞋子。哪裡有鞋子？」

西塞羅的聲音從前門口爆響開來：「你們**不可以**進來！」

「發生什麼事了？」麥克斯問。

「他們來抓我了。快點，鞋子。我沒有鞋子。」

他跑出房間，幾秒鐘之後就回來，把一件冬季外套丟給我。「拿著。」他說，然後從桌子底下抓起一雙靴子。「她老是亂放。」

「你們沒有權力進入我的物業！」伊芙的聲音在走廊裡迴響。

我穿上外套和靴子。

「我們有管轄權，女士。麻煩讓開。」

媽的，他們已經在屋子裡了。

「我要和你的上司說話。」伊芙說。

「請找哈特探長。我想他現在應該很忙。」

「我要求和他說話。」

「你怎樣要求都行，但依這張搜索令我們有權進入你的物業——」

「你要去哪兒？」麥克斯問。

我搖搖頭。「我不知道。」我說：「聽我說，嘿，幫我爭取一點時間好嗎？跟他們說我在上廁所什麼的，瞭嗎？」

他點頭。「沒問題。」

我轉身要從落地窗出去，但他拉住我的手臂。

「你會需要錢。」他說。

「不，不行——」

他從口袋裡掏出四十英鎊。「拿著。」他說。

我看著他。他不認識我，而我已經給他帶來了這麼多麻煩。我對他來說誰都不是，但……

「不要碰我！」伊芙的聲音再度響起。

「拿著！」麥克斯嘶聲說，把錢塞進我口袋。「還有這個。」他拉開一個塞滿垃圾的抽屜，拿出一支手機。「是我的舊手機，但有電。我會去儲值。」

「麥克斯，我——」一扇門發出砰的一聲，我僵住。

「我們可以查看每一個房間，直到找到她為止。」

「快走！」麥克斯說，但我不需要他提醒。

我對他點點頭，從落地窗離開，跑進花園。

在我跑過草坪鑽進樹籬之前，看到的最後一幕是兩個穿西裝的人闖進廚房，瞪大眼睛看著坐在桌邊的麥克斯把煎餅送進嘴裡。

上帝保佑你，麥克斯．史坦頓。

保佑你善良的靈魂。

該去哪兒？

我偷偷摸摸穿過後花園，鑽過樹籬、翻越欄杆和圍牆，來到外面繁忙的街道上，靠近城市區和大道區的交界。

我可以繼續往前，會有更多的人。裝成普通人。

天上下著毛毛雨，那種在不知不覺中讓你全身濕透的細雨。每個人除了自己的事什麼都不會留意。他們都盯著手機看，八成在想要去哪兒吃東西、要吃些什麼之類的。

但我現在該做什麼？

一點頭緒也沒有。

你想要什麼，瑪莎？我在腦中問自己。

安全。家。舒適。愛。以撒。

我想要以撒出獄。

我想要和他在一起，想要讓這世界知道真相。

要求可真多。

不應該是這樣的。

那你願意為這做什麼？

錯誤的問題。

正確的問題應該是：為這有什麼是你不願意做的？

我繼續走。

被淋得更濕。

更加覺得自己孤單又沒用。

不知道是我的腿、我的頭，還是我的腦，總之它領著我穿過街道，沿著我不認識的馬路走，直到我發現自己正看著地平線上的高樓區。

「你還算有點方向感嘛。」我低聲對自己說。

今天太陽藏在雨雲後面，每樣東西都又灰又暗。灰色的天空、灰色的人行道、灰色的世界。天色黑到人們白天都開著燈。在一片灰中構成一點一點的生命。我繼續走向高樓區，公寓的點點亮光，讓高樓看起來像是機器人，閃閃發亮像是正在充電，等著被釋放。

我穿越地下道，看見那一大堆該死的花、填充玩偶等等紀念傑克森的東西。

怎麼會整個社會都這樣？被蒙蔽、被欺騙，而不去問為什麼，也沒有看到他們四周的煙幕？

這讓我好憤怒。

怎麼會有這麼多人深受操弄？

我似乎聽見腳步聲。鞋跟踩在堅硬石板上的聲音。

我對自己說，瑪莎，快走。於是我離開地下道，快速走過窗戶封上的店鋪、走上雜亂的草叢、朝著有壞掉長椅和鞦韆的破落公園走——還以為我再也不會見到這地方了。

以撒，我們曾經一起坐在這裡。

眼前變得模糊了，我很想說是因為風的關係，而不是因為記憶讓我眼睛濕潤，儘管我不是很確定。

我揩揩眼睛。專心點。那邊有車子，沒有閃燈，但我認得出那是警車。

我是要冒險一試呢，還是走開？

我朝著水仙花之家的方向前進一點，那是我家。有幾個人在附近閒晃。有些孩子坐在牆上，有些女人因沉重的購物袋弓起背，還有個老男人在推購物車，沒什麼特別的，不是那種警方會想盤查的類型。

他們才不想那麼麻煩。

小孩子會讓他們頭疼，那些女人只會喃喃說些沒意義的話，而那個老男人的臭味讓人難以忍受。總之警察會這樣想。但事實上那些孩子會讓警察感到有點難過，因為他們只想要一個笑容以及一些關注；那些女人們則會問警察是否能好心地幫她們提袋子，而那個老男人會試著被拘留，好讓他有個溫暖、乾燥的地方睡上一夜。

這樣太先入為主了？

不是的，只是我看過一百萬次了。

我靠近一點，動作慢下來，走在人行道的邊緣，躲進一個公用垃圾箱的陰影中。

天啊，好臭。

不知道警察想幹麼。我猜他們是在找我。我很想上樓去找B太太，或是回我的公寓裡拿些衣物，也許在那兒過夜，想想下一步該怎麼做，但如果真的這樣做就太天真了。

我往外窺視，正巧白色的頭燈掃過這塊區域；我舉起手遮擋燈光，看見一輛車駛近。

又大又閃亮的車，車牌號碼是個人化的——

PP41GE

派蒂在這裡做什麼？

我壓低身子，看見她的腿滑出車外，然後是看起來就很昂貴的長外套下襬。車門在她身後砰地關上，濃郁的香水味朝我飄來。

「派爵太太！」在水仙花之家的前門，有個警察大聲喊道：「你一個人來此地明智嗎？」

他朝她走來。

「我完全可以照顧我自己，謝謝你。」

「嚴格說來車子不能停在那裡，但因為是您的關係，我們可以網開一面。」他說，更靠近了。「我能請問您有何貴幹嗎？」

「我是來向莉蒂雅·巴科夫致哀的。」

「B太太？」

「為什麼每個人都這樣叫她？」

我可以告訴你為什麼，但我不要，我心想。

「沒錯，總之，」派蒂繼續說，「那個可憐的女人經歷了很多事。我認為我有責任來拜訪，並給予支持。我也為她帶來了一些日用品。」

我聽見購物袋的窸窣聲。

「派爵太太，你的好心真是值得我們效法。你先生的慈善精神將會繼續由你來實現。」

這人是個馬屁精還是純粹白痴啊？

他還沒完呢。「讓我陪你走到B太太家吧。如果你願意，我可以等你，陪你回到你的車上。我們不希望你發生任何事。」

真是個屁眼蛋，我心想，接著我想到了進去公寓的辦法。我根本不可能悄悄潛進B太太家隔壁。

我看著他替她開門讓她進去，兩人都消失在水仙花之家裡。

那只剩一個辦法了，我心想。我一邊希望另一個警察不會質疑為何有人從垃圾桶後走出來，一邊穿過草地走開。

B太太

B太太穿著及膝長襪、厚厚的裙子和套頭毛衣，在廚房裡走來走去。在她端著的托盤上，那把有裂縫的茶壺、不成對的茶碟保持著平衡，她端著茶盤穿過客廳的門，瞇起眼睛看她的客人，因為過度強烈的香水及化妝品氣味而皺起鼻子。

她重重地把托盤放在沙發和高背椅之間的桌上，杯子在茶碟上亂響。

「你真是太、太好心了。」派蒂用刻意的音調說。她棲坐在沙發的邊緣，兩腳交疊，儘管是冬天她卻穿著短裙。

B太太沒有回答，只是倒茶。

「我們都非常擔心瑪莎。」派蒂說。

B太太睜大了眼，眼光往上瞅著她。

「我們非常希望你知道她在何處。你知道她逃跑了，對嗎？」

「你說的『我們』是誰？」B太太問。

「抱歉，你說什麼？」

「你說了『我們』。」

「怎麼，」派蒂回答，「當然是指所有人哪！」

B太太端起茶杯，繼續盯著派蒂瞧。

「我本人、朋友們、媒體，當然還有史坦頓太太以及西塞羅先生。」

「你知道他們？你和他們是朋友？」

「和史坦頓太太以及西塞羅先生嗎？是的。」

「因為你看起來不像是他們那類的人。」

「你為什麼這麼說？」

「因為他們是好人。」

空氣凝結。沉默降臨。

派蒂端起杯子啜了一口，在杯緣留下一個粉紅色的印子。「我不太懂你在暗示什麼。」她回答。

B太太只是看著她。

「但不論如何，我們都非常擔心。我們都希望瑪莎安全。還有快樂。」

「那你幫得上忙嗎？」

「我相信我能，是的。」

「這跟錢沒有關係嗎？」B太太問。

派蒂緊張地笑了。「這怎麼會跟錢有關係？」

「因為如果以撒五天之後被處決，瑪莎就會得到每一毛錢。你什麼都沒有。你只會有……傑克森是怎麼說的？小額的生活費。那會是多少錢？」

「我……」

「再也沒有昂貴的香水、化妝品、鞋子、衣服。」她說著，眼睛出現一絲閃光。「乖乖隆的咚，你也許得……是怎麼說來著，讓我想想……喔對了，我想起來了，是工作。你也許得工作。」

派蒂盯著她。

「你知道那是什麼嗎，派爵太太？工作。我敢打賭，瑪莎在她活過的十六歲人生中，工作的時間比你一輩子還多。那是多少年？四十五？還是四十七？」

派蒂的臉色轉紅。「是三十六！」她急促地說。「我才三十六！」

「你該走了，派爵太太。」B太太站起來。「我不知瑪莎在哪，要是知道，反正也不會告訴你。你不是好人。你都是為了這個……」她用大拇指摩擦其他手指。「錢、錢、錢。就像那首歌一樣，對吧？」

派蒂站起來。「你錯了，這跟錢一點關係都沒有。那個女孩是我和我兒子之間唯一的連結……」

「呸！」B太太甩了甩手。

「我……我想……」派蒂結結巴巴，喉嚨似乎哽住了，「我以為我們可以……互相支持……安慰……」她哽咽地吸一口氣，手伸進她的名牌包裡找面紙。「我會尊重你的意願並離開，但是，麻煩你——」她用面紙輕點鼻子。「如果你和她說上話，請她和我聯絡。這是我的電話號碼。」她把一張名片放在桌上那杯幾乎沒動過的茶旁邊。「不用送了。」

B太太什麼也沒說，只是瞇細了眼睛看著她離開。

派蒂踏在通往電梯的走廊上時，從包包裡拿出一小瓶清潔液倒在手上，仔細地抹遍雙手及每根手指，嘴唇及眉毛都絞緊了。

瑪莎

雨變大了。大顆大顆的雨點。我喜歡下雨，但是老天啊，當你無處可去的時候，下雨可真是悲慘。

我並不急著找葛斯。迂迴前進，走在陰影裡，避開一整群的人。不是我不相信他們，但是在這樣的地方，話傳得很快，哪怕是悄悄話。

人們喜歡八卦。

他們會說：我跟你說個祕密，不要跟別人說。

絕對不會，那人會這樣回答，只是手指偷偷在背後比個叉。

葛斯的住處沒有亮燈，窗簾也拉上了。

奇怪。

我敲敲門，等待。

沒有回答。

我敲敲玻璃，心想他很有可能睡在街上。

還是沒回應。

風在草地上咆哮，雨水滲得我渾身濕透。

我彎腰從信箱縫裡窺視，但什麼也看不見。我大喊他的名字，但沒有任何動靜。

「他不在這裡。」

我在原地轉身，呼吸暫停，準備跑開。

「你沒看電視嗎？」

我放鬆下來，是他的鄰居。感謝蒼天。

「他被判刑了。」他繼續說。

我對他皺眉。「我不懂你的意思。」

「他上了那個節目，」他說，「不太懂到底是怎麼回事。就是那個按按鈕的。」

我的胃往下沉。「按鈕定罪。」我嘆了口氣道。

「對啦，就是那個。按鈕定罪。他走了。不會住在這裡了。」

「他要關幾年？」我問。

「噢……好幾年哪。七年是吧。慘。」

我看著眼前這人，一個穿著拖鞋和睡袍的老人，雨讓他僅剩的頭髮伏貼在頭上。「你該回屋裡去。」我說，「你會被感冒害死的。」我把兜帽拉低藏起我的臉。

「你也一樣。」他回答，「拿去，這個。」他伸出一隻瘦骨嶙峋的手，手指間有一把鑰匙。

「我們需要更多像你一樣的年輕人，瑪莎。」他說，「不能再少了。去弄乾弄暖。不要死掉。還有，不要待久，因為他們會抓到你。」

我盯著他看了一秒鐘，想起麥克斯說過的，有些人有同理心。那老人走開，黑暗吞沒了他的身影，就跟他出現時一樣突然。

不要死掉，我在心裡重複，幾乎要露出微笑。對，我會盡我最大的努力不要死掉。我不會讓他們心滿意足，我也不會拋下以撤。

葛斯的公寓裡又冷又潮濕。

為了保險起見我沒開燈，不想惹來任何注意。四周光線恰好足夠，讓我不會被空披薩盒或飲料罐給絆倒。我進入廚房，打開冰箱，但裡面只有半品脫的牛奶、一些邊緣已經發硬捲翹的火腿，以及一些外帶中國菜的剩菜，還裝在塑膠的容器裡。

我想過要把剩菜熱來吃，但老天才知道那些菜已經冰了多久。所以我開始搜索櫥櫃，找到一些玉米片、幾包薯片，還有即溶咖啡。

這樣就行了。

我重新打開冰箱，拿出牛奶聞一聞，臭到我差點吐出來。

那就只能吃乾玉米片和黑咖啡了。

我還得洗一個馬克杯和碗。

電視的光在房間裡閃爍。我把音量調低，縮在電暖器前，暖氣的熱管變紅、變暖，有種奇怪的灰塵燃燒味道。

我把床上的羽絨被拿來，不知道葛斯上次洗它是什麼時候，但我不介意。也許會有點味道，但是在我烘乾的時候，至少它溫暖又舒適。我看了他被定罪的重播，一邊還圍著他的被子，被他的味道包圍，一邊想著在高樓區時他是如何地照顧我。這讓我好悲傷。

他沒有做錯任何事。事實上，他盡力把每件事做對。

他們卻利用他獲取他們想要的資訊。當他反對體系時就搞他，當他終於站出來反抗時，就把他丟掉。

七年。七年之後他還有什麼未來？

晚間六點半，死即是正義

節奏如同心跳的主旋律響起。眼睛的標識在巨大的螢幕上旋轉，燈光亮起。穿著淺灰色閃亮西裝的約書亞大步走出來，褲子緊包著上臀，裡面是一件黑襯衫及黑灰條紋的領帶。他的臉刮得乾乾淨淨，臉上掛著大大的笑容。他在舞台邊緣停步，靠近觀眾。觀眾鼓掌，他舉手致謝。

主題音樂淡出。掌聲漸歇。

約書亞：女士們先生們，現場和電視機前的觀眾們，大家好，謝謝你們今晚的收看！

觀眾再度鼓掌。

約書亞：今晚我們為各位準備了許多樂子！這將會是一場精彩的節目。這真的可以說是一場饗宴了。我都快按耐不住興奮了。你們想知道嗎？

觀眾：（大喊）想！

約書亞：我想也是！

他微笑，大步走過舞台，走向曲線的桌邊，在最旁邊的一張高腳椅上坐下。騷動從他前方傳開來。

約書亞：（莊重地）女士們先生們，上週我們共同經歷了一段跌宕起伏的路程，在瑪莎·蜜露身處七號牢房的事件中，登上了令人難以置信的頂峰。我們都倍感震驚，有些人甚至覺得很受傷。但我知道，也很清楚，關於此事件的緊張還沒有結束，我們還會繼續目不轉睛地觀看這場戲，看以撒·派爵，這位瑪莎願意為他犧牲生命的年輕人，是如何度過從一號到七號牢房的這一週。我很確定你們還記得，我們昨天和瑪莎聊過，但是……

他停頓，一隻手指放在嘴唇上，眼睛先是往旁邊瞟，然後又回到觀眾身上。

約書亞：也許這是我個人的感覺，但這件事還縈繞我心頭，不知道瑪莎到底為什麼願意擔起這樣的重罪，也不懂以撒如何能眼睜睜地看著他所謂的此生真愛為他而死。這段淒慘的青春愛情故事，一直在我腦中來回爭論。我也不怕羞地告訴你們，我還掉了幾滴眼淚。

他緩緩搖頭，露出陰霾的樣子。

約書亞：我也不怕告訴你們，至少我本人，覺得很困惑，我的看法不時擺盪。像這樣的時候，我會試著弄清楚。而有什麼比在高位更能看清呢？我們的領袖，我們首相，這位我們票選出來領導我們國家的人，今晚我們十分歡喜能邀請到他來上我們的節目。歡迎我們的首相：史蒂芬．雷納德。

活潑的音樂響起，身穿藍灰色名牌西裝、嶄新白襯衫及藍色領帶的首相輕快地走上舞台，約書亞站起來拍手。首相停了一下並微笑，完美的白牙在攝影棚的燈光下閃閃發亮。

觀眾起身歡呼。首相對觀眾舉起一隻手，大步走向桌邊。當他走近約書亞，音樂聲停止。他們握手，首相坐下之後，約書亞也坐下。

約書亞：（笑著）首相先生，感謝您在百忙之中抽空來上我們的節目。能邀請您擔任嘉賓真是莫大的榮幸。

首相端坐，並調整領帶。

首相：非常謝謝你們邀請我。這個節目還有「按鈕定罪」，代表我們社會中最為民主的價值。這是我們司法體系發展中不可或缺的一環，能接觸到所有群體、從各種不同的角度呈現案件，讓公眾能在知情下做出明智的決定。我覺得——政府中的我們覺得——能擁有這樣的舞台真是萬幸，能讓世界看到我們有多麼創新。

約書亞：謝謝您的溢美之詞，首相先生。不知道能否請您就最近的事件發展發表意見。有一些爭議，甚至有人激烈地表示我們差點殺害了一個無辜的女孩。

約書亞皺起眉輕觸耳朵。首相一動也不動。

首相：約書亞……我可以叫你約書亞嗎？

約書亞：歡迎之至。

首相：約書亞……我對這件事的看法……嗯，首先，我得挑剔一下你的用詞。就死刑而言，用「殺害」這個詞是不正確的……

約書亞皺眉，往下瞥他的筆記。

約書亞：根據我的筆記，「殺害」的定義——

首相：（笑）那太瑣碎了，約書亞。我們就專注在重要的事情上吧。剛才我正要說，這些異議者——總是會有些人喜歡說出問題及爭論。這不見得是壞事，因為這會迫使我們檢視我們所做的決定、我們的政策、意見，並確保我們真的代表了大多數人的聲音。認真考慮這些人的看法是非常有必要的，他們，儘管再小，都是整個社會群像的一部分。但，我們身為世界的領袖，身為開創者，身為公眾的保護者，我們的責任就是在考慮這些意見的同時，更堅定我們自己的看法及信念，不要迷失了何者才是正確的做法、如何才能確保公眾的安全。

觀眾掌聲響起，首相耐心地等候他們安靜下來。

首相：我，還有我的內閣，堅定地相信，許多人的生命會比單單一人的生命更重要。這不代表做決定時就要冷血無情，而是正好相反，是把心放在最核心、最需要的事上。也就是正確的地方。

他轉向觀眾。

首相：想想這當中的邏輯。就讓我們看看瑪莎・蜜露的例子，她被控殺害傑克森・派爵。如果她被處決了，一條生命就會喪失。她十六歲，所以就數學上來講，以聖經中所說的平均壽命——七十歲——來算，那就等於損失了五十四年。現在，假設她被認定無罪並被釋放，接著又繼續殺人——我們不要忘記她已經殺了一個三十六歲的人，這就損失了三十四年。下一次她殺人可能會造成三十年、四十年，甚至是五十年的損失。所造成的痛苦、對家庭的傷害，更是數據無法顯示的。那些妻子們、丈夫們、父親們、祖父母們，還有孩子們——特別是孩子們——他們便成了孤兒，被拋入貧窮悲慘中，都只因為一個人無意義的行為。

他暫停，嘆氣並搖頭。

首相：我們選擇釋放的一個人。一個本來會從世界上消除的人，若不是我們怯於行動，她將再也無法造成這樣的痛苦折磨。女士們先生們，這會是我們的失敗。錯要怪在我們頭上，是我們親手造成。我個人是不會下這樣的賭注。且讓我問問你們……

他站起來，緩緩地走向觀眾，聚光燈跟著他。

首相：你們會把老虎從動物園裡放出來，告訴人們說老虎雖然有牙，卻不一定會用嗎？你們會讓這出欄的老虎走在你們家門前的街上嗎？你們會把蜘蛛放出觀察箱，明知牠會致命，卻相信牠會一直保持溫馴，即使牠爬過你或你的小孩身上也一樣嗎？

他在舞台邊緣停步。

首相：現在情況就是如此。我已經不知道說過多少次了，而且只要我還辦得到，就會一直說下去：公眾的安全是至高無上的，不論代價為何我都會加以維護。

首相：（大聲地）孩子不能安全地從商店走回家裡，這樣的社會誰想要？或是入夜之後，我們的女兒和姊妹要走小巷、抄捷徑都必須心驚膽顫？或是祖父母們都怕得不敢開門？還是有幫派惡少坐在街角恐嚇路人？至少，我不想要。在我的任內也絕不會看到！

首相快步走回桌邊。觀眾發出的口哨聲、歡呼聲、掌聲不絕於耳。

約書亞：這是真的，謝謝您，首相先生。看來有您掌舵公眾會覺得比較安全。如果您不介意的話還有一件事，同樣是在上週發生的，也許您可以為我們澄清。

首相：當然了。這就是我來這裡的目的：替你們服務。

約書亞：我絕對不敢想要讓反對派發聲，但我認為，這些事說出來解決，要比——

首相：比潛入地下要好。確實。我再同意不過。

約書亞：您能否談談您對投票費用的立場為何？有些聲音認為目前的系統偏向那些有能力投票的人。

首相：約書亞，我真高興你提起這件事，我也很樂意在此消彌一切的恐懼與疑慮。一如繼往，我們傾聽選民，亦即大眾的聲音，也就是我們服務的對象。現在我很高興能在此宣布一項計畫，能讓社會中比較弱勢者也能擁有和其他人一樣的權利。我們是世界上人權紀錄最佳的國家之一，我相信，這項最新的計畫將會讓我們摘下桂冠。為了確保平等，今天我們將會給予最貧困地區——也就是高樓區——裡的每個人，一支自己的手機，讓他們也能上網，並有機會在這個重要項目中參與投票。每個人都可以儲值，也可以下載「死即是正義」的應用程式。正如你所知，約書亞，這個程式可以提供有關案件的最新資訊、數據、個人歷史，以及一鍵投票功能，直接連結到個人銀行帳戶。

約書亞點頭，臉上綻開笑容。

約書亞：但是要投票，還是得付——

首相：（迅速打斷他）我們是史上第一個解決貧窮科技歧視的國家，以這種方式賦予最貧窮的國民相同的機會。對於這項最新的計畫，能參與其中讓我感到十分驕傲及榮幸。

觀眾再度歡呼，首相輕輕點頭並舉起一隻手。

約書亞：那麼，女士們先生們，觀眾們，各位是怎麼想的呢？政府相當有誠意。可以說是非常慷慨，但是要說更慷慨、公平的話，不如讓投票變成免費。

他突然皺眉並碰觸耳朵。首相無視他的發言。

首相：我們已經開始行動了。就在此刻，已經有工作人員挨家挨戶、前往社區中心、家庭醫生診所、郵局，去發放這些手機，這是優先要務。

約書亞再度微笑，但顯得不自然又僵硬。

約書亞：這就是了。如果你正在高樓區觀看節目，別忘了領取你的免費手機，有人來敲門也別忘了要開門。短暫休息之後我們很快又會回來，同時間也別忘了登入系統投票。你所需要的所有資訊，都在螢幕下方。

一條藍色區塊，上面用銀色寫著號碼及細節，滑過螢幕下方。約書亞的微笑緩緩消失。

瑪莎

我把電視轉成無聲。

風在門外呼號，滾動的空罐子在路上作響，而水溝裡碰撞滾過的天知道是什麼。但我聽見了其他的聲音。

是什麼？

門響？

風把信箱吹得亂響，把雨點掃到窗戶上。但也不是這些聲音。

有人在說話。

聽起來像是剛才那個人，那個鄰居。

我按下遙控的關閉鍵。

電暖爐的熱線發光，但除此之外一片黑暗，只有一絲微光透過老舊的紗窗帘。

還有另一個聲音。

一扇門關上。

首相剛才說了——在高樓區發放手機，挨家挨戶。我聽見敲門聲，不是葛斯的門，但很近了。

我一陣顫抖，像是有桶冰塊從背後淋下。我把被子裹得更緊，彷彿這樣就可以保護我不受任何侵害。

我想等著看看會發生什麼事？

我依然裹著被子，躡手躡腳地來到窗邊，從紗窗帘的一個洞往外看。

有個人在對面的門前，那人看起來很聰明。有另一個人和他一起，他們在跟屋子裡的人說話。

那拖著紅色拖車的，是郵差嗎？

他正從拖車裡面拿東西出來，遞出去，讓那人簽名。

郵差轉身看著這邊的窗戶。

看著我。

他看得見我嗎？

我正看著他的眼睛，但他沒有顯出認出來的樣子。可是我知道他是誰，我在附近看過他。這裡總是這個郵差送信，他總會跟我點頭。

這次他眨了眨眼。

喔媽的。

我移到窗戶側邊，暗自希望陰影能遮住我。

但我還是看得見他，還有另一個男人。

可以看見他們的輪廓。

另一個人轉過來。「這真是個令人蛋疼的工作。」他說。

「搞不懂他們怎麼會讓你這樣體面的人做這份工作，」郵差回答，「這誰都可以做啊。我自己一個人來也行。」

「我沒有不敬的意思，」第一個男人說，「但可別忘了，我們還要找那個女孩。你知道的，就是那個在逃的蜜露。」
「所以他們不知道她在哪裡囉？」
「要是他們知道，也沒人跟我說。我們要往哪邊走？接下來是哪一家？我們趕快把事情辦完就可以回家了。」
他們的陰影經過窗戶，來到葛斯門前。門是實心的，沒有玻璃，我就蹲在門後。鑰匙就插在門孔裡，而我不記得我有沒有鎖。
我應該檢查一下嗎？
冒著弄出聲音的風險？
還是該坐著等？
突然間敲門聲大到不行，整扇門都在門框上哐啷響。我用手摀住嘴，以免自己驚叫出聲。
「這間爛死了。」那個男人說。
「不會有人應門的，」郵差回答，「這是葛斯．伊凡斯的家。他昨天入獄了。這裡不會有人。」
「哼，也許有占住者。」

信箱哐啷響，有隻手指伸進來，抵住。

我僵住了。

「應該不會。」

信箱口砰地重新闔上。

「那就記錄為未投遞了。我會打電話進去，讓他們派個人來查看。我才不要在這種天氣裡多待。」

他們走開，但我待在原地不動。

我聽見他敲鄰居的門，聽見有人應門，聽見他說那套關於手機的台詞，市政府的善意，促進平等云云。

他詢問她的名字，和她確認地址，問她出生年月日、保險號碼、親人……什麼都不放過。我頸背的寒毛豎起。

這件事真是太詭異了，我心想。

不知道他們想幹什麼，那個卑鄙的首相史蒂芬．雷納德還有他的狐群狗黨們。總之我不能冒險待在這裡了。

也不能回伊芙家。

不能去B太太家，也不能躲在我的舊公寓裡。

還有哪裡可去？為什麼對有些人來說總是這麼艱難，對有些人來說又是如此簡單？

我抓起一個葛斯的舊背包，塞了一條舊毯子進去。我再次搜尋櫥櫃，找到一包吃了一半的餅乾，把它也塞進去。然後我看了屋內最後一眼，溜出門外，把鑰匙放進我的口袋裡以防萬一，然後把我的家和支持我的人們拋在腦後，往市區前進。

我已經走了好幾哩路，腳好痛。伊芙的這雙靴子很溫暖但尺寸不合，感覺像是腳已經起了水皰。我想過要搭火車或是巴士，又不敢冒這個險。

麥克斯的外套把天氣最糟的部分隔絕在外，但我的臉上好凍，腿也是。我的手縮進袖子裡。

我不確定自己身在何處，只是朝著燈光和人群走。希望隱身在人群中。

我邊走邊想，反覆思索，不斷自問。

待在照顧機構裡有這麼糟嗎？我該自行出面嗎？那裡至少乾爽而且溫暖。還會有東西吃，可以回學校。也許事情就會恢復正常。

嗯哼，你這樣認為嗎？我的腦海裡問。他們只對那個東西感興趣、想把它奪走。他們會銷毀那天晚上的錄影，銷毀所有麥克斯和西塞羅放在網路上資料，抹黑你，但你手上還有原版，他們也清楚這一點。

對他們來說，你是個威脅。

在那張名單上的很多人，有太多東西不願意失去。你現在自投羅網，遊戲就結束了。

一時之間我的腦袋清醒過來。

我想起口袋中麥克斯的手機，想著要不要啟動它，然後打給他，聽聽熟悉、友善又溫暖的聲音。問問他現在是什麼情況，看他進行到什麼程度。也許還可以上個網、看看視頻。

現在是第二天晚上，目前為止我沒有為以撒幫上任何忙。他還剩下五天。

馬路對面有間賣電視的商店，我快步穿越車流來到對面。有很多個螢幕正在播出不同頻道，我視線上下移動一一檢查。接著我看到一個新聞頻道，播報員的嘴型正說出標題：頭條新聞以撒。他的照片出現在螢幕上時，我屏住了呼吸。

老天啊，他看起來好糟。頭髮被剃掉，頭上坑坑疤疤還有乾掉的血跡，雙眼通紅，臉上還有一塊瘀青，我他媽的很清楚原本是沒有的。

天啊，以撒，我好難過。

眼前的一切變得模糊。四周的人們正在過他們的日常生活，根本就不關心也不在乎。

眼淚從臉上滑落，我眨眨眼，視線重新清晰，但以撒的臉已經從螢幕上消失。

我跟著人潮移動，低垂著頭。

突然間四周有好多人。一大群。

我旁邊的女人散發出好聞的味道，髮型也很完美，鞋跟在人行道上踩響。真是正常得太美好了。

她在手臂下夾著某樣東西，她一邊移動一邊把東西拿到手上，拿給她身旁的友人看。

街燈照亮了她手上的東西，我倒抽一口氣。

我的腳步不穩，心臟狂跳，臉上燥熱，但我勉力繼續走近他們。

老天啊……真是無言了！

是以撒。他的臉，在上光的頁面上露出笑容。

媽的……

他們做了特刊？

什麼鬼……？

冊子上端寫著「死即是正義」，還有眼睛的標識。以撒就在頁面正中。

他們替將死之人做了特刊。

為什麼我一點都不知道？這是新創的嗎？

我的腳步停下。

人潮往前湧時撞到我，但我哪兒也去不了。我動不了。

我環顧身邊人群。微笑的臉孔、笑聲、雅緻的衣著、妝容及光亮的秀髮。擦著指甲油的手指拿著那些特刊，每個封面上都是以撒。

我推開人群，朝向他們的來處走。心裡開始知道那是什麼地方。

人們聊天的聲音混在一起，但有一組對話特別大聲。我的頭依然低垂，盡量移到旁邊，仔細聽。

「我跟你說，」有個女性聲音說，「我媽在媒體工作，她就在瑪莎的七號牢房裡，看到事情經過，也跟我說了。」

「是被壓下去了？」一個男性的聲音回答。

「我媽說當時有一段錄影帶是傑克森拿槍指著她，還有一段是他開車撞她媽。他們還有文件顯示出那些可怕的犯罪……」

「我聽說那些文件是偽造的。」

「但錄影帶不是！媽有用手機側拍下來，但是後來，後來，她的老闆說要把每個人的手機升級，然後就……」

她漸漸走遠，聲音也消失了。

該死。

我推開其他往外湧的人潮，只有我站在那兒。

黑色的欄杆向兩旁延伸，在我面前是扇巨大的門，聳立在我前方的巨大建築物、在很上面很高的地方，原本有美麗的圓窗，現在則是那個眼睛標識，冰藍色的虹膜在夜空中發亮。它本身就像一顆行星。

我盯著它，它攫住了我。

他們依然把此地稱為皇家司法院，但裡面已經沒有司法了。只有「死即是正義」的攝影棚以及辦公室。

我心想，也許有一天，這裡會變回原本的樣子，是為了真正的司法而存在的地方。

我走到一邊，閃進一個門洞裡，從陰影裡往上看石牆以及拱型的窗戶。外面（除了那個眼睛標識）都是傳統的哥德式樣，裡面則都是閃亮的材質，虛華耀眼，自私自利的極致。

我們微笑。你們拍手。

我們告訴你們一些八卦，你們就發出哇～和噢～。別忘了按時收看。

更多的觀眾、更多投票數，等於更多的錢。

有煙必定有火，你們如此說。

於是我們殺些人，你們就歡呼。

犯罪率下降。你們就說見效了。

只管閉上眼睛、忽略事實、不要問問題。

這樣比較簡單。

你們只會說，反正絕不會輪到我，何必在乎？

冷漠以對。

附近有個柵門打開，我把頭藏進外套裡，往後靠深入陰影中。

「德克先生，需要我為您叫計程車嗎？」一個男性的聲音問。

「不用了，謝謝。今天不用。空氣清新對人有好處。」某人回答。

德克，我心想，德克。什麼？約書亞．德克？那個主持人？

我從陰影中往外瞟，正好瞄到他朝我走來。

真的要死了，是他沒錯。

他愈走愈近，我屏住呼吸。

「是我的話寧可不要，德克先生。」第一個聲音在他身後說道，「對我來說有點太冷了。」

我聽見約書亞在經過我時嘆了一口氣，看著他翻起大衣衣領以擋風。他經過我時距離好近，我伸手就可以碰到他。但我沒有。

我瞪著他背影，看著他愈走愈遠。

接著我回想和他一起上節目的時候，當時我企圖幫助以撒卻毫無用處。

我從門洞出來，用一樣的步調走在後面。

跟著他。

他走得並不快。他的路線經過老貝利街，然後走上千禧橋。他在橋中央停下，站在橋邊，靠在欄杆上向外凝視。

我看著他，不知他在想些什麼。

我和他之間有點距離，但即使從這個距離看，他也和電視上或是我初次見到他的時候，看起來不一樣。他看起來很憂傷。

一陣子之後他繼續前進，而我則繼續跟著他。

他走進一家酒類商店時，我等在一條巷子裡。他出來時手上有個裝在袋裡的瓶子。他過馬路穿越車陣時我慢下來。他不會看見我。天黑加上風大，有些地方的街燈不亮，再加上車頭燈、車尾燈、巴士車燈等等，每個人看起來都像是在跟蹤某個人。

他在一棟房子前停下，是那種我夢想中的房子：有道階梯通往大型的木門，兩邊都有大面窗，還有老式的窗櫺。

有人替他打開前門。我走出陰影，穿過馬路。

伊芙

「麥克斯！」伊芙在身後甩上門，急步走進屋內。「麥克斯，你在哪？」

「這是要給你的。」當她走進廚房時，麥克斯說。「他們逼我簽名，說我已經替你收取了。」說著遞給她一封信。

她接過信時微微地發抖，撕開封口抽出一張紙，快速掃視之後用手摀住了嘴。

「壞消息嗎？」他問。

「不好。」

她把信遞給他，轉身重重嘆了口氣。

「在明天中午之前，若未能將瑪莎．伊莉莎白．蜜露交給當局，將被視為違反國家安保的行為，且直接違反當局之要求，將受到逮補並以妨礙司法之罪名加以起訴。」麥克斯大聲地唸出。

他抬起頭。「他們想逮捕你？不把瑪莎交出去怎麼會是『妨礙司法』的行為？」

「這不重要，」她說，「他們總是能捏造個罪名。他們把瑪莎，還有我們，當成了威脅。」

「因為他們知道我們有原始的檔案和文件嗎？還有監視器錄影？即便他們已經盡一切手段在抹黑我們了，也一樣嗎？」

「在有人開始注意聽之前，就讓我們消音，不是比較保險嗎？」她說。

「不會有用的。」他說。「我已經把所有的東西都掃檔，寄給所有的報社編輯、電視製作人，所有我能找到的人都寄了。我還把檔案披露在一個我架設的網站上，連同監視器錄影……我才不會罷手咧。」

「麥克斯，可是，這個，」她指著那封信說，「我們沒辦法抵抗。要是我們不能告訴他們瑪莎在哪兒，他們就會來抓我。」

「你不是真的在考慮把她交出去吧？」

「我怎麼能夠?我根本不知道她在哪兒。」

他們雙雙陷入沉默。麥克斯轉身把熱水壺轉開。

「我需要的是紅酒,不是咖啡。」她喃喃說道,並且從櫥櫃中拿出一瓶。麥克斯再度看手上的信。

「這項嚴重的罪行最高可判處終身監禁,」他繼續唸,抬眼瞥了正在給自己斟滿一杯的母親一眼,「然則由『按鈕定罪』的審判團決定,其結果依個別案件而定。」

伊芙把軟木塞塞回瓶口。「對啦……把我的命運交給三個不特定的人來決定。絕對不是黑箱。只要兩個按鈕,我就下獄了。」

她端起杯子,看著他說:「麥克斯,要是真是這樣,要是他們決定我有罪——」

「沒問題的,」他向她保證,「你以前對我說過,要是你發生了什麼事,你在律師那裡都有留下書面指示,我可以去住在——」

「不是那個,」她打斷他,「還有別的——」

「停,媽。沒事的。你會沒事的。我們可以和他們解釋。」他用雙臂環住她,擁抱她。

「我實在不配有個這麼好的兒子。」她低聲說。

瑪莎

幫他開門的人站在邊上，我看不見他們的臉。

但我看見約書亞的臉上露出笑容並放鬆下來。那種愉悅是只有在所謂家這個地方的四壁之內才有的。在那裡你只要做你自己就好，外面的世界就去他的吧。

約書亞做自己的時候是什麼樣子？我有種感覺，那不會是我們在電視上看到的樣子：完美的髮型和衣著，還有電影明星般的笑容。

我走上那道三級的石階，站在那扇令人印象深刻的大門前。雨點從黑色亮面的門上滑落，兩邊都有盆栽，還有那種讓你把髒靴子弄乾淨的東西。

以及一個黃銅的敲門環。

我碰觸它。

拿起它。

但我無法敲下去。

我輕輕地把它放下。

你在幹麼？我在腦海中問我自己。

你期望達到什麼？

我好冷。

好餓，又累又孤單。

我想要……需要……

被找到？想讓約書亞打給警察，讓他們把你帶走，然後再也嘗不到自由的滋味？

如果自由是像現在這樣，那我想要自由嗎？

那些特刊上以撒的臉占滿了我的思緒。我不知道答案，只知道離結束還很遠。

我走下樓梯，走回人行道上，但有某件事讓我轉身。

約書亞的這棟豪宅有四層樓：大門進去的一層，再上去有兩層，底下還有一層地下室。

地下室裡有盞燈亮著。我慢慢往後退著走，停在一道比較小、通往下層的樓梯旁，有幾階台階爬著常春藤，還有幾階破損了。

我靠邊躲在植物的陰影中，慢慢走下去。

現在馬路上的人看不到我了。

因為燈光的關係，屋裡的人也看不到我。而我可以看見他們。

是約書亞。他把鑰匙丟進桌上的一個缽裡，然後踢掉鞋子，又把襪子也脫掉，然後閉著眼活動腳趾頭。另一個人走進房裡，是個中等身材的男人、深色頭髮，我不認得這人。他替約書亞脫下外套，把它掛在門邊的衣架上。

約書亞坐在桌邊，把臉埋進雙掌裡。

另一個人從後面走近他，雙手放在他肩上，接著用雙臂環住他、擁吻他。

嗬，我心想，他倒是藏得很好啊，真不知道是為什麼。

然後我想到「死即是正義」節目——他是節目的新代言人。女人們垂涎他，有多少觀眾是為了他才收看的？節目製作單位知道他是同性戀嗎？觀眾呢？投票者又如何？

那個男人坐到他旁邊，我看到約書亞的頭抬起來，搖了搖，臉上有淚光。他的伴侶拿面紙給他。

這不是演給我看的，我心想。接著我走回街上。

我現在該怎麼做？

用麥克斯給我的珍貴四十鎊，看能不能找到一個房間過夜？但是哪裡才安全呢？

真希望我能對人生按下暫停鍵，思考休息一下。我又冷又累，冷到骨髓裡，但我不能停下來。每一分鐘，不，每一秒鐘，我浪費的每一秒都離以撒的死亡更近。

五天之後你就可以休息了，我告訴自己。到時候就可以睡了。到時候你就可以回顧過去，確定自己已經盡力了，已經盡了所有、一切的努力。

但是現在，我還什麼都沒做。一點兒也沒有。我需要一個地方思考，計畫接下來該怎麼行動。

首相

首相快步走在兩旁裝飾著木鑲板的走廊上，厚厚的地毯吸收了他的腳步聲，牆上掛著的前任領導人畫像俯瞰著他。

他已經見過他們無數次了，就如往常一樣，他走過時沒有瞄上一眼，連想都沒有想到他們。對他來說，這些既不是歷史也不具任何意義，只不過是畫像罷了。

他推開雙扇門，接著馬上右轉，在牆上的一個面板上摁姆指。門喀嚓打開，他走進一個藍色的房間。

房內有一面牆的牆壁被打掉，代之以一面巨大的螢幕為中心、四周環繞著其他的小螢幕。每個小型螢幕上展現的視角皆不同：俯瞰街景、十字路口、聚焦在屋宇、商店及學校的入口處；而中心的螢幕則顯示出城市區、大道區和高樓區的衛星影像。影像上有紅色的小點，有些保持不動，有些在移動，以不同的速度、朝不同的方向移動。

螢幕前有兩張旋轉椅，其中一張上面坐著蘇菲亞，他的助理。

他走進來時，她站起來說：「老闆，我替你把所有畫面都彙整起來了。是她沒錯。」

首相坐下。

「當時我正在檢視所有名人的房子，這是每晚此時的例行公事。最近約書亞・德克在觀察名單上的排名往前了，不然我大概還要再過一、兩個小時才會發現。」她一邊說話一邊按下一些按鈕，小螢幕上的畫面消失。

「接著我沿線往回找，標出那些她來時肯定經過的路徑。在高樓區的部分比較模糊，因為監視器被破壞的數量多，所以您會看到有些地方有點模糊，有些則斷續。」

所有的小螢幕上都出現同樣的畫面，是瑪莎在不同街道上的各種照片，影像從一台攝影機的畫面跳到另一台攝影機的畫面。

「但我還是想辦法找出她去過的路徑。看起來她是在葛斯・伊凡斯的房子裡。」

大螢幕上的所有紅點消失，高樓區的部分被拉近、放大。

「但與此同時，手機訊號上線了，我們開始追蹤那些訊號，我注意到有個舊號碼和她的行動符合。我認為她一定是帶著麥克斯·史坦頓的手機。幸運的是，我們沒有刪除那些舊的信號，而是把他們封存，所以我還是可以運用它們。」

她又按下更多按鍵，唯獨一個紅點出現在螢幕上。

「她就在這裡。或者說之前在這裡。」

「你確定那就是她嗎？」首相問。

「相當確定。因為當我交叉比對監視器影像和手機訊號的時候，找到了她……」她暫停說話，按下不同按鍵，中心的螢幕顯示出紅點的行經路線，四周的小螢幕則顯示出瑪莎在穿越城市區時的監視器畫面。

「令人讚嘆。現在我們可以監視她的一舉一動了？」

「是的，長官。事實上，因為您推出的『一人一機』新方案，您現在可以追蹤所有人的行動。」

「這正是我想要的。」他冷笑著說。

「只要沒有人發現就行。我想有人會因為自己的一舉一動被監視而大驚小怪。」

他一隻手在空中揮了揮。「那些會指出來的人都該被撂倒，也就是說，他們必定有什麼不可見人的事。所以這不是問題。蘇菲亞，你真的做得非常好。我將這件事交給你辦，而你已經替自己贏得了能挑起更多責任的權利。幹得好。你可以離開了。好好享受提早到來的夜晚吧。」

她瞟了一眼牆上的時鐘——晚上十一點半。

「謝謝長官。」她回答，離開了房間。

獨自一人的首相往後靠上椅背，椅子發出嘎吱呻吟聲。他一邊思考一邊用手指敲打下巴，然後瞇細了眼睛嘆一口氣。

接著他往前靠近螢幕，在螢幕上叫出選單，在旁邊的空格裡打上「派蒂．派爵」。螢幕一陣模糊，影像移動，重新聚焦在城市區的其中一個衛星影像上，有個紅點在一間建築物內不動。

他拿起桌上的電話，開始撥號。

鈴聲響時，紅點移動到建築物外面，進入一條巷子。

「喂？」派蒂接起電話說。

「派蒂親愛的，你好嗎？」

短暫的停頓。聽得見車流的噪音。

「史蒂芬嗎？」

「對你來說是首相，不過沒錯。你見鬼的到底好不好？」

「很好，謝謝關心。」她回答。

「太好了。我很擔心呢。我還以為你會因為失去丈夫、兒子下獄而難過呢。」

「他才不是我兒子。」

「你不需要時間對抗憂傷吧，對嗎？」他將衛星影像進一步放大，螢幕上的影像重新聚焦在她剛走出來的酒吧，看得見的霓虹燈標出的酒吧名字：「荷利」。

「我記得你常去荷利酒吧……」

「那個破地方？才怪。」她回答，「我在我的車上，剛剛才靠邊停。你應該可以聽見車流聲吧。」

「我一點也不懷疑你，派蒂，」他說，一邊看著紅點挪動更靠近路邊。「我對你百分之百信任。」

「很好，」她說，「狀況完全都在我的控制中，就像我跟你保證過的。這不是問題，我會解決蜜露。」

「派蒂，如果我們對彼此不能完全理解的話，將會是很糟糕的事情。就像我之前說過的，我不想終結我們的友誼和協議。截至目前為止我們兩方都從中受益，但為了繼續維持下去，還需要有完全的配合。」

「當然。」她回答。

「所以蜜露在哪？」他再次把選單叫上螢幕。

「呃……」

「因為你說過，事實上是說了很多次，說你正在解決這件事。」他在姓名框裡鍵入「瑪莎．蜜露」，然後按下確認。

「我可以跟你保證——」

「派蒂，她現在在哪？」

畫面拉遠，一個紅點出現在邊緣，接著又拉近。

「我——」

「要我告訴你嗎？」

「她……她躲在高樓區……」

「她不在那裡。」他哼了一聲。「顯然你不知道。既然不知道也就代表無法控制情況。」

他的腳拍打地板。

派蒂沒有回答。

「她在約書亞・德克家附近的公園裡，有演奏台的那個。你還有二十四小時。到時如果事情還是沒解決，你的公眾形象就會整個掉進糞坑裡。清楚了嗎？」

「怎樣——」

「我也不期望處理我們協議中屬於你的部分。趕快離開那間破酒吧，開始行動吧！」

「你在跟監我嗎？」

他無視她的憤怒。「有任何新的狀況，蘇菲亞會通知你。現在，快行動吧，派蒂。你把自己抬舉得這麼高，從上面摔下來可不好看。就到明天晚上。沒有藉口。」

他掛上電話，看著螢幕牆。

「瑪莎・蜜露，你真是個麻煩的小姐哪。」

第 3 天

瑪莎

我好冷。快冷死了，就算有毯子和外套還是冷。

已經想不起來上次好好睡覺是什麼時候的事了。

大概是在那一夜之前吧，就是你殺了傑克森的那一夜。那時我們一起，在我的公寓裡。

我坐在這裡，讓眼睛適應黑暗。我看得見樹的輪廓、樹枝在空中搖擺，也聽得見它們發出的窸窣聲。我忍耐著寒冷，因為必須如此；我信任的人正是那些我無法前去求援的人。所以我在這裡。

某處的教堂鐘聲響了，我數著——一、二、三、四、五。五點鐘。我想我一定是睡著了。

我把項鍊從脖子上拿下，讓巧拼戒滑到手心，盯著它看。五個小圈連在一塊兒，但又各自分開。我想了一下他說的話：「我希望你會戴著它紀念我，不管我現在身在何處，我希望這個戒指能鼓勵你不斷嘗試。」

我試著把它們推在一起，但它們只是擠成一堆，然後又再散開。沮喪中，我把它掛回鏈子，戴在脖子上。

我正在嘗試，以撒。我心想。而且我會繼續嘗試。

我又多了一個理由把你救出來，好讓你替我示範戒指怎麼弄。

我往上盯著天空，天還是暗的——天鵝絨藍——星星閃耀。以撒，我們的天空，我們的星星。無法想像你走了之後，抬頭看星空時會有什麼感覺。

我覺得像是看著一列正全速前進的火車，而鐵軌上有輛車卡住了。其他人都只是站在旁邊看，等著慘劇發生。

我知道就要發生了。

我知道自己可能可以在某個點讓火車停下，可以讓它慢下來之類的，但卻來不及救那輛車。

老天啊，這真是真實又瘋狂的狗屁。

要是你在去年此時跟我說會發生這樣的事，我一定會當著你的面嘲笑你。要是在兩個星期之前告訴我，我可能會相信其中一部分。要是在上星期告訴我的話，我懷疑自己在七號牢房時，還會不會做出相同的事。

以撒

我在等天亮，等著換一間牢房。

昨天，從上一間牢房換到這一間之間的幾分鐘內，我往走廊底看，看見了七號牢房的門。它從底端浮現，像是通往天堂的大門。或是往地獄。

或是一扇通往劇場的門。

我們在後台，而大眾，也就是我們的觀眾，在另一邊等候好戲上演。

他們會得到他們想要的嗎？

他們會評斷我的表演值得他們鼓掌嗎？甚至起立鼓掌致意？

真是齣滑稽秀。

我緊張、恐懼得反胃。

瑪莎

第三天了，我還是沒有把你從那裡救出來，也沒有幫上你任何忙。

我把麥克斯給我的手機從口袋裡拿出來。我沒用過幾次手機，因為付不起。我有一支舊的，大概有磚頭那麼大，只能打電話，不過反正我既沒有通話費，也沒有人可以打去。

這支看起來比較新潮。

表面的時間透過黑暗用力地瞪著我：早上五點十六分，還有一通未接來電。

上面也顯示了「家」。我的胃一時間吊了一下，但那不是我的家，是麥克斯的。他一定是從家裡打來，好讓我知道那邊的電話。上面顯示的時間是凌晨兩點半，那時我一定是睡著了。

還有訊息。

我想辦法讓它顯示在螢幕上：「你在哪？我很擔心你。我們應該碰面嗎？打給我。」

晚一點。我對自己說。

我站起來，腿發疼，手臂僵硬。這事要是發生在春天或夏天就好了，我心想，可惜不是……我蹣跚地走下表演台，穿越公園。

四周很安靜，感覺很平靜。

以撒，如果我能想辦法讓你出來，或許我們可以一起來這裡，踢散秋天的紅葉，或是走在林間的草地上。握著對方戴著羊毛手套的手。

我已經到了公園外面，街道比我想得還要繁忙。城市正在甦醒，恢復活力，人們正要去工作。我看著他們，不知他們的世界會是什麼樣子——他們難過還是開心？他們有認識的人快死了嗎？他們過著不知道下一餐在哪兒的日子嗎？

有時可以從他們的臉上和眼神裡看出，但大多數人都垂著肩膀，沿著灰色的人行道行進再前進，就像是機器人。

自動機械人。

以程式設定：依照固定的路線從A點前往B點。

以程式設定：去相信被告知的事並且不去質疑。

以程式設定：閱讀報紙上的報導並且信以為真。

還有以程式設定一會兒為了受苦的人而難過，但馬上又為了接下來不是自己受苦而感恩，最後則忘了自己讀過或是聽過這些事。

冷漠以對、無知無感、膽小怯懦。

我正在大吼，聽起來像是神經病的激進主義者之類的。

我來到這裡。

前方就是死刑列的大樓。

陰暗高聳龐然矗立。

它讓我恐懼。但以撒就在這裡。

黑色的鐵欄杆、黑色的鐵柵門、龐大的木門通往前方入口，其上則是一隻巨大的眼睛，眨著眼監視著，放射出冰藍色的霓虹光線。每隔幾分鐘「以眼還眼以眼還眼」的連續字樣，就會繞著虹膜轉，接下來電氣的閃光穿梭其間。這讓我毛骨悚然。

讓我想起那張椅子給我的感覺：我手腕上的束帶、頭上冰冷的頭冠。

那種恐懼……

就差那麼一點我就……

現在是以撤……

我用力看穿黑暗。在那扇木門旁邊，以字體小很多的字寫著：「由網安贊助」加上雲朵及鎖頭組成的圖案裝飾。

我繞到柵門前，柵門內的路徑穿過空地，繞過那棵樹，通向入口，參加死刑的人就是由這個門進入。

那棵樹，我心想，它帶給我的安心感還真是驚人。我只敢待幾秒鐘，當小鳥從樹上飛起，知道牠還活著讓我鬆了一口氣，露出微笑。

小事情很重要。

我繼續沿著外圍的邊緣走，當我走到一般人不會走到的地方，景象也變得愈來愈雜亂。幾盞街燈壞了，一盞一直在閃；轉過轉角之後，鐵欄杆被老舊的石牆取代。我沿著石牆走，離開馬路，路徑轉向一片草地。

沒有燈、沒有車子，什麼都沒有。

太陽還沒升起。

四周一片漆黑，伸手不見五指。感覺好像這裡不是城市區了一樣。

我的腳已經濕了，地面感覺軟軟爛爛的。

當然啦，一直在下雨啊。

我抬頭看，可以辨識出石牆的頂部，但看不到另一側的建築物。

一棵樹聳立在我面前。不是多高的樹，但……

我停下來思考。我繞著樹走，摸摸它，試試它的枝幹，盡力把眼睛睜大好看得更清楚。

我的腦袋裡充滿了我不知是否有膽量去執行的點子。

最糟又能如何?它對我說，這個問題就像冷天裡呵出的氣一樣，形成一團霧停留在空中。

我嘆了口氣。

管他的，我心想。我還有什麼能失去?

那棵樹並不難爬，它的枝椏伸向四面八方。我很輕易就攀到石牆頂部。現在可以輕易窺探裡面的建築物。在這一邊建築物不是那麼高，低矮且顯得有點骯髒、陳舊。但我猜它八成也不用太好看，不是嗎？沒有人往裡看，只有往外看的。

然後我也看到窗戶了。

天啊，感覺好詭異。

在裡面發生的事，各種片段閃過我腦中。裡面一切還是一樣嗎？伊芙說他們把順序換過了，引進了一些新的東西。左邊的窗戶有白色明亮的光，那一定是一號牢房，還是一樣。老天啊，下了好久的雨，那個會漏水的牢房是哪一個？三號？還是現在不一樣了？有別的變態折磨人的事，掩蓋在所謂的正義之名下施行。

以撒應該在二號。他們應該還沒有把他移走，要等到天亮。現在那大概會是五點半。十一月的日出是幾點鐘？應該已經快到了。

那一扇一定是二號牢房的窗戶。

我掃視那排窗——確實是變小了。

我往下看空地。

若是我跳進去，還能重新回來這邊嗎？

我不確定。

可是……這是以撒的牢房。在那裡。就在那裡。他就在那裡。

在我的頭腦有時間阻止自己之前，我跳了下去。落地時摔得不輕，但沒大礙。我沒有停頓，快速越過草地，來到他的窗下。

我站在那兒，不知道接下來到底要怎麼辦。

我停下來思考。窗戶不是很高，我大可大聲喊叫，他聽得到。我也可以四下找找有什麼東西可以墊腳，攀上窗戶就可以看到他。

和他說話。

也可以打破玻璃（如果那是玻璃的話，我不記得了），握住他的手。

和他在一起。

只有我們。

他和我距離有多遠？大約只有幾公尺吧，可能是三公尺。

有一會兒我閉上眼，想像他躺在床上。我多想輕步走進他的牢房，爬到他旁邊，這樣我們就能互相擁抱，讓四周的一切都消失。

要是能夠就好了。

我退後，深吸一口氣。

「以撒！」我用嘶聲向著窗戶喊他。

然後停下來等。什麼事也沒發生。

「我愛你。」我鼓起勇氣喊，但風颳在臉上像是賞了我一巴掌，也把我的聲音颳走了。

我的眼睛發疼。我眨眼讓淚水消失，鼻子發出聲音用力地再吸一口氣，準備再喊一次，這次要用盡全力。

但是，就在我肺部吸滿空氣時，我停住了。

不行，我對自己說。想想會發生什麼事。有個攝影機在監視他的一舉一動。他們不用幾秒鐘就會跑來，你完全沒有逃走的機會。

我站在黑暗中，仰視亮光。

你不在乎被抓到嗎？我問自己。

我當然在乎，但我必須這麼做。我在腦海中回答。

為什麼？就為了再見他一次？

沒錯！還有讓他知道我仍在努力、我沒有忘記他。

然後讓他看著你再次被抓走？

對此我無法回答。

放棄吧，瑪莎，下來。這根本不可能，而且很愚蠢。

我想跟自己再爭辯一下，試著找出一種方式讓這麼做不至於不可能或愚蠢，但我明知這是自己騙自己。

要不是決心保持堅強，我會當場坐下來開始哭。

我緊貼著牆，沿著建築邊緣繞行。天還很黑，但是角落裡隱約已出現一絲曙光。

我壓低身體，保持靠近牆壁，躡手躡腳地走到牆壁的盡頭可以從轉角窺視的地方。現在我可以看到柵欄，看得到建物前面的馬路，也就是人們排隊等著進來的地方。我不敢再前進，但沒關係，現在我可以看見了。

樹在那兒，靠近舊的諮商室窗戶，光禿禿的枝椏在月光中舉向空中。

那棵樹到底是怎麼回事？為什麼會這麼安慰人心？

因為是伊芙種的，儘管她不該種樹嗎？

因為那是個沉默的反抗嗎？

她對我太好了。他們都是。我要還的太多了。

我轉身。我不能現在被抓。但我要怎麼出去呢？

在我看來，有三個選擇。

我可以繞到後面，試著爬上那道牆；也可以挺起胸膛像個大人物一樣堂堂正正走出去，寄望我自信的樣子不會有人把我攔下，並且大門沒鎖；或者我也可以翻過欄杆，或試著從欄杆之間擠過去。

每個聽起來都不太妙。

你這頭蠢牛。我告訴自己。這樣做真是蠢到家了。你幹麼這樣做，啊？

當時我是用感情思考，不是用理智。我回答自己：所以閉嘴啦。

我掃視欄杆，看街燈照亮經過大門的路人，然後又回頭看那道牆，心想第一個選擇是不是終究比較好；但接著我知道該怎麼做了。

我想，像這種舊地方加上新東西的，都會有一個新舊交接處；就在那裡，舊牆碰上新欄杆，看起來就像是有人草草了事，留下了一道縫。

那個就行了。

估算了一下寬度，我便往牆走去，快步沿著它來到欄杆處。現在我懂為什麼有這個縫了——有個桶子以混凝土澆鑄在地上。我猜要把它移走並不會花太多的時間和精力，但我真想親吻那個決定把它留下來的工人，因為我用不了幾秒鐘就攀上去、翻越它，到了外面。

我回到大馬路上。比剛才更濕、更臭、更悽慘了點。

我低著頭，戴上兜帽，手插在口袋裡，繼續走。

不知道自己期待什麼。

不知道我為什麼要來。

你沒有辦法把他弄出來的，我的腦袋裡想著。不可能的，你心知肚明。他會死，你會孤伶伶。

我玩弄脖子上戴著的巧拼戒，試著把各部位推在一塊，好似把它拼好就會有某種神奇的解答出現。

我該怎麼做？

我能做什麼？

腦中沒有任何想法。
一點都沒有，什麼都沒有。
我覺得自己
他媽的
真是
太沒用了。
一輛車在我旁邊停下。
我繼續走，不轉頭看。
滾開啦，我想說，讓我靜一靜。
我聽到車窗放下的聲音，那種電動馬達的聲音。
不要停下來，我對自己說。
我想找左轉的地方，但沒看到。
想過馬路也不行。
我稍微放慢速度。

它也放慢了。

我加快它也加速。

我轉身，朝來的方向走。

該死，它也停下來掉頭了。現在該怎麼辦？我該怎麼做？

「瑪莎？」車裡傳來一個女性的聲音，用壓低的氣音說。我朝馬路兩邊看，不知道該往哪邊去。

「瑪莎親愛的，上車，我們談一談。」

親愛的？親愛的？什麼啊？

我轉身要跑過馬路，但那輛車突然往前衝，就在我腳前停下，我的手就在引擎蓋上，眼睛凝視擋風玻璃。

是狗屎派蒂．派爵。

她對著我微笑，指著車內。

對著我笑哩。

我一動也不動。

馬路的另一邊有輛車慢下來，駕駛座旁的車窗放下。

「小姐，你沒事吧？」駕駛問。

我盯著他看。

我像隻被車頭燈照到的兔子，全身沐浴在白光中。聚光燈打在我身上。

我向他點點頭。「沒事。」我喃喃地道，並盡量平靜地走到派蒂車子的乘客座那邊，坐上車。

此刻派蒂似乎是最佳選擇，這他媽的說明了一些事。

「你想幹麼？」我用力把自己拋上座位。

她開車，車門鎖上。我覺得被困住了。

我從來沒有坐過像這樣的車，閃閃發亮，聞起來很怪；有電子數字顯示她的車速，還有其他的燈顯示油量等等的。座椅還是溫的，感覺像是我尿濕了似的。

「對一個救了你的人這樣說話，還真是有禮貌。」

「你的看法真是奇怪，」我回答，「在我看來你差點把我撞倒。有人已經用車撞死了一個姓蜜露的女人，你難道不知道嗎？你可不想被控抄襲吧。」

她停下來等紅燈，引擎自動熄火。

「好車，」我說，「要是你他媽買得起的話。但最好小心點，我敢說要換一輛可不便宜。」

「你的嘴應該放乾淨點。淑女不說髒話。」

我大笑。

號誌改變，她往前開。

「怎樣？」我說，「你看不慣淑女說髒話，卻不覺得操弄整個國家、殺害無辜的人，有什麼不對？」

「你在說什麼？」

「讓我下車。」

「你不會想下車的。」她用手指敲儀表板，開上一條雙線道。「我有個提案給你。」

「我沒興趣。」

「你會有的。」她轉進一個很不顯眼的彎道。「給我五分鐘解釋，然後我就會帶你回去，讓你在你想要的地方下車。」

我不想跟她有任何交集，但什麼也沒說，看著車頭燈引領我們開上一條狹窄的車道。我不覺得這是條路，它一路顛簸著朝黑暗中的未知處而去，沒有人能找得到我。我把手身進口袋，感覺到麥克斯的手機。

「我們要去哪裡？」我低聲問。

「安靜的地方。」她回答。

安靜？我想著，想到以撒的那封信上提到有關錢的事——他把錢留給我，不是派蒂。

但要是沒有我呢？要是我不在了？要是我死了呢？

那錢會去哪？

我腦袋中有個聲音說：他最近的親人。

那就是……派蒂。

老天啊。

她不會吧，會嗎？

我的腦袋中回答：她當然會。

我到底幹麼上車啊？

我們並沒有開很快。

要是我跳車呢？

但是車門鎖上了。不知道是否出得去。

要是出得去又怎樣？她會怎麼做？把我撞倒？

該死。

該死該死該死該死。

她在我做出任何事之前停車，把車燈關掉。

「來吧。」她說。

她下車。

我跟著她，但盡量和她保持距離。

我心跳加速。

手掌冒汗。

我們在河邊，聽得見河水嘩啦聲，感覺得到空氣中的潮濕。

「靠近一點。」她說，「天快亮了，在河邊看會很美。」

最好是啦，我心想。我知道那河水他媽的有多冷，而且老天知道河裡有些啥——八成有購物推車還有老舊的車子吧，要是你跌下去就會害你摔斷脖子。

「我留在這裡就好。」我說。

「隨你。」

我聳聳肩。

「我們有個共同的問題，」她說，一邊向我走來，「就是以撒。」

「他怎麼會是個問題？」

「他的狀況是。」

我背靠著她的車，只因為覺得這樣會讓她不爽；而且一邊聽她說話還一邊用手指頭把車身抹髒。

「蜜露小姐，不管你對我有什麼意見，我確實很關心那個孩子，我不希望看到他死掉。我的人生中已經失去了一個男人，我不想再失去另一個。」

我想說的話有很多，但我緊閉著嘴。

「我知道你對他的感情很深也很真，很不幸情況變成現在這樣。我真的認為，這整齣……鬧劇……都是可以避免的。或是可以處理得更好。」

「鬧劇？」我問。

她不理我。

「不論如何，他是我兒子。我把他養大。我對他有責任。」

「然後呢？」我希望她趕快講到重點。她愈來愈靠近我，手深深地插在某種人造皮毛外套的口袋裡。她在口袋裡藏了什麼嗎？

「我想，要是我們把以撒弄出來，對大家都比較好。」

我的胃翻騰了一下。把他弄出來？怎樣做？

「他不該死，」她繼續說，「傑克森根本豬狗不如。我現在可以說了，之前……我逃不出他的手掌心。他是個卑鄙的控制狂。我想以撒都跟你說過了？」

她快速地看了我一眼，但我沒有任何表示。這聽起來像是她演練過的說詞，我觀察她、看她的動作，看她的手在幹麼，想弄清楚她到底打算做什麼。

「我們兩個可以輕易辦到。」她更靠近了。

「怎麼做？」我問，我氣自己開口問了，但實在忍不住。

「我們要炸開一個洞。」

我嘲笑她，「你瘋了，」我說，「說真的，我覺得你腦袋有問題！」我準備拔腿走人，心裡一陣輕鬆。

不，應該說是一陣失望。

「你難道要看著他死嗎？」她在我身後喊，「你難道連試一下都不肯？他可沒有這麼輕易就放棄你，不是嗎？可見你沒那麼愛他。」

這句話讓我停下腳步。

在寒冷中，我靜止不動，吹過河上的風冷徹骨髓。我愛他。她怎麼敢質疑我？

瑪莎，還記得你昨晚是怎麼說的？我在腦中自問。你是怎麼說的——每一分鐘，不，每一秒鐘，我浪費的每一秒都離以撒的死亡更近。

「但，要是我們不小心把他炸死了，或是誤傷了別人，怎麼辦？」我低聲說。

「我們不會用那麼多，你這頭笨豬。」

炸一個洞進去。我在腦袋裡慢慢地重複。

「你是在說爆炸嗎？炸藥那種？」

「也許我們不要用ㄓ開頭的那個字去想，會比較好。人們一提到那個東西反應就會很怪，而且那比較不像是那種老式的炸彈，比較像是你在電影上看到的，用來爆破保險箱的那種。我們只需要弄出一個大小夠讓他爬出來的洞。」

我的腦袋中有各種警鐘響起。就各種媒體，還有警察、政府來說，炸出一個洞來不就是炸彈嗎，難道不是？

但是……老天啊……好多個但是。

「那你何必找我？好讓我背黑鍋、讓你全身而退嗎？就跟之前一樣撇得乾乾淨淨？」

「人生中有些事我擅長，有些則否。這一點我承認。我可以安排爆炸，我有一些關係，但是我沒辦法靠近那棟建築，也沒辦法進入那個地方。」

「那你怎麼會認為我可以？」

她挑起細眉瞪著我。「不要跟我裝傻，」她說，「也不要以為我很笨。你會後悔的。」

「那要怎麼設引線？你知道，就是實際上……那個……」我聽到自己的嘴裡冒出這些荒謬的字眼，想破頭也猜不到竟然會從我嘴裡說出來。為什麼我不乾脆走開，讓這個瘋女人和她的瘋點子見鬼去？

以撒，因為以撒。

「不需要。我有認識的人，他會提供爆裂物，也會教你該怎麼做。」

我低頭盯著底下的河，看著河水從身邊流過。

「那之後呢？」我問，「完成之後，又如何？」

「你想怎樣都行，」她回答，「我只想要他安全快樂。」

「這跟錢沒有關係嗎？」我打斷她。

她把頭歪向一邊。「呃，其實，有。我是期待某些財務上的挹注。我想合理的是，由你指示以撒將他父親的遺產分一半給我。」

「我為什麼一點也不驚訝？」

「我大可以說全都歸我，畢竟，一個人的生命價值無法計算，不是嗎？但我並不貪心。而且你們倆可以隨心所欲，想去哪、做什麼，我都不會阻止你們。」

「我不知道耶……」我說，「這……這是很嚴重的事。萬一我被抓到……」

「不會的。」

「要是有人受傷，甚至死了，而我又因此被捕，那我不就又回到了死刑列了？」

「就是以撒現在在的地方，」她說，「還是為了救你一命。已經沒有時間瞎混了。要是你不想努力救他，就跟我直說，我可以去找別人。」

去找別人？我在腦中重複她的話。找誰？對此以撒又會怎麼想？要是這個人搞砸了，結果害了他的命怎麼辦？

「你有二十四小時。」她遞給我一張卡片，上面有她的手機號碼。「要是我沒接到你的電話，我會推論你對他的感情畢竟沒有你說得那麼深。我會去找更關心他的人。」

我覺得像是肚子被人踹了一腳。

還有一個問題。「要是你這麼有影響力，可以拿到爆裂物，還可以保證我不被抓，那為什麼不自己把以撒弄出來？」

現在換她笑我了。「我很不想承認，尤其是對你，但有些事情實在不在我的能力範圍之內。特別是你上週逃跑了以後。這麼做讓我們都可以得到彼此想要的，你得到以撒、我得到合理的遺產分配，還有公眾的同情。想像一下，要是他擺脫了法律制裁會引起多大的不滿。

「傑克森非常討人喜歡。公眾希望有人為他的死受審判。他們需要。這會讓他們對系統有信心；當他們有信心，就不會質疑。」

不管我有多討厭這個女人，她絕不像她假裝的那樣是個無腦花瓶。她很聰明、深諳人心、狡獪。「但我希望人們質疑。」我說，「這系統是錯的。這才是最重要的一點！」

「不。你必須讓人們相信他們的聲音被聽見了，讓他們相信自己擁有某種程度的權力。你不需讓他們相信，自己是活在民主社會裡、但其實大謬不然。有時，就是必須丟根骨頭讓他們去追。此刻，以撒就是那根骨頭。」

「但要是我們把他劫出來……？」

「那是恐怖行動。他們會更支持我們。」

我凝望河對岸，遠處是倫敦塔的牆，我想起在那兒被處決的人，想到以撒，想到這一切是多麼的似曾相識。

我怎麼能這麼做？我心想。這違反了一切我所堅持的。

但是……以撒。

還有四天！要如何在四天之改變大家的想法？

必須用其他辦法。

我深深吸了一口氣。

瑪莎．蜜露——是某人的女兒、朋友、女友、愛人。

瑪莎・蜜露——被控謀殺，從死刑列逃過一劫，從主管機關手下逃脫。

瑪莎・蜜露——炸彈客？

「二十四小時。」派蒂說，接著她上了車，把車開走，留我在河邊獨自思索。

史坦頓家

伊芙在床上坐起身，眼睛泛紅，臉上有痕跡。窗簾半遮半開，一束清晨的光線照亮被子上散落的照片。

有些是她的。

有些是麥克斯的。

有些是麥克斯的父親吉姆。

有些是他們三個人的合照。

還有一些泛黃發脆的舊剪報也混在其中。

「司法系統再度勝出」——這是其中一個標題。

另一個標題：「人道主義者因不人道行為遭處決。」照片上是他在七號牢房電椅上的屍體，圖說：「死亡的吉姆・史坦頓，為其受害者償命。」

伊芙把那些剪報翻過去。她的眼睛泛淚，但她眨眼把眼淚逼回去。她從床頭桌拿起筆記本及筆，呼吸急促地開始寫：

親愛的麥克斯，

我從未找到合適的時機和你談這個話題。我寧願親口跟你說，但未來變化如此之快，我怕在我有機會向你解釋之前，這件事就會被挖出來。如果你正在讀這封信，那代表他們已經因為我協助瑪莎而以某些罪名將我起訴；若是如此，恐怕很快就會有人找出我一直瞞著你的祕密，而且利用它來提高銷售量，一點也不顧這會對你產生什麼影響。

我想讓你在報紙把事情大肆渲染之前，先知道真相。

我想讓你從我這裡知道。

麥克斯，我最想要的，是和你說對不起。

在她身旁，一個寫著他名字的信封，等著她完成。

走廊上，西塞羅穿著睡衣和睡袍，躡手躡腳地走進廚房。他看見麥克斯在桌邊埋首筆電前，筆電發出的人造光線照在他臉上，他旁邊有一堆紙張及資料夾。

麥克斯往上瞄了他一眼，皺起眉。

「我睡在沙發上。」西塞羅說。

「媒體會對這件事做深入報導。」麥克斯回答，注意力又回到筆電上。「他們還在車道盡頭那裡宿營，你知道吧。」

西塞羅聳聳肩，把電熱壺打開。

「麥克斯，沒有任何事——」

「那不關我的事，法官。」麥克斯打斷他。

西塞羅把手臂扠在胸前。「你在幹麼？」

麥克斯目光不離電腦，手指還在打字，一邊喃喃說：「那個網站被關了，還有那些影片檔。但已經有不少瀏覽數，還有一些留言。有些人力斥、說全是些陰謀論的狗屁，但也有其他人爭辯說不是這樣。確實有些人在聽，但……」他聳聳肩。

「需要很長的過程？」

麥克斯點頭。「對啊，可能太長了，你知道的，來不及造成改變。我正在架另一個站，看看會怎麼樣。」

「他們可以藉此追蹤到你嗎？」

「用我的方式架，他們應該追不到。」

「『死即是正義』節目上，瑪莎在七號牢房時的錄影呢？」西塞羅問。

麥克斯搖搖頭。「就算他們自己有存檔，系統防護也升級了。我進不去。」

他敲著鍵盤，打開一個新網頁，是「死即是正義」的登入頁面。他繼續敲打，畫面上出現另一個連結。「看來這是最容易進入的方法。有些員工、製作人或是電視台的什麼人，可以登入系統。要是我也能這樣進入，也許就可以繞過去、找到存檔——如果他們沒把它刪掉的話。但是……我需要更多時間。而且……」他又搖搖頭。

西塞羅從碗櫥拿了兩個馬克杯，一邊泡咖啡一邊聽麥克斯說話。

「……我一直在想，傑克森怎麼能自己把所有的事搞定，這是相當複雜的……」

西塞羅在冰箱邊停下，看著他。「你懷疑還有別人涉入？」

麥克斯點頭。

「像是誰？」他一邊倒牛奶一邊問。

「派蒂．派爵？」

「派蒂．派爵?!」西塞羅不可置信地說。「但她只是個，很抱歉這樣說，只是個花瓶。」

麥克斯從他那裡接過杯子，又回到筆電前，快速掃視旁邊的資料夾及紙張。

「你看這張傑克森的清單，」他說著伸手拿給西塞羅看，「看看都是些什麼人在上面。」

西塞羅檢視上面的名字：「潘妮．卓頓、哈特探長、伊恩．邱伯里……等等……他們和我一樣有裁量權。」

「繼續念下去。」

「亞伯特．迪隆佐……」他用手指順著名字往下。「這是那些記者……」

麥克斯點頭。

「還有……政治人物……」他繼續讀下去，「很多政治人物。」

「最多的就是政治人物。是依照某種順序排列的。」

「嗯……上面有大法官、衛生大臣、教育部長……幾乎整個內閣都在……」

「所有政府裡最有力的人士，」麥克斯說，「除了首相自己以外。」他指著名字旁邊的註記，「要是細看的話，有些很嚴重，像是強尼・韋斯特，那個電視主持人？你知道吧？這個——」他搖搖頭，「真的很嚇人。但你看看其他的，例如內政大臣。」

西塞羅繼續往下看名單，然後停住、露出笑容。「內政大臣因妓女而失去童貞？」

「我是說，誰在乎這個啊？」

「這都是用來使力的。」西塞羅說，「有關性事，你聽了會很驚訝；我還是法官時候，最讓人們感到難堪的就是這個。被曝光的時候，要是被病毒傳播……」他搖搖頭，「然而首相什麼都沒有？」

「沒有。也沒有任何派蒂家族的人。」

「她的父母有很多錢和影響力，」西塞羅說，「但是在她嫁給傑克森之前全沒了。還有她哥哥……她哥哥又怎樣呢？」他捋著長長的鬍髭。「出過事。他的名字是啥來著？史都華？還是史坦？總之類似這種的。我不記得在報上看過，但聽過傳言。可能是有攻擊事件？他是被捕了吧？噢，我想不起來了。」

他們各自啜飲咖啡，思索著。

「有可能只是巧合。」麥克斯說。

「也許我們不應該太快就相信巧合。」西塞羅加上一句。

他又繼續瀏覽名單，此時門鈴聲響起，他們還來不及反應，有人就開始砰砰地敲門，愈來愈大聲。

「是怎……？」西塞羅說著跳起來。

麥克斯什麼都沒說，目光嚴肅，迅速地把紙張收攏、拔掉筆電電源線，拿著東西衝進去。

「要是不開門，我們就把門打破！」門外有個聲音大喊。

伊芙跑出房間，在睡衣上加了一件套頭毛衣。「見鬼，發生什麼事了？」她大吼，「是誰在外面？」

西塞羅張開嘴，但伊芙已經進走廊朝前門走去。

麥克斯兩手空空地重新出現，此時伊芙大步走回房間，身後跟著三個警察。

「你們說期限是到中午。」她對他們怒吼。

「我們收到的命令改了，史坦頓太太，」其中一人說，眼神從伊芙的家居服到西塞羅的睡衣和光腳。「西塞羅先生？」他說道，眉毛挑得半天高。

「沙發，」西塞羅說，「我來作客。我睡在沙發上。」

警察緩緩地點頭。

「什麼命令？」伊芙說。

「如果拒絕交出瑪莎．蜜露，或是說出她身在何處，以至於延誤搜索，我們將會以阻礙司法程序的罪名將你逮捕送審。」

「可是……她不在我手上。我也不知道她現在在哪裡。」

「我們有理由相信並非如此。」

「我什麼都不知道。你可以回去這樣對你的長官說。」

「恐怕這不在選項之內。我們要帶回瑪莎．蜜露，或是有關她行蹤的資訊，不然就帶你回去。」

「這真是荒謬！」西塞羅怒道。

「我沒有任何事可以告訴你。」伊芙平靜地說。

「那麼，史坦頓太太，我們別無選擇，只能逮捕你。」

「她說了她不知道瑪莎在哪！」麥克斯大吼。「你們把她逮捕又能怎樣？她在警局也一樣不知道啊！」

「我們只是聽命行事。」警察回答，「史坦頓太太，請跟我們走。」

「罪名是什麼？」西塞羅質問。

「我們已經說過了，」那警察回答，「妨礙司法。」

「這一點道理也沒有，」西塞羅堅持道，「在這樣的案子裡，妨礙司法的定義是某人阻礙了司法程序在他或她本人、或是第三方身上執行。」

「一清二楚。」警察說。

「跟我解釋一下現在怎麼可能是這樣，」西塞羅說，「有什麼司法程序需要在瑪莎・蜜露身上執行？她犯了什麼罪？」

「她未向有關當局告知她未成年，且無監護人同住。在發現這一點之後，她也未向當局報到，並以長期無人照管的狀態生活。」

「無人照管？有這種說法嗎？你還要這樣扯下去？」

「無人能替她的行為負全責，例如家長或是指定的監護人——」

「我說過我要當她的法定監護人。」伊芙插嘴。

「但你未能填寫所需的表格，在收到表格、受理並裁決之前，是不行的。」

「可是——」

「我已經說過了……無人能替她的行為負全責，例如家長或法定的監護人；再加上她並未住在照護機構內，不在當局的管轄內。」

「那就是犯罪嗎？」西塞羅質問。

警察沒有理會他。「麻煩你，史坦頓太太，我們不想搞得太難看。麻煩跟我們走——」

「這是狗屁。」麥克斯說。

伊芙給他一個眼神。「麥克斯，算了。」

「史坦頓太太，如果你不配合跟我們走，恐怕我們就必須強迫你了。」

「不行！」麥克斯大吼。

伊芙舉起一隻手。「至少可以讓我換件衣服吧？」她問那位警官。

「恐怕不行。我們收到嚴格的命令要立刻將你帶回，以便讓你的案件有機會在最快的時間內處理。」

「什麼？連穿個衣服都不行？」

「伊芙，我們可以反抗——」

「不行的，西塞羅先生。她犯了罪，我們有首相親自簽署的逮捕令。」

「因為她是如此危險嗎？」

「因為瑪莎．蜜露對國家保障及民眾安全是嚴重的威脅。」

「西塞羅，不要這樣。」伊芙說，並套上鞋子。「接下來會怎樣？」她問。

「我們不能說。」他回答。

伊芙給西塞羅一個眼神，他點頭，兩人之間有種共通的理解。

「你可以透過一般的管道獲知。」警察說，並交給西塞羅一張卡，「上面有資訊專線的號碼，還有史坦頓太太的案件號碼，你可以透過專線得知最新進展。」

「會加計費率嗎？」西塞羅問。

警察沒有回答。

伊芙上前將麥克斯摟入懷中，擁抱他。

「我會好好的，媽。」他說。

她抽身，深深凝視他的臉。「要留意你可以相信誰。」她說完就轉身走了。

以撒

我看著欄杆的陰影隨著太陽升起移動到對面的牆上，期望日出可以使氣溫升高，可惜沒有，依然冷得要命。

不知道外面是不是結霜了，樹枝上會不會覆滿了霜，小鳥是不是還活著。

設計這個的人很聰明。攝影機對著我，但觀眾們不會知道這裡有多冷，所以我也不會縮到被單底下，不然他們會以為我放棄了；我也不會來回踱步取暖，不然會被當成是焦慮；我也盡量不因為冷而發抖，以免他們認為我害怕。

相反地，我要坐在這裡，坐在床邊緣，假裝很溫暖。

有一陣子我閉上眼睛，想起和瑪莎在蕨類森林的時候。我們生了一堆火，面對著火光，火堆嗶剝噼啪響，升起的煙在不定的風中，一會兒向東一會兒向西。

那時她在我懷裡，我能感覺她的溫暖、她的胸口隨著呼吸起伏。

她抬眼看我，我心想著要告訴她我愛她。話就在我嘴邊，但是感覺說這話還太早，她也許不會相信我，又或者她沒有同樣的感覺。昨夜，風戲弄了我，我以為我聽見，我發誓我聽見了，聽見她說愛我。我真希望那是真的，希望她昨夜和我在一起，低聲對我說那些話。

是真的就好了。

我睜開眼睛，那些影像、記憶及希望都消逝無蹤，牢房裡的寒冷再度一擁而上。我站起來，把連身服拉平，走三步來到窗邊。窗戶上沒有玻璃，有一瞬間我仰起臉捕捉微風，但尖銳的寒冷讓我停止呼吸。我倒抽一口氣忍住了，皮膚上及喉嚨裡的疼痛感，提醒我自己還活著。當我再也受不了的時候，我低下頭凝視自己的光腳。

我的光腳站在沙灘上。

八歲的腳，當時並不覺得冷，而是在被太陽烤熱的沙灘上覺得燙。

旁邊還有另一雙腳，一樣小，但上面有傷痕、瘀青、不完整的趾甲油殘跡。

「把涼鞋穿上。」

我轉身，看見一個女人戴著超大的太陽眼鏡、帽子，身穿亮粉色比基尼，四仰八叉地躺在日光浴椅上。是派蒂。

她把耳機拿下來和我說話。「我花了那麼多錢不是買來讓你擺著的。」她說。

「她也沒有穿。」我回答。

那女孩對著我笑，我們牽起手。「去海裡！」她大叫。

我想跟她一起跑，但派蒂的手抓住我的手臂，指甲像爪子一樣陷進我的皮膚。

「她沒有穿是因為她買不起，」她用氣聲說，「她不是我們這類人。」

那女孩清瘦的臉及大眼睛，正在懇求我一起衝進海裡玩。

「為什麼？」我問派蒂。

「你看看她的家人，在那邊。」她說，「便宜的衣服和毛巾，八成是從什麼廉價商店買的吧。還有，看看她的頭髮，老天啊。」

我不知道她的頭髮有什麼問題，也不懂從那個叫做廉價商店的地方買毛巾有什麼重要的，或是為什麼不應該穿便宜的衣服。但我還是鬆開那女孩的手，對她搖搖頭。

那女孩跑開，派蒂把耳機戴回去，並轉身烤另一面，像是插在架上的烤雞。

我在另一張日光浴椅上坐下，傑克森拿著兩杯雞尾酒從吧台回來。

「我可以和別人一起去海裡玩嗎？」我問他。

我記得好清楚，不懂為什麼現在才想起來。

「你的泳褲，」他問我，「是你媽前幾天買的嗎？」

我點頭。

他瞄了派蒂一眼，後者沉浸在自己的世界裡，傑克森又看向我。「那就不行，小伙子。」他說，「要是我讓你穿著下水，她會宰了我。」他搖搖頭，「太貴了不能穿著亂來。」

我看著他把雞尾酒在木桌上小心擺好。

「但你穿起來很好看。」他說，又看了我一眼。

我頹然靠回日光浴椅，拿起遊戲機。

「現在的孩子啊，」他依然看著我，說，「有整個海灘可以玩耍，卻只想打電動。」

我把遊戲機放下，盯著我的光腳。

在這兒沒什麼讓人分心，有好多時間可以思考。不想要的回憶浮上腦海。

傑克森教我怎麼騎腳踏車。

傑克森幫我蓋樹屋。

傑克森在床上為我讀繪本。

而我殺了他。

傑克森殺了我媽。

傑克森是個毒販。

傑克森撞死了瑪莎的媽。

傑克森為了自保而讓別人受死。

這兩者我無法同時接受，它們肯定是二者並存吧。也許沒有人是完全壞的或是完全好的，或者最終其中一方將勝出，又或者發生了某些事將他推向那一邊。

下午二點半，死即是正義

與心跳合拍的入場音樂響起，眼睛標識發光眨動，攝影棚內觀眾席上的燈光暗下，同時舞台上的燈光亮起。身穿炭黑色的長褲及背心、紫色襯衫，領口釦子敞開的約書亞，大步走上前，露出大大的笑容並揮手表示歡迎。

觀眾歡呼鼓掌。他走到舞台中央，停下來並舉起一隻手。

約書亞：女士們先生們，謝謝你們觀賞這集週三的「死即是正義」！

觀眾們更用力鼓掌。

約書亞：稍後今晚的節目中，我們會看到來自各個牢房的現場直播畫面，我們也會一起來看看數據，看誰很有可能會死——絕對不要錯過了。但首先，各位觀眾……

他暫停一下以製造氣氛，低垂眼簾並把頭低下。

約書亞：今天下午，我們為您邀請到一位非常特別的來賓。

觀眾發出「噢～」的聲音。

約書亞：但是在我們介紹這位來賓之前，先來關注一下這齣正在上演的好戲，有何最新發展。這個案件是前所未見的，絕對是「死即是正義」節目史上頭一遭；沒錯，就是以撒．派爵的悲劇。

節奏較慢、挑起情緒的音樂響起，約書亞走向他的桌子，坐在左邊的高腳椅上。在螢幕的右邊，眼睛的標識消失，取而代之的是三號牢房裡以撒的即時畫面。

約書亞：我們都已經知道情節了，既悲慘又令人震驚。據統計，有兩千五百五十萬的觀眾在頻道上觀賞無辜的瑪莎．蜜露，因射殺派爵的嫌疑而被判有罪，但這個年輕人卻出現了……

他舉起一手指向螢幕。

約書亞：……自首犯行。這真是個令人心碎又戲劇化的轉折……

觀眾之一：但我們還是不知道他到底說了什麼！當時沒有訊號！

觀眾之二：你是說有這麼多人，在同時間觀看了一片空白的頻道！

觀眾之三：而且也沒有在「歷史回顧」裡。網路上也沒有！根本沒人知道發生了什麼事！

觀眾愈來愈鼓譟。約書亞沒有做任何事安撫他們。他歪著臉並碰觸耳朵，接著手遮擋眼睛上方的聚光燈光線。觀眾席上傳來重物落地以及拖曳聲；聲音靜了下來。約書亞站起身。

約書亞：事不宜遲，就讓我們歡迎今天的特別來賓……

嘈雜聲漸漸消失。

約書亞：女士們先生們，電視機前的觀眾們，讓我們熱烈歡迎這位本案的核心人物，此人對行為不檢的瑪莎了解程度有如母親一般，可以為我們解析據說瑪莎和以撒．派爵之間存在的特殊關係。沒錯，這位就是為以撒．派爵發言的來賓，史上唯一擔任過「死即是正義」節目來賓達三次之多的……莉蒂雅．巴科夫太太！

燈光改變，觀眾鼓掌。B太太身穿平時穿的老舊裙子及毛衣、鼻子尖端上戴著牛角框眼鏡，從後台拖著腳步走出來，繞過桌子，不自在地坐在高腳椅上。

約書亞起身和她握手，又重新落座。攝影棚裡一片寂靜。

約書亞：B太太……我可以稱呼您B太太嗎？

B太太：（點頭）可以。在我看來你是紳士，我尊重你。

約書亞：（皺眉，聲音低沉）謝謝您，您真好。B太太，對您來說，這段時間肯定讓你十分震驚。我可以想像您必定會感到艱難與不安。

B太太：是的，德克先生。

B太太絞擰著手。

約書亞：事實上，如果我們回顧過去這一年，您先是失去了您的好朋友貝絲・蜜露，瑪莎的母親；然後是令郎……

B太太：（打斷他）並不是失去，德克先生，這種說法太溫和了。他們是被殺的。謀殺。

約書亞：謀殺是個很嚴重的說法，B太太。

B太太：謀殺的定義是什麼？我之前查過字典，上面說：「有預謀地殺害某人。」傑克森有計畫地殺了貝絲，我們都知道，在錄影帶上有，監視器的。

低語聲在觀眾席間蔓延。有人拿出手機，看得見閃光。

B太太：還有呢？那個奪走我兒子奧力的電椅，我無辜的兒子，那又叫什麼？

約書亞：極刑。執法。

B太太：那難道不是有計畫地殺害某人？

約書亞沒有回答。B太太在椅子上挪動，挺直了背往後坐。她緩緩搖頭。

B太太：德克先生，你真讓我驚訝。要是那個女人我倒不驚訝，她叫什麼名字來著？很瘦、有張塑膠臉的？

約書亞：克麗絲汀娜？

B太太：克麗絲汀娜，沒錯。要是她我不會驚訝，但是你？你並不笨，也沒有把頭埋在沙裡，我看得出來。你知道發生什麼事，你知道真相。但是你很聰明。是個很複雜的人。你知道這是謀殺，你知道這是不對的，我可以從你臉上看得出來。你看見了在七號牢房裡瑪莎發生了什麼事，也聽到了那些大人物和政治人物做錯的證據，不是嗎？

約書亞：對不起，B太太，我不懂你指的是什麼。我相信關於那晚的記錄去向已經有相關的調查展開，同樣的，瑪莎的心智狀態也是。但我沒有任何印象——

B太太：是你耳朵裡那個聲音叫你這樣說的嗎？要讓我聽起來像個瘋女人？腦袋有病的俄羅斯女人、聽不懂英語？它控制了你嗎，那個你耳朵裡的東西？

約書亞：B太太，我們能不能先把這個話題放一邊，來談談以撒吧。

B太太往後靠，低下頭，從眼鏡上方往外看。

B太太：以撒嗎？好啊，那就來談吧，談以撒。德克先生，請跟我說這裡的這些人，還有在家裡的那些，如果他們不知道發生了什麼事，怎麼能正確地投票呢？

約書亞：他們知道以撒坦承射殺了他的繼父：派爵。

B太太：那他們知道為什麼嗎？

約書亞：法律明示，殺人背後的理由並不影響被告的判決。但我們先不談這個，B太太，我們來談談他和瑪莎的關係。

B太太：不，我們繼續談那個法律的話題。我知道法律是怎麼說的，德克先生，但我想知道**你**是怎麼想的。

她轉向觀眾。

B太太：（大喊）我也想知道**你們**是怎麼想的！

她站起來走近觀眾。約書亞呆若木雞地看著她。

B太太：你們怎麼想？你們想知道以撒為什麼殺了他父親嗎？每個在旁觀室裡的人都知

道，因為全都在錄影帶上！之前坐在你們現在坐的位置上的人也看見了！但他們什麼都沒說！

她停在舞台邊緣，用手戳空氣。

B太太：他們，政府還有主管機關，他們掩蓋了真相不讓大家知道。不讓大家知道真相！像你們一樣的眾人不知道傑克森用他的車撞死了貝絲．蜜露，但有錄影帶為證。傑克森，他殺了貝絲，我的兒子卻因此被處決。以撒呢？以撒是為了救瑪莎的命才殺了傑克森！我們在錄影帶上看到傑克森用皮帶勒住瑪莎的脖子，說是要殺了她——

她的麥克風破音，聲音變得斷斷續續。

B太太：（大吼）他們不讓……麥克風出聲。下一次……停掉……節目。或是……我……

約書亞大步從桌邊走到她身邊。

約書亞：（低聲）莉蒂雅……回到桌邊來。

他畏縮了一下，抓著耳朵。

觀眾四：以撒．派爵該死！我們要正義！我們的孩子需要安全的環境！

觀眾五：以眼還眼。他殺了他爸，我看到的。我們全都看到了！

B太太：以眼還眼個屁！那是錯的——

觀眾六：像你這種同情者最好閉嘴！他媽的濫好人。要是交給你這種人決定，他們全部都會被放出來！他是殺人犯，我們不要讓殺人犯在街上晃！我們要確保家人安全！

B太太：（大吼）廢除死刑！

觀眾席中升起的怒氣蔓延開來。

觀眾五：讓孩子都被殺嗎？讓那些人大搖大擺地走上街繼續殺人嗎？你腦袋進水了！

B太太：那不是正義——

觀眾五：那放了他們就是嗎？那對被害者來說又算哪門子正義？是你才會這麼說吧？因為你兒子殺了人。

B太太：（大吼）不是！

觀眾四：你們這些同情者和殺人兇手一樣危險。和你一樣想法的人應該被關起來。

觀眾五：把他們都關在高樓區！那裡全都是些敗類和同情者。

B太太：你錯了！我們是有感覺的，不像你們的動機只有錢！

觀眾五：建一堵牆！

觀眾鼓譟，愈來愈大聲，有些人站起來揮舞拳頭。約書亞抓住B太太的手臂，試圖把她拉走。

約書亞：莉蒂雅！來吧！

B太太：我不會退後。我為我的信念挺身而出。

有些觀眾爬到椅子上，有些人則用手機對準攝影棚，拍攝現場的景象。一個可樂瓶飛向舞台，嘶嘶作響著在舞台上四處噴濺。接著是一盒爆米花、吃到一半的漢堡……

約書亞：來吧，莉蒂雅，快！

另一個塑膠瓶飛向舞台，不偏不倚打中B太太的胸口。約書亞更用力地想把她拉走。觀眾們湧出座位，緊跟在他們後面。燈光閃爍。傳來破碎聲。

在這一切之上，眼睛的標識又回到了螢幕上，瞪視著眼前的景象，並讓整個地方染上冰藍色。

瑪莎

我需要讓腦袋清醒一下，好做決定。我更往市區走，隱藏在人群中。戴起兜帽、手插口袋。像個無名者。希望如此。

人山人海。

耶誕節的購物人潮。

看看他們手上的那些袋子。

大概裝滿了沒人真的想要的東西吧。有人撞了我一下，我轉身。

就在那時我看見了。

有個報紙攤，頭版讓大家都看得見。就在頭版上，那是……那是……

我。

我停住，瞪著眼睛看我自己回瞪著我。

那是我被捕時的檔案照。我無法動彈。人們一直撞我擠我、推搡我，發出不滿的嘖嘖聲、搖頭。

天啊，我看起來好慘。我的頭被剃光，眼神看起來狂野又驚懼。我看到標題：「瘋子瑪莎」。

我靠近一點，試著不被小販看到而往前靠，並掃視新聞內容，左一句右一句地映入眼簾。

「知名心理學家潘妮．德雷頓宣告蜜露為重度人格異常者……構築了一大套的謊言……尋求關注……為了他人安全之虞必須關押。」

我的胃一陣翻攪。

他們在抹黑我。用一個又一個的謊言來替自己遮掩。我竟然會想不到他們會這麼做？這不是他們一貫的作風嗎？

我看不下去了，覺得想吐。

有個女人用力撞上我。

「不要站在人行道正中央好嗎！」她大吼，「閃一邊去！」

我正準備抬頭罵回去，但某事阻止了我。

「抱歉。」我喃喃道，快步走到旁邊賣電視的櫥窗前。

我又在那兒了。

每個螢幕上都是我！

噢該死。

畫面變了。我的照片移到螢幕的角落，一個主播出現在螢幕上。她看起來很嚴肅，但我聽不見她說什麼。總之我繼續看下去。

文字跑馬燈從螢幕下方滑過。我眨了好幾次眼，努力聚焦。

「對國家安全具有威脅的公共之敵瑪莎．蜜露，目前在逃中。警告勿私自接觸。如有發現，請立即撥打專線。提供線索以將其重新逮捕者將獲獎金。」

是不是每個人都在盯著我？

還是我多心了？

我在發抖。

我好害怕。

老天爺啊。

他們怎麼可以這樣做？

我做了什麼？

對國家安全具有威脅？

畫面又變了。是我跑過伊芙家後花園的錄影畫面。他們是怎麼拿到的？

我背脊一陣涼。

換成B太太會說：「全身雞皮疙瘩」。

我掃視櫥窗裡的螢幕以及後面的商店。有個人站在裡面，看起來像是員工。他對著我皺眉。

我轉身走回人潮中，同時抬頭看高掛在電影院上的巨型螢幕。平常這座高畫質的螢幕總是播放著廣告之類的。

但今天不是。

那不是廣告。

那是巨型的我。

什麼鬼……？

我試著從兜帽底下看身邊的人，有好多人在看螢幕。還有人轉向身邊的人，示意要他們看，或是拿出手機拍照。

我什麼都沒做！我很想這樣大喊。我全身發抖，眼淚在眶裡打轉。

他們為什麼要這樣？

我必須離開這裡。

我盡量快走，避開正在看螢幕的人。

我轉過一個街角，又有一個報攤。

更多我的照片。

該死該死該死。

我轉過另一個街角、走進一條小巷弄、穿過馬路、走上一條小街，對於我身在何處、要往哪裡去，一點頭緒也沒有，只是不斷地移動。穿過一條大馬路、來到一條比較小、比較安靜的路。我也不知道這樣是不是比較好。

他們很怕你，我腦中的聲音對我說。他們擔心你手上的東西。

但我該怎麼做？

我聽到前面有嘈雜聲。有人群。很容易躲藏。混進去。

我快步走到路底，來到一條比較寬的路。皇家司法院，就是「死即是正義」的攝影棚，就在我眼前。

充滿了塔樓、窗戶、巨大的門扇、欄杆。

還有那隻眼睛。那隻天殺的眼睛。

有什麼事正在發生。

周圍有種奇怪的感覺，類似緊張或是期待。人們從主入口湧出來、從側面繞過來。

人們大喊大叫，有人在呼口號，很大聲，聽起來很憤怒。

他們在說什麼？

有些人對著空中揮拳。

我從旁邊的街道走出來，走過斑馬線，想要靠近一點，搞清楚那些混成一團的聲音代表什麼。

人愈來愈多了。

這些人是從哪來的？

我滑進人群中。

「發生什麼事了？」我對一個男人大喊。他正舉起一隻拳頭，怒瞪著主入口。

「該死的同情者！」他說。

我什麼都沒說，繼續低著頭。

「那個叫B的女人！」他繼續說，「她呼籲廢除死刑。說我們應該把殺人犯放出來。」

我的五內翻騰，身上陣陣發冷。

「莉蒂雅．巴科夫？」

他哼了一聲，但忙著和其他人一起對空揮拳，沒空看我。

「對啦，那個高樓區的女人。她在『死即是正義』的節目上。已經是第三次了——你知道這代表什麼吧？這次她代表以撒．派爵，大聲咆哮，說是沒有正義，說死刑在道德上是錯的，說我們，這些住在城市區的人，沒有感覺，沒有良心。人渣。」

「你怎麼知道她說了這些話？你剛才在裡面嗎？她真的這樣說嗎？」

「網路上都有。每個人都知道她說了什麼。」

他轉身面對我，我把頭在兜帽裡藏得更深。「你聽起來像是他們的人。你是高樓區來的嗎？你幹麼不回去？」他搖頭，「他們說要建一堵牆，真是對極了。」

我從他旁邊走開。我聽夠了。這很嚇人。四周有種仇恨，謊言四處蔓延。我經過一個中年女人旁邊，她正盯著手機看，我看到她正在看《國家新聞》的網站，粗體字紅色的標題觸目驚心。

「高樓區發言人要求釋放殺人者」

不，她絕不會說那些話。

我們被妖魔化了。

他們正在教這些人恨我們。

誰是「他們」？

誰在做這些事？

為了什麼？

因為你可以很強大，我腦中的聲音說。因為他們很害怕。

我旁邊的男人推了我一下，和我四目相對。我馬上別開眼，但他僵住了。

「瑪莎．蜜露？」我聽到他問。

我試著挪到人群邊緣，混進人潮裡。

「瑪莎．蜜露？」他大喊。

我更往前擠進四周的人群裡，此時人群湧動，我被往前推。

「她在那裡！」有人大叫，「蜜露！」

該死。

一陣罵聲及吼聲響起，人群的目光轉回大門，注意力從我身上移開，感謝老天。不過他們在看什麼？我也轉頭和他們一起看。

是B太太。

她在那裡，正要從建築物裡出來。

群眾怒吼，開始用力推擠。我被淹沒了，不夠高，無法從人群頭上看見正在發生的事。

他們大吼、呼喊的內容混成一團，聽得到不雅的用詞。我想聽清楚但沒辦法。

我想從人縫中鑽過去，但人群非常有力，又很憤怒。又是一陣怒吼響起，有什麼事發生了，但我看不見。

我聽見柏油路上的馬蹄聲。

玻璃破碎的聲音。

破空聲。

喊叫和尖叫聲。

我朝著黑色欄杆及大門的方向更用力地往前鑽，但無法擠到那兒去，只能被人潮帶往這邊、那邊。

不斷有東西飛過我頭上：石頭、瓶子、從垃圾桶裡抓出來的垃圾，人們尖聲大叫。

我好害怕。

「德克！」我聽見有人大喊，我從我周遭的人群肩膀之間看出去，看見約書亞・德克正拉著B太太的手。

他跟她在一塊兒做什麼？

「B太太，」我在人群之間嘶聲道，「B太太。」

她不可能聽見我的聲音，但她轉向我這邊。

我看見她的臉，我們四目相對。

她溫暖的臉上露出笑容，角框眼鏡後的目光抬起，望向我，她的手朝我的方向伸出來，全身都跟著往上伸展。我有好多年沒看過她這麼開心了。

此刻她就像是我媽一樣，將來也不會有比她更像我媽的人了。我愛她。

她是我的支柱、我的磐石，我最好的朋友。

她掙脫約書亞的手，往我的方向大步走來，手臂張開準備迎我入懷。

B太太。

我的燈塔。

我的磐石。

我該怎麼做？

我看見約書亞跟在她背後也衝向人群，搖著頭，目光低垂。

我又聽見馬蹄聲。

突然間我被警察包圍，有馬，有人，我弄不清楚是怎麼回事。

從馬路的另一邊有瓦斯擴散，每樣東西都被煙霧包圍。

「B太太！」我急喊。「B太太！」我在煙霧中艱難地前進，伸展雙臂、傾斜身體前進，眼睛刺痛。人們開始跑走，有些人尖叫，有些人哭泣、咳嗽，把圍巾圍在嘴上、擦眼抹淚。

「B太太！」我也開始尖叫。

有更多的東西被丟到空中，石頭、磚頭等等，但我不管，一邊咳嗽一邊穿過煙幕，淚水狂湧，鼻涕直流，我知道她一定就在附近。

風從馬路的另一頭吹來，疾而冷，吹散了煙霧。

她在那裡她在那裡。

但有人跑向她。

那人手上拿著刀。

我開始跑。

但他比我先跑到她旁邊。

我看到她對他皺起眉，搖頭，我看到刀子捅進她的身體。

「B太太！」我用盡全力大喊，「莉蒂雅！」我放聲大喊，什麼都不在乎了。我跑向她。天上掉下各式各樣的東西，我只管跑向她。

她已經倒在地上，他還在繼續捅她。

「不要！」我尖叫。

我看到約書亞，他也朝她而去，眼睛因驚恐而圓睜，嘴巴張得大大的。

「不要，」我喊，「不要不要……」

我摸到了她的臉、她的頭髮，看著她的眼睛。

一片空白。

「B太太，B太太！」我尖叫，「不要，不要！」

她的手從肚子上滑落，鮮血湧出。我搖頭、拉扯她吸透了血的衣服。好多血從她身上湧出，染濕了她的衣服、身體，在地上聚成一灘，她的手臂、手上也有。

我的膝蓋跪在血裡，手上也都是血。我觸摸她的臉，移動她的頭，試著找脈搏、找一絲呼吸……

「該死，不要、不要、不要、不要……」

約書亞在我身旁跪下。

「這是你的計畫嗎？」我對他大吼。

「我是想幫忙，」他含著怒氣低聲說，「我想讓她到安全的地方。」

「你早知道有人會捅她嗎？你早知道嗎？」

「當然不知道！」他嘶聲對我說。他的臉色蒼白、眼睛濕潤。「瑪莎，你必須離開，」他說，「你快點走。要是他們抓到你……」

「我不能走！」我大喊，「我要和她在一起。我必須奮戰。這裡的人群，他們必須知道……」

他對我搖頭。「你這個樣子不行，」他說，「他們在追你。要是他們看到你在這裡，他們就會把罪釘在你頭上，他們想把你塑造成怪獸。」

「可是……」我俯視B太太。我不敢相信……不行……

「瑪莎，」他再度嘶聲說，並往前靠近，「瑪莎！現在就站起來快跑！你看你四周！」

我不情願地抬起頭。

瓦斯霧氣正在散去。

我們四周形成一個空心的圈子。

人們從煙霧中如鬼影一般浮現。

在人群後面，愈來愈清晰，看得見黑色的頭盔正在移動，像螞蟻一樣。

向著我們來。

向著我。

「快走，瑪莎！」約書亞懇求我。「快走！」

我對他點頭，很快站起來。我在發抖。我覺得想吐、頭暈，但我推開人群，盡快離開了那裡。

史坦頓家

「今天，在『死即是正義』的電視攝影棚大樓，亦即前皇家司法院前面，發生了暴動。」電視新聞主播照著稿唸，沒有表現出任何情緒。

「示威者對莉蒂雅．巴科夫女士要求廢除死刑的言論做出激烈反應，聲稱『同情者應與殺人兇手、謀殺犯同罪』。

「巴科夫女士當時是在替嫌犯以撒發言，期間她強烈地主張她兒子是無辜的，還有在逃的瑪莎．蜜露也是。

「『死即是正義』的發言人重申，上述言論乃是巴科夫女士個人的主張，絕不能代表該節目，抑或『以眼還眼』製作公司。

「節目結束之後，巴科夫女士不幸在攝影棚外遇刺身亡。據信行兇者可能是某位受害者的親屬，該案加害人之前僅因些微差距被判無罪。若此傳言屬實，可能會導致將處決的標準由現行的多數決再擴大，使百分之五十以下的有罪裁決將不再無罪開釋。

「待警方提供有關本案的進一步訊息之後，我們將持續為您提供最新消息。

「下一則新聞……」

西塞羅著手打開餐桌上的中餐館外帶餐盒，一邊看著麥克斯。

「你認識她嗎？」

「不認識，但我知道她對瑪莎來說很重要。」他說，並從抽屜裡拿出兩支叉子。「現在我已經不知道可以相信什麼了。我是說，B太太在電視上不是那樣說的吧，是嗎？」

西塞羅搖頭。「我們何曾知道過完整的真相？」

麥克斯盯著眼前的食物看。「感覺吃東西是不對的，你懂吧。媽不在，還有瑪莎，現在又是B太太。」

「該負責的人不是你。」

麥克斯聳聳肩。「真的很荒謬，想到有人竟然會為了別人說了什麼就把她刺死。為了他們以為是她說的話。但我覺得……」他停著，搔頭。「這不是太方便了嗎？」

「你是指什麼？」

「一個反對死刑的人被殺了，這個人敢直言不諱，又剛好是瑪莎的朋友兼支持者。」

「你是說，這都是他們計畫好的？讓她上節目說出心聲，然後讓她閉嘴？」

「我是說……我猜，我想問的是……要是有人對你說了一個謊，你又怎麼能相信他在別的事上不會說謊？」麥克斯把一些食物送進嘴裡，一邊思考。

「我打了那個電話，去問媽的事。」一會兒之後他再度開口，「但是我在線上等了好久，然後就被切斷了。」他暫停，垂下頭，一會兒之後放下了叉子。「我好擔心。」他低聲說。

西塞羅抬頭看他，看見麥克斯臉上痛苦的表情，雖然他極力想掩飾。

「我知道，」他用溫和的聲音回答，「我稍早也試過了，一樣沒辦法接通。但我很確定她沒事的，麥克斯。」他說，但他們倆都避免眼神接觸，話語也顯得空洞。

「我會再打。」麥克斯說，並把手機從口袋裡拿出來。

「麥克斯，用家裡電話打，比較便宜。你媽終於在她房裡裝電話了。」

麥克斯點點頭，離開桌邊走出廚房，從走廊走到伊芙的房間。他暫停了一下，努力甩脫應該要敲門的感覺，然後走了進去。

她的房間半明半暗，窗簾拉開，街燈照進來，讓每樣東西都籠罩在奇怪的光線中。他緩緩掃視整個房間：床頭邊的家庭照、他在母親節買給她的泰迪熊、他從圖書館替他選的書、她的床皺皺的，好似她直接從床上被拖走。

他在暗淡的光線中瞇起眼睛，看見床頭另一側的電話機。他傾身過去要拿電話，手卻碰到了某樣半藏在被子皺摺下的東西。他低頭看——是一個信封，上面有他的名字。

他一手拿著電話，重新站起來。

「麥克斯？」西塞羅喊他。

麥克斯凝視那個有他名字的信封。是封好的。

「你找到了嗎？你的食物要涼了。」

麥克斯抓起信封塞進口袋裡。「拿到了！」他喊，並快步走出房間。

瑪莎

我現在
麻木、
想吐、
無言、
哭泣、
茫然。

我現在

在走路、
在走路、
在走路。

沒有
語言。
無法思考。
無法說話。

坐下，瑪莎。
坐下。
縮起來。
放棄吧。
死吧。

我坐下。
人行道
冷
又濕。

我縮起來。
我恨自己。
我非常痛恨自己。
閉上眼睛。讓我走。帶我走。
冷風吹來。穿透我。好懶。
B太太，我記得你有次對我說，這是懶惰的風，懶得繞過你，直接穿過你。
你說過好多事。
守住你的兩便士。

梨子落地離樹不遠。

用你幽默的方式。

有次你說：跌倒七次，爬起來八次。

我睜開眼睛。

我已經跌倒幾次了？

但我得重新站起來，不是嗎？

放棄或是重新站起來。

但我該做什麼？

我記起之前問過自己：「為此你願意做什麼？」

當我邁步時，掛在鏈子上的巧拼戒在我脖子上跳動，以撒的聲音在我腦中迴響：一開始會很困難，但要堅持下去。

真的嗎？

你還說過什麼？

我希望這會鼓勵你不斷嘗試。

我從口袋中拿出手機。用顫抖的手指按下按鍵。拿到耳邊。

聽見鈴聲響起。

「喂？」有個聲音說。

我的氣息不穩。

「瑪莎？」他問，「瑪莎？是你嗎？」

「麥克斯，」我一邊啜泣一邊低聲道，「我……我……」

無法走路。

只是聽。

點頭。

看四周。

「拜託，」我悄聲說。

我看著頭上的街道標示低聲念出來，然後掛掉電話。

靠在牆上，眼睛再次閉上。

我想是味道把我喚醒。

咖啡，還有……還有什麼？中國菜？

我睜開眼睛，有毛毯裹著我，還有麥克斯。

「我很遺憾。」他低聲說，遞給我一個紙盒。

我伸出手接過，又僵住。我的手上沾滿了乾掉的血。我的袖子也是。還有我的膝蓋、我的褲子。老天啊。

「你當時在她身邊嗎？」他問。

我點頭。

「他們把她刺死了。」我喃喃道。

「我知道，」他低聲說，「我很難過。」

他把中餐館的紙盒遞給我。「你該吃點東西。」他說，「只是剩菜。屋裡也沒什麼其他東西了。」

「謝謝。」我回答。

「要是這些都是有計畫的呢？」他說。

我聳聳肩。「又不能證明。」我看著他，「我們該怎麼做？他們把我們從名單上一一劃掉嗎？把我們除掉讓我們閉嘴。葛斯、B太太……以撒。」

他在我旁邊坐下。

能和朋友在一起讓我覺得放鬆得想哭。

「我媽被抓走了。」他說。

「噢天啊，不會吧。為什麼？」

他解釋之後我覺得反胃。有罪、愚蠢又自私。

「不要去自首，」他說，已經猜到我想說什麼。

「但是——」

「不行。就是不行。她也不會希望這樣。」

我想和他爭辯，但他看起來已經夠難過了，所以我沒有繼續說，但我還會考慮。我聳肩，說：「也許吧。」

「瑪莎——」

「我必須救以撒出來，」我改變話題，透過滿嘴的麵條說，然後把食物吞下去看著他。

我應該跟他說派蒂的提議嗎？她的計畫？

他會勸我接受還是拒絕？

要是我想再次見到以撒、要是我想讓一個無辜的人重獲自由、要是我想讓他和我並肩共同對抗這一切，那麼我還有別的選擇嗎？

派蒂與首相

「我已經受夠這樣鬼鬼祟祟了，」派蒂說，「從花園裡進來、走隱密小徑；為什麼我不能像別人一樣走前門？」

他往後靠在花園長椅的椅背上，身上的羊毛外套一路扣到最頂上。

「傑克森都已經死了。」她又加上一句。

他沒理她。「我猜你已經把狀況搞定了？」

「你知道我最可靠了。我已經引誘她接受這個計畫——」

「引誘？」

「沒錯，她會接受的。相信我。」

「那她還沒接受囉？」

「什麼？是還沒，但——」

「那你就還沒把事情搞定，我跟你說過了。」

「我就是要跟你說，她會接受的。」

「派蒂——」

「我把她推進角落，讓她覺得無助、走投無路。我付錢給某人讓他除掉那個俄羅斯女人，她朋友。我——」

「你僱人把B殺掉？搞成一團亂的就是你？」

「那不是一團亂，是計畫的一部分。會奏效的。要是出錯了，你還可以用謀殺的罪名逮捕她。她就在現場。」

「我最不想要的，就是那個女孩重新出現在死刑列上，讓她還有一次機會。她必須緘默、必須消失，不能讓她有回來的機會。」

「但要是她——」

「不要打斷我。不要忘了你正在跟誰說話。你想知道為何我不覺得同樣熱切、同樣有把握嗎？難道不是因為你在根本八字還沒一撇時，就保證有結果嗎？例如說，跟我保證把文件放在你家是個好主意？說是絕對安全？我真不知道自己當初怎麼會聽你的，派蒂，我真的不知道。」

「我想你知道。」她回答。

「建議你不要威脅我，」他說，「我想你不會蠢到想勒索我。」

他嘆了一口大氣，呼吸形成一團霧，飄在空中然後消散。「要是我們留下更多的線頭，就必須一一把它們剪掉。」他站起身，把外套拉平。「這是我最後一次讓你享有不確定性，派蒂，但如果你的這個計畫有什麼進展，我要馬上知道。」

「什麼？為什麼？我說過你可以相信我。」

「你有進展就打給蘇菲亞，就像我之前說過的。」

「但我已經有把握了。」

「禮節，派蒂，還有尊敬。這是我一直在提醒你的。不要讓我失望了。」

他把手短暫地放在她肩膀上，接著就消融在陰影中。

瑪莎

麥克斯在供早餐的民宿裡幫我訂了一間房，假裝是他要住的。他和我一起坐了一會兒。有人陪很好，但我叫他離開。不知道西塞羅知不知道他和我見面，我沒問他。伊芙明天會上「按鈕定罪」。

房間頗糟。有些地方壁紙剝落，窗戶會格格響，風從縫隙吹入。地毯上有一塊詭異的汙漬，床單薄得近乎透明。

而且可以聽見人們走上樓梯的聲音，聽見他們的笑聲或話語聲。聽得見人們在我上面走來走去，不知道隔壁住的是誰，他們結結實實地讓床砰砰地碰撞牆壁。

反正……管他的。叫花子挑剔什麼。

至少我是乾的，有食物，甚至沖過澡——雖說有蜘蛛和潮蟲為伴。我還可以身上穿著他借我的衣服，坐在這兒看電視上的你，以撒。

電視機看起來像是這房間裡最新的東西，用掛鎖和牆上的支架鎖在一起。真的會有人偷嗎？

我盯著電視，看你。

他正在等你，我腦裡的聲音說。

以撒，你看起來瘦了。好像生病了。那樣坐在床緣上，盯著四周看，動作都是突如其來。

你是怎麼了？

他們是怎麼對你的？

我碰觸螢幕，希望事情有所不同……希望……

多麼漫長的一天。

多麼漫長的一週。

漫長的一年。

他媽的漫長的一輩子。

你要怎麼做，蜜露？我問我自己。

我有哪些選擇？

我嘆了一口氣，從口袋裡拿出手機，撥了她卡片上的號碼。

「派蒂，」有人應答時，我對著電話說，「我加入。」

我痛很那個賤女人，但我愛她的兒子。

第4天

史坦頓家

「準備好了嗎？」西塞羅穿上一件防水長外套、戴上羊毛帽。

麥克斯走進走廊。「法官，你不必這樣做的。」

「麥克斯，在我看來，我們要不這麼做，就什麼都別做。」

「但這是你的錢。」

「那還有什麼更好的用途嗎？」

麥克斯聳聳肩，「老實說，法官，我還能想到一百萬種。」

「大概不會是我想花錢的那些吧。」他的笑容擴展到鬍鬚下，厚厚的眼鏡後面，眼睛也難得地出現一絲狡黠。

麥克斯從衣帽架上拿起他的帽子。「那就走吧。」他說。他把手伸進外套口袋找鑰匙，指間感覺到他在母親床上找到的那個信封，突然一凜。

「你還好嗎？」西塞羅問。

麥克斯閉上眼，深呼吸。

「麥克斯，你還好嗎？」

「嗯……」他的手抓住信封。

「你媽是個堅強的女人。我們會解決這件事，今天晚上就讓她回家。」

麥克斯放開那個信封。

「對啊，」他嘆了口氣，「你說得對。」

他們來到房子外面，走上車道，從不斷把麥克風伸到他們臉上的記者群、閃光燈閃個不停的狗仔之間殺出重圍。

「你母親被判有罪你會怎麼做？」其中一個喊。

「你又失去一個家長會難過嗎？」另一個問。

「妳母親和西塞羅有外遇是真的嗎？」

「身為罪犯的小孩有什麼感覺？」

「不要理他們。」西塞羅在他耳邊低聲說，「他們想激起反應，如此而已。不要讓他們得逞。」

「你覺得這是家族的宿命嗎？」

「她破壞了你的未來你生氣嗎？」

「你有什麼感覺？」

問題一個接一個，像彈雨般襲擊他們。

「來吧。」西塞羅說。

他打開車門，麥克斯坐上車。

好些臉孔仍然在車窗外緊盯著，閃光燈還是閃個不停。

西塞羅發動引擎。

一個記者敲打玻璃。「給我們一點頭版的材料！」他大喊，「不然我們就要把她起底了！」

麥克斯再度碰觸那個信封。

車子開走了。

西塞羅把車停在一條小街上的停車位，他和麥克斯下了車。車門甩上的聲音在他們四周的建築物牆壁之間迴響，一時間西塞羅緊張地抬頭看那些咄咄逼人的、無名、黑暗的窗戶。麥克斯的雙手插在口袋裡，上衣兜帽戴上，開始拖拖拉拉地走，每次經過小巷就探頭往裡看；西塞羅跟著，頭上戴著那頂羊毛帽，大衣領子翻起。

他們的腳步聲沉重又孤獨。

城市壓在他們頭上，充滿歷史的建築物在黑暗而沉重的天空下引領他們前進，一場風暴正在醞釀。

他們轉過一個彎，再轉過另一個，附近的車流聲在寂靜中低鳴。他們再轉彎，聲音變得清晰可聞，逐漸蓋過了他們走在人行道上的足音。

「這就是了。」麥克斯說，深深吸一口氣。

他身邊的西塞羅點頭。

他們轉了個彎，眼前矗立的就是「老貝利」，正義女神高踞空中，雙臂張開，一手拿天秤，一手拿劍。

西塞羅和麥克斯停下來，四下觀望。

道路封鎖，黃色的封鎖線纏在路柱之間，不讓車流進入這個區域。駛近的車子按響喇叭、駕駛探出頭大喊、警車駐守在路障旁，警燈間或閃動。賣票的人高聲兜售，賣報紙的揮舞著最新消息，速食攤商喊著價錢叫賣。

「人還真多。」西塞羅說。

「好像馬戲團進城了一樣。」麥克斯說，「一直都是這樣嗎？」

西塞羅搖搖頭。「以前從來沒有過。」

他們靠近彼此，不疾不徐地穿過人群。有穿著良好的青少年在幫對方拍照、穿著西裝的一群人在聊工作、許多亮麗的母親們，推著昂貴的嬰兒車圍成一個圈圈，交換著咖啡和自家製的點心。

「為什麼有這麼多人對我媽感興趣？」麥克斯問。

「我不認為他們真的感興趣，」西塞羅回答，「這看起來像是安排好的。」他轉向左邊，慢下腳步，緩緩靠近一個警衛，兩人都朝對方點頭致意，但動作幾乎看不出來，西塞羅和麥克斯停下腳步。

「西塞羅法官，」警衛的聲音很低，「很高興能見到你。」

「我也是，」西塞羅回答，「好久不見了。很遺憾你不能繼續在法院裡工作。」

「嘿，我們大家都一樣啊，不是嗎？」

「嗯……」西塞羅聳聳肩，「順便一提，這位是麥克斯，伊芙．史坦頓的兒子。」

「很榮幸，」他說，並對麥克斯伸出一隻手。「我們是不是該辦正事了，法官？我們不該冒著被人看到的風險。」

「噢，是啊。」西塞羅回答，從外套裡拿出一個厚重的信封。「我們說好的。」

那人點個頭，把信封滑進衣服內袋。

「跟我說說，那些人是誰？」西塞羅問。

「好，」那人悄聲說，「是三個男人。女人通常比較有同情心，或許因此才都是男人，我猜。其中一個傢伙叫做路卡斯，衣著還算得體：西裝、領帶，不過外套破舊。看起來像是穿著他幾年來最好的一套衣服，但那外套也是他要穿去上班的，懂嗎？灰髮，前額有燙衣板那麼寬，可是很多皺紋。一哩外就認得出來。不過……」他停下來思索，用一隻手搓臉然後嘆氣。

「難的是，我認得他，他和你打過交道，西塞羅。他女兒被謀殺了，那是我們還有法庭的時候。你是那案子的法官。」

「不用告訴我，我猜得到——他們起訴的那個人被判無罪了？」

「正是。也許，要是是那個男孩幹的就好了。不管了。另外一個是個大塊頭，看起來很強悍，你知道那種類型。他叫傑斯。搞不好還真的養了一隻吉娃娃什麼的，懂嗎？」

西塞羅點點頭，掃視前方的隊伍，看見必定是他所說的那個人。

「他有欠債，而他老婆不知道。我不認為他是真會想來這裡的那種人，我賭他申請票是為了想用更高價轉賣、從中賺些現金。最後一個傢伙，萊夫，看起來很緊張，穿西裝，是那種隨時都帶把雨傘的類型，想要萬無一失的；你懂我在說啥吧？」

「我知道。」

「我想他也很棘手，但我也找不出更多關於他的事。網路上也沒有。看起來他是祕密藏心底的人。很抱歉我沒挖到更多東西。時間實在很趕。要是再寬裕一點——」

「沒關係，」西塞羅安慰他，「有這些就夠了。」

「人們為了錢，什麼事都做得出來，法官。」

「不是所有的人。」西塞羅帶著微笑說。

那人點點頭。「你永遠都是每條規則的例外。」

西塞羅把手插進口袋裡。「替我向你太太問好。跟她說我想念她的巧克力蛋糕。」

「我會的，法官。你保重。你也是，麥克斯。祝好運。」

瑪莎

我整夜在半夢半醒之間輾轉。

一直浮現B太太躺在那兒的畫面。那影像不斷不斷地重複。

誰會那麼做？麥克斯會是對的嗎？都是計畫好的嗎？

天啊，大聲說出來的時候，聽起來就像是那種陰謀論者，把自己關在小房間裡，牆上貼滿紙張、照片上黏著線頭，最後像獃子一樣被帶走。

我才不是那種人，對吧？

我趁櫃台裡的那人在後面講電話的時候溜出民宿。桌上有份報紙，上面有我的照片，電視新聞的主播在談論B太太。我實在受不了。我僵住一下子，很確定聽到了自己的名字，還有「獎金」這個詞。

我把鑰匙留在櫃台上跑出去，甚至沒有拿一些早餐帶走，因為不想冒險。我來到霜凍的天氣裡，冷得就像我們的政府對待沒錢的人那樣。

我不懂他們為何假裝給我們特權。那都是謊言。一隻手給、另一隻手卻拿走更多。

他們大可以完全忽視我們。

顯然他們痛恨我們。

我愈靠近老貝利人群就愈密集。

周圍有種奇怪的嗡嗡聲。

我不喜歡，讓我覺得緊張。

我轉過轉角，然後……

天啊……

瘋狂也是有分等級的。

在我面前的這個，真的可以說是瘋狂得要命。

到底有多少人？

每一個看起來都很豪華！

就像是把整個城市區和大道區的人都打包、送到老貝利這裡來一日遊，並且要他們全都穿上最好的服飾。

他們為什麼全都在這兒？

他們為什麼對伊芙的案子這麼感興趣？

天啊，要是有人發現我，我一定會被施以私刑。

但我不能離開。不，我不會離開。

有電視攝影機，還有記者，他們正在採訪這些人。不怎麼在乎呈現平衡觀點啊，這些人？我沒有看到任何一個像是從高樓區來的人。

天啊，甚至還有人在賣氣球！還有旗子！還有可以帶進場的爆米花，好像這是個什麼表演還是奇觀。

羅馬。

奴隸戰士與死亡搏鬥。

誰說我們現在比較文明了？

他媽的難以置信。

那裡掛的條幅寫著啥？

「對同情者絕不同情」。

那個人身上貼的貼紙又是什麼？

「對某些人殘酷的判決，就是對所有人的慈悲」。

什麼鬼……？

還有——

「殺人者該殺」。

這句我以前聽過。

有個攝影師爬到燈柱的一半高度，拍攝整個區域。對啦，就是這樣，呈現某一個觀點，然後把它當成所有人的觀點。這是計畫好的，這是操弄，這是抹黑。

政治宣傳。

有些女人正在受訪。我挪近一點，背對著他們，豎起耳朵。

「我本身就非常擔心現在的狀況，也擔心孩子們的安全。瑪莎．蜜露很顯然是個冷血、只關心自己的人，我完全同意當局宣告她心智不穩定。我個人甚至會說她顯然是精神變態或是有這種傾向。不幸的以撒．派爵必然是受到她的影響。如今，我們這些守法的公民，毫無選擇：要是我們希望遵守政府設置的法律——不用說這是當然的——我們就必須判那個可憐的男孩死刑。他確實是殺了人。」

「你相信法律是對的？」

「那是法律，法律就是用來遵守的，不是用來質疑的。而史坦頓女士，既然她之前在當局任職，更應該記住這一點。顯然她濫用了她的權力去影響情勢。」

「要是你有今天審判團的票，你會怎麼做？」

「答案毫無疑問，她有罪。在我認為，她甚至用不著開口。她的所做所為無法原諒，應該成為警惕，給予這項罪行中最重最長的刑期。她幫助並鼓動瑪莎．蜜露，阻礙司法執行，讓我們的國家走上非常不安穩的道路，使民眾的安全安穩受到威脅。我們常常聽到、甚至首相本人也這麼說：瑪莎．蜜露是國家安全的威脅，在這一點上我絕對同意。」

我繼續低著頭，但我感覺得到她轉向人群。

「我們想要孩子們可以安全地走路去上學嗎？」

「想！」大家吼著回應。

「我們想搭巴士、火車時，不用擔心瑪莎・蜜露是不是在車上嗎？」

「想！」

「我們想要國家以民主和公平的方式運作嗎？」

「想！」

「伊芙・史坦頓是不是濫用了她在當局的職權？」

「是！」

「那麼她就有罪！」

「有罪！有罪！」眾人高呼，震耳欲聾。

媽的，我心想，真他媽的。

麥克斯與西塞羅

麥克斯調整他的兜帽，把臉藏得更嚴，悄悄靠近排隊中的一名落單男子，此人褲子上的縫線熨得筆直，外套上卻沾滿狗毛。

「抱歉，」他說，「是路卡斯嗎？」

那人瞇起眼睛看著麥克斯。「我是，」他回答，「有什麼事嗎？」

「有好事，」麥克斯回答，「我有個好康要給你——」

「我沒興趣。你最好快點走開。」他的聲音低沉而自制。他把雙手從口袋中抽出來，試著讓瘦削的肩膀更挺一點。

「我想你會有興趣，如果你——」

路卡斯一個箭步上前，攫住麥克斯的下巴，把他舉起來。

「我可以跟你保證我沒有興趣，」他咬牙切齒地說，表情扭曲，額上冒出汗珠。「我等這一天已經等很久了，不會讓你這種廢物把它給毀了。好了——」他把麥克斯放下，「解決一個了。」

麥克斯張開嘴想爭辯，但路卡斯舉起一隻手指警告他。

「好吧好吧。」麥克斯回答，走開了。

西塞羅在人群中穿梭，迅速地換一副眼鏡、拉下帽簷，用圍巾遮著臉。他的目標是那個大塊頭，慢慢接近他，最後停在他旁邊。

那人——傑斯——瞄他一眼。

西塞羅對他笑了一下。「今天好冷啊。」他說著，搓搓雙手。

傑斯點頭。

西塞羅從口袋裡掏出一個時髦的金屬酒壺，喝了一口然後遞給那人。

「白蘭地，」他說，「像這種天氣可以讓你保持溫暖。」

「敬你，」傑斯回答，灌了一大口。「你有票嗎？」他問。

西塞羅搖頭，把酒壺收回口袋。

「你想買一張嗎？」

「也許吧。」西塞羅聳聳肩。「幹麼？你有票要賣？」

傑斯四下張望，嘆了一口氣轉向西塞羅，朝他低下頭。「跟你說實話，我買票是為了我老婆。我們一直過得不太順利，所以我想給她一個驚喜。」

西塞羅點點頭。「我懂。」

「結果她發現這麼貴之後，就丟回來給我。我就想，好吧，去你的，我就自己去好了。」他笑道。

西塞羅從鬍鬚底下露出一個大大的賊笑。

「但我現在有點後悔了。」

「女人就是這樣啊。」

「真的。你結婚了嗎？」

「沒。」西塞羅回答。

「沒遇上真命天女？」

「差不多是那樣吧。我跟你說吧，我們可以互相幫忙。」他暫停了一下，傾身靠近，努力不要因這人的氣味而退縮。「是有這麼個女人，懂吧。呃，我希望是啦。她和伊芙．史坦頓上同一間學校，還記得她當律師的樣子。她們是朋友，這個女人……」

傑斯點頭，專心聽。

「……她認為史坦頓只是因為失掉工作的壓力而偏離常軌，只是需要一點兒時間。她總是看人好的那一面，尤其是像我們這類的人，住在城市區和大道區的人。她現在很難過，我在想是不是……也許……」

傑斯笑了，用手肘推擠西塞羅。「你想給她一個好印象！」

「可以這麼說。」

「你想讓這個叫伊芙．史坦頓的女人不用坐牢？你想跟我買這張票，好讓你可以在這個你喜歡的女人面前抬頭挺胸？」

西塞羅搔搔頭。「我是很想，但我上電視實在不行。也許我們可以換種方式。」

他讓這些話有時間沉澱。

「你希望我不要按下按鈕。」傑斯瞇起眼睛思考。「但我對這件事有自己的想法和道德，你知道。」

「當然啦，」西塞羅回答，「對此我很尊重。但如果你願意……我想我們可以達成某種協議。讓你付出的時間更有回報……」他從外套內袋裡拿出一疊鈔票。「這些是事前的，另一半是事後的。只要你不按鈕。」

傑斯露出笑容。

「我不管你想給我多少錢。」最後一個人——萊夫——對西塞羅說，薄薄的嘴唇拉開不露牙齒，鼻翼擴張。「必須殺雞儆猴。她蔑視法律、庇護已知的罪犯因而危害國家。要是你繼續纏著我，我就不得不通知安全單位了，我敢肯定他們會很想知道你想賄賂我的事。」

西塞羅點點頭，縮回那件過大的雨衣內，退回人群中。萊夫高亢的聲音已經引起了太多注意，有人在看他們這邊。他先是往一個方向移動，然後往另一個方向，前前後後移動。

只有一個，他心想。我希望麥克斯說動了另一個。

音樂響起，大聲且戲劇化，鼓聲如同心跳聲。人們停下腳步、中斷談話，四下張望。西塞羅也是。一側，有個巨型螢幕嗡嗡地從金屬支架往下降，當螢幕亮起，克麗絲汀娜．白亮的笑臉出現在螢幕上。

「女士們先生們，現場和電視機前的觀眾們，特別來賓們，」隨著音樂漸歇，她唱歌般的聲音在群眾頭上響起，「很高興今天的節目能和你們共度。很快我們就會開門迎接我們敬愛的審判團及現場觀眾；但是鑒於今天聚集在此地的人數，我們將會在此提供現場轉播，透過創新的室外螢幕，讓各位可以和我們一同觀賞。」

群眾鼓掌歡呼。

「全部免費！」她塗著唇膏的嘴唇彎成大大的笑容。

群眾再度歡呼。

「這要歸功於我們的贊助商——網安——的貢獻，還有各位收視觀眾的慷慨支持。我們希望天氣繼續保持良好，也希望您會喜愛這個下午和我們共度的娛樂。」

掌聲響徹街道。

音樂聲再度響起，她的臉消失，被眼睛的標識取代，隊伍緩緩地向前移動。

麥克斯看著這些人，他母親的命運就掌握在其中三人手中，他瞥了一眼其他的人，看著隊伍消失，注意到背脊直挺、手插在口袋裡的西塞羅。他望向更遠的地方，然後僵住了。

在隔著一段距離的地方，有個人直直地盯著他。

那人的眼睛從兜帽底下往外看，就跟他自己一樣。

兩人四目相對，彼此都知道對方是誰，接著以最小幅度的點頭表示。接著，沒有其他人注意到，麥克斯的頭偏向一邊示意，轉身緩緩穿越正在等候的群眾。

另一個人跟著他，眼光緊盯著麥克斯，繞過人群到一邊，忽左忽右，最終回到了小街的陰影底下。

「怎樣？」瑪莎對他說，「辦得怎樣？」

「你不應該來這裡。」麥克斯回答。

西塞羅來到轉角。

「瑪莎？」他悄聲問。

「我知道你要說什麼，你們兩個都是，但我不能不來。」

西塞羅上前，把一手放在她肩上。「見到你真好，」他說，「但這兒不安全。」

「沒有地方安全。」她悄聲說，「但我一定要來。為了伊芙。」

早上十點半，「按鈕定罪」播放片頭

輕快的入場音樂在攝影棚內響起。燈光亮起、四處飛躍；觀眾們坐直，興奮的低語聲漫開。

男性旁白：（響亮）女士們先生們，在家中的觀眾們、在外面現場的觀眾們，歡迎來到今天的節目——按鈕定罪！

觀眾拍手歡呼。

男性旁白：今天的主持人是——克麗絲汀娜・白亮！

克麗絲汀娜從舞台後方蹦出來，身穿一襲緊身的蛋青色洋裝，一側有皺摺，胸前挖低，加上搭配的高跟鞋。她對觀眾揮手時金髮也跟著跳動，笑起來時白牙閃耀。

克麗絲汀娜：（提高音量蓋過掌聲）謝謝大家，謝謝大家！女士們先生們！

掌聲漸歇。

克麗絲汀娜：歡迎來到大家期待已久的節目中！對日間節目來說，這真是讓人興奮啊。比我們的姐妹秀「死即是正義」更刺激，至少是這段時間以來。這都是因為我們為各位帶來各式各樣的案件，從潑酸到綁架、從毆打到賣淫、從假冒到車禍，真的可以說是司法的基礎。而且這些案件是不是也很刺激有趣啊？

她點頭，掃視觀眾。

克麗絲汀娜：我說，這些案子是不是很刺激有趣？

觀眾：（同聲）是！

克麗絲汀娜：是的沒錯，真的是這樣！今天的案子也不例外，因為今天我們將會看到有關伊芙．史坦頓的一連串戲劇事件、醜聞來到高峰。

聽得見觀眾席發出的用力吸氣聲。

克麗絲汀娜：當然囉，我們知道忠實的觀眾們，對於派爵大戲的審判和虐心，一直追著沒有錯過任何高低跌宕。這場悲劇始於我們的英雄傑克森被槍殺，接著我們又發現天大的醜聞——這居然是令人厭惡的蜜露小姐操縱傑克森的兒子所犯下的！然後……

她停下來，嘆氣並搖頭。

克麗絲汀娜：（壓低聲音）當我們發現到，若我們秉持我們賴以生活的原則，就代表著：他被唆使所做出的行為，最終將會導致他的死亡——這對我們來說是多麼大的衝擊啊。

她大步走過舞台，聚光燈跟著她。

克麗絲汀娜：這一切種種，都讓今天的案子更加地關乎宏旨。對我們的國家安全與保障來說，尋獲瑪莎．蜜露並加以拘禁、進行妥善完整地評估，是當前首要之務。如若不然，沒有人知道接下來她會做出什麼事，或是用她狡猾的方式讓誰誤入歧途。

她在觀眾前面停步。他們凝神聽她說的每個字。

克麗絲汀娜：但對今天的這位被告來說，我們的安全與保障似乎不關她的事，她不斷地隱瞞有關蜜露行蹤的資訊，因此讓你、我，及我們所愛之人——丈夫們、妻子們、孩子們、父母們、長者、弱者、青少年及無依者——他們的生命安全都受到威脅。這不只是自私的行為，更是對法律及領導者的蔑視與不敬。女士們先生們，敬愛的審判團，若是我坐在那個位子上、面前有按鈕的話，我會毫不猶豫地按下去。說到底，還有什麼替代方案呢？難道要袖手旁觀、等著其他人被殺害，或是被唆使犯下十惡不赦的罪？

她暫停，環視觀眾，並一一注視審判團成員。

克麗絲汀娜：我們把她帶出來吧！

讓人緊張的音樂響起，燈光在天花板上跳動，觀眾鼓掌。伊芙由一個警衛伴隨著出現，她頭髮凌亂、沒有上妝，身上還是穿著睡衣和舊毛衣，從後台走出來。

觀眾發出噓聲和嘲弄。伊芙垂著頭，坐上證人席。克麗絲汀娜站得筆直、充滿自信。音樂停止、觀眾頭上的燈光暗下，而審判團、克麗絲汀娜及伊芙頭上的燈依然亮著。

克麗絲汀娜：史坦頓女士，你今天在此，將面對的是非常嚴重的指控。這個指控是與數萬人，甚至數百萬人的生命有關，刑期也可以非常長。你兒子的未來，原本已經因為單親而嚴重受到威脅，如今更是面臨重大的危害。畢竟，誰會想雇用一個重罪犯者的兒子？

伊芙沒有回應。

克麗絲汀娜：史坦頓女士，為了觀眾的權益，為了讓在此的審判團能獲得相關的資訊，並確保我們遵循民主規範而允許你發言，就讓我們先從某些事實開始。首先，你是否是瑪莎．蜜露的指定諮商師？

伊芙傾身靠近麥克風。

伊芙：這是事實。

克麗絲汀娜：麻煩請回答是或否。

伊芙：是。

克麗絲汀娜：而你對這個女孩產生了感情，相信她是清白的，並勸她更改認罪自白是嗎？

伊芙：她確實是清白的。處死她會是——

克麗絲汀娜：是或否，史坦頓女士？

伊芙：（低聲地）是。

克麗絲汀娜：可以請你對以下的問題回答是或否嗎？你是否將瑪莎・蜜露帶到你家住，當有關當局來帶走她加以保護時，你也不把她交出來？

伊芙：（嘆氣）是，但是——

克麗絲汀娜：最後一個問題。自從導入「全民共投」的系統及目前的死刑列之後，在司法系統上已經見到暴力犯罪率下降了百分之八十七，也證實能將暴力與危險的犯罪逐出街道，使我們更安全。儘管如此，你是否始終堅決反對我們的系統以及死刑，並力主加以改變，即便如此可能會使更多人的生命陷入危險？

伊芙：你說的話有誤導之嫌。

克麗絲汀娜：請回答是或否？若不回答將導致立即收押。

伊芙：人們說法庭不公正、被操弄，但取代的卻是這個？這怎麼會比較好？

克麗絲汀娜：這是最後的警告。史坦頓女士。請回答：你是否想推翻我們現行的司法體系？

伊芙：是。

克麗絲汀娜：謝謝你。那麼，我們整理一下，伊芙．史坦頓女士剛才表示，在瑪莎．蜜露在死刑列的期間，她相信瑪莎．蜜露的清白並鼓勵她更改自白。她是現行系統強烈且公開的反對者，這個現行系統每天都在保護無辜的生命。她刻意不讓相關單位找到對我們社會有威脅的瑪莎．蜜露，從而危及我們社會中每個人的生命安全。

克麗絲汀娜讓攝影棚陷入沉默中，然後緩緩地搖頭。伊芙什麼都沒說，只是站得筆直。

克麗絲汀娜：讓我們轉向大螢幕，看看她被控的罪名到底是什麼。

巨型螢幕的左邊，藍色粗體的「罪名」字樣開始發光。字樣底下有幾排ＬＥＤ小燈閃爍。

克麗絲汀娜：告訴我們罪名是什麼！

緊張的情緒升高。燈光隨著砰一聲停下，一行文字顯示：「幫助並教唆犯罪」，下一行是：「妨礙司法」，最後則是：「危害他人生命」。觀眾竊竊私語。

克麗絲汀娜：總共犯下三項罪名！都是很嚴重的罪。讓我們快點來看看史坦頓女士的刑期會是多久——如果她被判有罪的話。

觀眾歡呼，點頭表示他們的贊同。克麗絲汀娜重新轉向螢幕。在罪名下方，出現「共計」字樣，旁邊有一排ＬＥＤ燈閃爍不定，然後隨著砰的一聲停下來。觀眾一片沉默。

克麗絲汀娜：噢天，我想這一定是「按鈕定罪」有史以來見過最高的刑期了。當然是完全正當的，但毫無疑問我想這對你、或是你的家人來說，會感到相當震驚。

證人席上，伊芙瞪著螢幕的臉變得慘白——螢幕顯示：「三十年」。

克麗絲汀娜：事實上，史坦頓女士，等到你獲釋時，你的兒子已經上完高中、念完大學、找到工作及人生伴侶了。等他到了那個年紀，很有可能已經有了孩子。你沒見過的孫子，不曉得等你被釋放時他們會是幾歲。而你自己到時又是幾歲呢，史坦頓女士？也許你根本活不了這麼久？

她看著鏡頭，邁步走到舞台另一邊。

克麗絲汀娜：這是會改變史坦頓女士及她家人一生的時刻。不過，想當然，當她犯下這些罪時必然沒有想過會如此。現在，就讓我們來介紹審判團的成員。

伊芙：（大喊）我的三十秒呢？我有三十秒可以陳述！

克麗絲汀娜轉身面對她，臉上掛著諷刺的笑容。

克麗絲汀娜：（笑著）伊芙，你之前沒聽到我說的嗎？我問你的那些問題就是你發言的機會。比原本規定的三十秒還要超過很多呢。

伊芙：不行，這不公平！我想對我的家人說話。麥克斯，聽著，麥克斯，不要相信——

麥克風被消音，她的聲音猛然間消失，但她的嘴唇還在動，她的表情因憤怒而扭曲，並用雙拳重擊證人席的玻璃。

克麗絲汀娜：好了、好了，伊芙。發脾氣永遠沒辦法解決事情，不是嗎？你明知道的。

她對著鏡頭微笑，敲擊聲繼續在背景中響著。

克麗絲汀娜：（提高音量）伊芙．史坦頓可能再也不能以自由之身見到兒子。或許再也無法呼吸到自由的空氣、再也無法以自由人的身分用餐。司法看來也許殘酷，但伊芙．史坦頓，身為法律中人，當她犯罪時已知這些風險。審判團，現在就由你們決定了。你們的指尖上現在擔著我們國家安全的責任。不過，在我們看到結果之前，先來看看贊助商的資訊。短暫休息之後馬上回來。

她微笑，網安的雲朵及掛鎖符號出現在螢幕角落。

在老貝利外面

「如我我現在自首呢？」瑪莎說。他們正在一間空商鋪外的雨棚下，觀看現場直播。

「不會有什麼差別的，」麥克斯說，「他們會把你們兩個都抓起來。」

「但他們想抓的是我，因為這樣他們才抓了她。」

「麥克斯說得對，」西塞羅說，「他們現在不會讓步。他們會說是要殺雞儆猴，其實只是想讓她別擋路而已。」

「我開始覺得他們希望我們全都不要擋路。」瑪莎說，「我們就代表麻煩，不是嗎？在這裡的這些人，有錢的，他們不想質疑，甚至沒有認真聽，只因為他們不感興趣、沒有必要。他們會想：又不是我，沒有關係。等輪到他們的那天當然就不一樣了。」

「在座者除外。」麥克斯說。

「她說得對。」西塞羅喃喃道，並凝視著遠方。

瑪莎也望出去，看是什麼吸引了他的注意力。在螢幕上是瑪莎的檔案照，上面橫跨大大的「通緝」字樣，還有提供資訊的熱線電話。

「我想第一個男的被我說動了。」西塞羅低聲自言自語。「但其他的呢？」他聳聳肩，「誰知道？」

瑪莎的影像淡出。

按鈕定罪

主題音樂淡出，換成與心跳同步的節奏。伊芙站在被告席上，表情凝結，強化玻璃圍著她。克麗絲汀娜一臉嚴肅地走向審判團。

克麗絲汀娜：各位觀眾，歡迎回到現場。已經到了下決定的時刻。

她停下腳步，聚光燈的角度變低。

克麗絲汀娜：審判員一號：萊夫，三十九歲，已婚，育有三子。孩子是要盡一切力量守護的，這一點毫無疑問。萊夫，你已經聽過伊芙對問題的回答，也看過了她被控的罪名。現在你有三十秒的時間，決定史坦頓女士是否已經知錯能改，又或者對他人安全的風險實在過大。計時……開始。

螢幕上有個數位的計時器從三十秒開始倒數，旁邊則呈現出兒童在滿是塵埃的街道上哭泣的影像。

萊夫：連想都不用想。

他用力按下按鈕——眼睛睜開放光，藍色的強光灑下——觀眾陷入沉默。

克麗絲汀娜：一人判決有罪，還有兩人，但他們會像萊夫一樣這麼快就做出決定嗎？萊夫顯然是個很看重其社會責任的人，但對審判團的其他成員來說，也一樣「連想都不用想」嗎？對我來說絕對是這樣。就讓我們繼續進行吧。審判員二號：傑斯，電機技術員，和青梅竹馬結婚，並仍然認為她是他的真愛，真甜蜜啊。傑斯，你有三十秒的時間考慮。

計時器倒數：二九、二八、二七。伊芙的頭垂下。傑斯平靜地掃視觀眾席的眾多面孔。

克麗絲汀娜：還有十五秒，傑斯。要是你想改善國家的安全，現在就是時候了。十二秒。

計時器顯示：十，滴答聲響徹攝影棚，燈光隨著每次的跳動聲閃動。傑斯伸出胖乎乎的雙手。

克麗絲汀娜：（與計時器同步）三、二、一、零。

傑斯周圍的燈光熄滅，讓他陷入一片黑暗中。

克麗絲汀娜：這發展太令人驚訝了。女士們先生們，我可以告訴各位，我真的很驚訝。我以為這個案子是再清楚不過了，但顯然並非如此。但是當某個人被認為比整體社會更重要，真是件讓人難過的事。顯然傑斯令人失望，他搞不清楚孰先孰後。或許最後一位審判團成員有更高的道德標準。歡迎審判員三號：路卡斯。路卡斯，這個案子對你來說重要嗎？還是不重要？

路卡斯：很重要，克麗絲汀娜，謝謝你讓我說話。我的女兒，阿妮塔，在十五年前被謀殺了。那個被控殺害她的男人，是在舊的司法系統下受審。而他被判無罪。西塞羅法官宣告證據不足。

克麗絲汀娜：路卡斯，我很難過你失去了女兒。我們感到萬分同情。這個案子一定讓你五味雜陳，尤其伊芙．史坦頓和放走殺你女兒兇手的那人又是親密好友。我想我不需要提醒你，你要投票的這個案件是「按鈕定罪」節目史上最重要的案件，或至少是最重要的之一。我知道你已經準備好了，但我還是要提醒一下各位觀眾，我們目前是一票有罪一票無罪。路卡斯，最終就要看你的了。責任重大。當你投票時，別忘了何者事關危亡。路卡斯，你的三十秒，現在開始。

計時器倒數。路卡斯盯著按鈕一會兒，接著抬起頭。計時器顯示：二十、十九、十八……

克麗絲汀娜：（對著鏡頭低語）需要這最後一票，才能確保將史坦頓女士繩之以法。

計時器來到十秒，滴答聲愈來愈響，燈光則隨著滴答聲而搖動。證人席上的伊芙站得筆直，眼神與表情都紋絲不動。路卡斯抬起頭，盯著伊芙。計時器來到五秒。

克麗絲汀娜：路卡斯，請下決定。

四秒。

克麗絲汀娜：（顫抖地）分秒必爭，路卡斯……

路卡斯舉起雙手。

三秒。

克麗絲汀娜：三秒鐘。

他把手伸向按鈕。

二秒。

克麗絲汀娜：路卡斯。

他把手舉高。

一秒。

路卡斯：他們指控殺了我女兒的那人是清白的。真正的兇手還逍遙法外。我要回到舊的系統！

零秒。

路卡斯消失在黑暗中。克麗絲汀娜呆若木雞地站著。攝影棚內有個觀眾緩緩地拍起手。

克麗絲汀娜碰觸耳朵，露出僵硬的微笑，面對攝影機。

克麗絲汀娜：呃……現場及在家的觀眾們，不能說我們的節目不精彩吧！真是讓人跌破眼鏡。至少我個人會很有興趣知道路卡斯做此決定的理由。但是現在，史坦頓女士未來的命運為何？她能安全地走在街道上嗎？會不會每次轉過街角時都要疑神疑鬼呢？這只有時間才知道了。

她轉向伊芙，攝影鏡頭往後推，畫面納入整個攝影棚。觀眾開始鼓譟，還有人走來走去地移動著。

克麗絲汀娜：伊芙……

觀眾之一：（大吼）你這自私的賤人！

有什麼砰地撞上強化玻璃。伊芙跳起來猛地往後退。破掉的蛋從玻璃上往下流。另一次撞擊聲，又是一顆蛋。接著又一顆、再一顆。伊芙蹲下。警衛快步上前。觀眾愈發叫囂鼓譟，推擠著往舞台前進，腳步聲如同馬蹄隆隆作響。

克麗絲汀娜：（大聲地）呃，我想我們現在可以看到大家的情緒有多激昂。等我們再次回到節目中……

鏡頭拉近她，畫面前有人跑過。她被推擠得一會兒前一會兒後。

克麗絲汀娜：（大喊）……將看看一對夫妻互相控訴對方施暴。節目精彩可期！

老貝利外

「感謝老天，」麥克斯嘆了口氣，轉向西塞羅與瑪莎，「但我們得把她帶到安全的地方。」

「你會需要一輛車。」瑪莎說。

麥克斯從街角覷向戶外螢幕，畫面顯示他母親縮在一個警衛身邊，雞蛋麵粉雨不停地朝她襲來。畫面變換，變成老貝利外面的監視器畫面轉播，不時拉近特寫某個表情憤怒、以姿態或言詞表達不滿的人。

「西塞羅的車停得太遠了，」他說，「但是前面有一輛節目的支援車。法官，用其中一輛車載她回家。我等會兒回家跟你碰面。」

「你要去哪？」西塞羅問。

「把瑪莎帶離這裡。」他回答。

「我不需要你照顧我，」瑪莎說，「你媽會想見你。」

麥克斯搖搖頭，把雙手插進口袋裡，信封的邊緣碰觸他的手指。「她會懂的。」他喃喃地說。

西塞羅看看他，慢慢地點點頭。「好，我們回家見。」他說。

西塞羅消失在人群中時，瑪莎轉向麥克斯。

「你是怎麼了？」她問。

「什麼怎麼了？」

「剛才啊。你對他說謊。發生什麼事了？你的口袋裡是什麼？」

他聳肩。「我不知道你在說什麼。走吧，我們離開這裡。」

「走這邊。」她說，轉身背對老貝利。「但我知道你在說謊。」

晚間六點半，死即是正義

在暗藍色的螢幕上，白色的光點發出嗡鳴和噼啪聲。「以眼還眼」字樣繞著藍眼睛標識內的瞳孔打轉。

標題「週六沙發夜」滑過，主旋律響起，比起週間的音樂更為柔和、平靜。標題消失後燈光亮起，照亮一個比較小的攝影棚。約書亞身穿合身休閒西褲、天藍色襯衫及暗藍色領帶，交叉著腿坐在一張柔軟的皮沙發上，沙發前的咖啡桌上散置著今天的報紙。

約書亞：晚安，各位觀眾，歡迎來到這一集的「死即是正義」！

溫和的掌聲響起。

約書亞：今天的「週六沙發夜」請到兩位特別的來賓。首先，這一位大家應該已經很熟悉了，就是哈特探長。

攝影機往旁邊移動，照出一旁在皮沙發上往後靠坐的哈特探長，胖乎乎的兩腿張開，肚子將制服撐得緊緊的。他露出一個冷淡、不情願的笑。

約書亞：第二位則是新面孔。這位通常不在媒體上露面，但同時也是非常重要、掌握許多資訊的人物。女士們先生們，讓我們歡迎首相的個人助理：蘇菲亞・納強特。

蘇菲亞身穿灰色的長褲、雅緻的毛衣，走進攝影棚。約書亞站起身並伸出一隻手，露出大大的微笑歡迎她。哈特探長沒有移動，只是微微地點頭示意。

約書亞：謝謝兩位在百忙之中抽空，參加今天的節目。能邀請到兩位真是莫大的榮幸。

蘇菲亞：約書亞，很高興能夠來到這裡；也很高興終於能見到您本人，哈特探長。

哈特探長：是啊。

約書亞：蘇菲亞，這段時間首相一定忙得不可開交。我很訝異他竟然願意讓你請假。

蘇菲亞：首相本人非常樂意再次參與這個節目，這是最理想的情況，但實在是分身乏術。但他本人要我代為致意，讓我替他發言。

約書亞：太好了。那麼，納強特女士，近來有些真可說是醜聞般的發展，讓我們的社會核心受到震盪。或許你可以和我們分享一下首相對此的看法？

蘇菲亞：抱歉，約書亞，但我想你太低估了人民的耐受力。是有一些擾人的事件沒錯：一個高知名度的殺人嫌犯、幾乎被處決的無辜青少女、一個年輕人被發現是殺父兇手、一位年長女士在光天化日下遭刺殺、對高層腐敗的影射……

約書亞：蘇菲亞，請允許我在此打斷你。你說：對高層腐敗的影射。這件事不是已經由警方調查、並證實是瑪莎捏造出來，為了抹黑政府的嗎？我很訝異你竟然會提起這件事。

哈特探長：都是些發餿的胡說八道，也是對我手下警官的辛勞不敬，這些人每天都在冒生命危險；現在來了個腦袋不清楚的女孩，說這種話？這真是侮辱。

觀眾鼓掌歡呼。蘇菲亞露出一個模糊的笑容並點頭。

蘇菲亞：我聽到了、也瞭解你的不滿，但首相最不希望的，就是讓社會大眾覺得我們只是把東西掃到地毯下。畢竟，那女孩宣稱你，你本人，探長，犯下了與性有關的罪行……

哈特探長嚇得嗆到，轉向蘇菲亞。觀眾四下張望，顯得很困惑。約書亞僵住，嘴型透露出興奮與期待。

哈特探長：這個，這位小姐……我可以告你毀謗……

蘇菲亞：我只是在陳述事實。

哈特探長：史蒂授權你替他說這些了嗎？

蘇菲亞：史蒂？

哈特探長：首相。史蒂。他允許你——

蘇菲亞：這樣稱呼首相真是很親密啊。

約書亞：（笑）這是直呼其名，女士們先生們，但我想這是為了增添效果——

哈特探長：（手指著對方）還有，納強特女士——

蘇菲亞：是小姐不是女士，麻煩你。我的婚姻狀態與此並無關係。

哈特探長搖頭砸舌。

哈特探長：（大聲地）納強特小姐，你說她所做的這些指控到底在哪裡？她什麼時候說過這些話了？

蘇菲亞：我想你很清楚。

哈特探長：這不是黃金時段節目應該討論的問題，納強特小姐。這是——

蘇菲亞：應該私下討論的？在公眾看不見的地方？當然不是。我可以肯定在另一種狀況下你才會力主謹慎，哈特探長，否則大家可能會覺得你是欲蓋彌彰了，不是嗎？

哈特探長：你他媽——

約書亞：呃，請您避免——

哈特探長：我不知道史帝是在玩什麼把戲——

攝影鏡頭拉近，對著約書亞。他碰觸耳朵，露出緊張的笑容。哈特探長大聲的講話依然聽得見，但約書亞開口壓過他的聲音。

約書亞：非常抱歉節目上出現不雅的語言，女士們先生們，還有在家中的孩子們。我誠心希望沒有任何人覺得被冒犯。該是休息一下的時間了，我想。等會兒再回到……

哈特探長：（大吼）說謊，他媽的——

主旋律大聲地蓋過他們的聲音，標題畫面取代了來自攝影棚內的影像。

史坦頓家

伊芙蜷縮在沙發角落，身上蓋著毛毯，紅酒杯貼在唇上，眼睛熱切地凝視電視畫面。在她身旁的地板上，正用撥火鉗對著爐火的西塞羅也是。

「蘇菲亞．納強特？」伊芙問，但依然一動也不動。

「嗯哼，」西塞羅回答，「她……嗯……」他在尋找正確的字眼。

「有點膽量？」伊芙問，終於喝了一口酒。

他點頭，撥了一下火。「相當有。」他回答。

以撒

四號牢房。看起來都很像，但愈來愈小。

有些比較熱，有些比較冷。

孤獨很難熬。

我還記得在學校讀過尼爾森・曼德拉被關押在羅本島上十八年。一年只能有一位訪客，時間只有半小時；一年兩封信；一間小小的牢房，一個桶子用來上廁所、一張床放在地板上。

我在這裡只有七天，而我已經過了三天半。

實在沒辦法比。

不知道有多少日子，他覺得自己會死在那兒？

在這裡有好多時間可以思考，那些關於他的課程在我腦海中不斷重複，陪伴著我。

我學過勇氣不是來自不感到恐懼，而是戰勝恐懼。智者並非不感到害怕，而是勝過了害怕。

我還是覺得恐懼，死亡讓我好害怕。

我不是害怕死掉，而是害怕死前的身體反應。

我不知道怎樣才能勝過它。

我整天都想哭，又努力不要哭出來。

我並不勇敢。

但我會假裝勇敢，我會努力記住我曾擁有的，心存感激我擁有過的比大多數人都多。

但是要記得這些並不容易。

有人曾經對我說，記憶是主觀的，但我現在的記憶並非如此，而且這些記憶慢慢地讓我看清，過去我過的是什麼樣的生活。

我還記得有次派蒂把我拖進一間店，裡面鋪著長毛地毯，胡桃木的貨架上疊放著各種不同尺寸、顏色的襯衫；黃銅架上掛著成排外套、背心、帽子、腹帶、領帶，甚至還有高頂禮帽和圓禮帽。

在這種地方，打開門就會敲響一個小鈴，當你進門時，店裡員工便會從頭到腳打量你，依照你穿的衣服值多少錢（或是不值錢）來評斷你。

派蒂要我試穿褲子和襯衫、不同的西裝外套和便裝夾克。有一位膝蓋會吱嘎響的老先生替我量我跨長，用極大的熱情把衣服用大頭針暫時別住，我還以為會血濺當場。

「夫人，在下以為，肯定是有個特別的場合囉？」他問，聲音輕柔，帶著圓潤的母音，肯定從來沒有在高樓區住過。

派蒂坐在一張天鵝絨椅的邊緣，把腿交疊起來，對他微笑。

「我看是有一些場子。」她說，用假裝出來的文雅口音，強調最後一個字的重音，害我以為她說的是腸子。「但這已經變成我丈夫和我的固定行程了。我們要和首相一起午餐。」

「太美好了。」那人回答，「我猜這個男孩也會參加囉？」

「史蒂芬，也就是首相，特別喜歡見到他。」

我以前聽說過有關她、傑克森和首相的流言蜚語，但從不曾像這樣露骨。而且這絕對是我第一次聽說我要跟他見面。

我看到派蒂和裁縫之間的交流。這就像在跳舞，派蒂一直想讓他印象深刻，卻不知道他是順著長鼻梁往下看她，好似她是他鞋上的泥一樣，也聽不見他聲音中濃厚的諷刺。

在豪華中也是有等級的，顯然她在最低一級。

但我不太記得第一次和首相見面的事了。

我記得他們對話中一些片段——

「……有必要藉著工作脫離貧窮……」

「……資訊的貨幣價值……」

「……雙方互惠……」

還有一些派蒂的回答片段——

「……任何我們可以做的事……」

「……公眾角色……」

「……我們之間的安排……」

其他部分都是朦朦朧朧的，但我確實記得，他的握手堅定而冰冷。

還有他的笑容雖大卻感覺是假的。

他的聲音會失去後勁，但他的回答永遠都很大聲，主宰了整個房間以及其中的對話。

我也很清楚地記得，當時我納悶著傑克森為什麼這麼安靜，而派蒂到底為什麼會認識首相。

還有，那間店裡的裁縫——他只不過是個縫衣服的人，為何卻對她有種優越感；而我們國家的領導人，首相，卻邀請她共進午餐、因她的笑話而發笑？

對十一歲的我來說，這一點意義也沒有，卻讓我充滿疑惑。

那讓我不安，讓我覺得恐懼，而我想不出是為什麼。

有好幾年，我能感覺到首相以及他底下的人在窺視人們腦中的想法、看他們心中的弱點；這不只是出於他們的權力，也是出於他們對繼續掌權的渴望。

好幾年來，我一直記得那些對話的片段，即使它們因欠缺上下文而顯得毫無意義，但是……

……我的背脊一陣冷。

我閉上眼睛，想像自己回到那間裁縫店。

那些折疊起來用薄紙隔開、裝在盒子裡或是袋子裡，好讓我們帶回家的衣服。店裡的味道像是剛洗好的衣服和蜂蠟；手指觸摸光滑的木頭櫃檯；當他開帳單時錢箱發出的聲音。螢幕上顯示出加總的金額。

派蒂打開錢包，塗著指甲油的手指拿著金卡。

一會兒之後裁縫師手上拿著卡片，對她微笑。「很抱歉，夫人，但這張卡被取消了……八成是技術問題……一定不是餘額不足。」

「你去外面等。」她對我說，我照辦了。等了很久。

「他明天會送來。」她從店裡出來時這樣說，「省得我們還要提。」

我點點頭相信了她。

「……資訊的貨幣價值……」首相說過的。

「餘額不足。」裁縫師說的。

是巧合嗎？此刻我自問。但他們必定不缺錢啊，不是嗎？

或者是用這種方式，讓他們更有錢？

貪婪超越了原則。

我的腦中有太多問題，此刻不可能知道答案。

我真希望可以和誰討論，或是寫下來，等我死了以後讓某個人發現。

或者給你寫封信，瑪莎。

對，我很想這麼做。

我閉上眼，在腦海中寫。親愛的瑪莎……

不行，我要想像你讀信的樣子。你正走在蕨類森林裡，冬日低垂的太陽透過枝椏照進來，在地面的冰霜上閃耀。你來到我們的那塊空地，坐在旁邊的倒木上，我們在那裡做了個遮蔽處。你把信從身上牛仔褲的口袋裡抽出來。你的手指打開信，眼光緩緩地在信上移動，仔細讀進每個字。

我希望能寫出一些讓你露出笑容的內容，瞭解對我來說你有多重要。

像是：瑪莎，我愛你？

或是：瑪莎，我好想你？

這些都只是文字而已，只有文字還不夠。

要是我能拋掉文字，把我心中的感受拉出來，讓你直接感受到而不是透過紙張，那就好了。

我替自己感到不好意思，這種想法多荒謬啊。

信、陽光、感覺……

我睜開眼睛。

信、蕨類森林、再見到那個我深愛的女孩……我必須把這些想法忘掉，因為我的未來只剩下四面牆。

還有充滿痛苦的死亡。

瑪莎

「我們為什麼在這裡？」麥克斯問，我看著他走到碼頭盡頭，俯視下方的水面。

「因為安靜，」我告訴他，「這裡沒有人。也沒有印著我醜臉的海報。沒有人在看。」

「你才不醜……」

我對他聳聳肩。真好心，對啊，就是他會說的那種話。

我們在碼頭邊坐下，腳懸空晃盪，看著太陽逐漸落入地平線，在河上染成橘色的斑斑點點。

我真希望能跟著這光線，到下一個陽光照耀之地。

「我都還沒說謝謝。」我低聲說，「謝謝你用電腦做的那些事。還有把牢房裡的玻璃弄破救我出來，等等。我應該早一點說的。」

「你不需要謝我。」他回答。

「我要。也要謝謝你昨天的事。我以為又要睡在外面過一夜。」

「你今天晚上還想回去那裡嗎？」

「不，我想他們已經注意到我了。」

「那去別的地方嗎？另一家民宿？」

我搖頭。「謝謝你，可是我不想冒險。」

我們都沉默了一陣子，而他一直在玩手指，我看得出來他有話想說。

「會有那麼糟嗎？」他終於問道，「照顧機構。我是說，我實在看不出還有什麼選擇。一直逃跑直到十八歲？還有兩年哪。」

這是我一直努力不去想的事。

「那些地方很恐怖。」我低聲道，「有一次我媽進醫院，我在那裡住了一個月。是醫生讓他們來找我的。他們像對待動物一樣對你。吃飼料，讓你工作，而那些工作讓他們賺錢。就像監獄一樣。我不介意工作，我不怕把手弄髒，但不是像那樣。那就像……」

「就像維多利亞時期的工廠？」

「大概吧。我是說，是有受教育、有東西吃等等，但你的個體性、人格、特徵，都被抹去。不過……」我停下來，嘆一口氣，轉頭繼續看日落，最後一抹日光落下，我們被幽暗包圍。帶我一起走，我想這麼說。「我想我進去就出不來了，」我低聲說，「我想他們會找藉口，讓我從一個機構到另一個機構。我想……我想……那我就完了。至少不再有自由。」

他點頭。「我懂。」

「我很抱歉害你家碰到這種事，」我喃喃道，「你媽，她——」

「你想辦法看到以撒了嗎？」他打斷我。

「昨晚看了一下，」我回答。我想問他現在數據如何，又不敢。

「他一直很堅強。」

他這樣說真的很好心。

「那網站呢？」我問。「有人注意到嗎？」

他失望地搖搖頭。

「我不敢相信大眾竟然不理不睬。這些人——歌星、主持人、演員等等的——他們理應是行為榜樣，而我們給大家看他們真正的樣子，卻沒人想知道。」

「網站一直被下架。沒有一次成功留住。有些人看過，有些人留言給我，跟我說他們有多震驚。」他說，「但有更多人對我說，我是個騙子，要我不要再唯恐天下不亂了。」

「那些人都是『人人為我、我為自己』，對吧？」

「沒錯。有些人認為我們是陰謀論者。但有些人，我覺得他們是嚇壞了。有錢的人、住在城市區和大道區的人，或甚至像我家一樣住在外圍的家庭，他們害怕要是鬧事或是針對了誰，就會淪落到去住高樓區。」

「也沒有那麼糟啊。我們又不全都是毒蟲、妓女和殺人兇手那類。」

「我知道，」他說，「差別只是城市區的毒蟲是穿西裝罷了。」

「還有妓女是穿精品內衣。」我回答，努力想讓氣氛輕鬆一點。

他諷刺地笑了。「一樣又不一樣。」

「B太太以前常說：『一樣的肉，不一樣的肉汁』。」我補充道。我很想因為回憶而笑出來，但我辦不到。

我們都沉默了一陣子。

「關於以撒的事我不知道該說什麼。」他輕聲說，「他們把系統升級了，我進不去，沒辦法像之前那樣更改票數。」

他的話懸在半空中，我心裡想著派蒂，想著我同意去做的事，還有那將意味著什麼。

「不要擔心。」過了一會兒我回答。

「但是他會……」

我轉向他。話已經到了嘴邊，而我不能告訴他。

他的眼光瞟向四周。我聽見紙張的聲音，他的手指在撥弄什麼東西。

「你的口袋裡是什麼？」我問。

他還沒把眼光轉開就變了臉色。「沒什麼。」

我踩到地雷了。「沒有才怪。」

他把手從口袋裡拿出來。「沒什麼重要的。就是一封信而已。」

「誰寫來的？」

他從地上拾起一些碎石，一一丟進水中。

「我媽。」

我的腦袋在做後空翻。他繼續把石子往水裡丟，我繼續聽著那撲通的聲音。

我猜是伊芙認為自己會被判有罪。我猜她認為媒體會挖出她的過去。我知道一些麥克斯不知道的事。我猜她認為由她來告訴麥克斯會比較好。

「信上怎麼說？」我問。

「我還沒——」

「她是怎麼跟你說的？如果她被判有罪就打開信？」

「他們把她帶走之後……我到她的房間裡……信就在她床上，壓在一些紙張和東西下面……」

「她不知道你拿到信了？」

他搖搖頭。

噢，不好。伊芙會希望怎麼樣？我該怎麼做？想啊，快想啊。

「給我吧。」我說。

「什麼？」

「把信給我。我會打開，讀了之後再告訴你信上說什麼。這樣她就不能怪你把信打開，不是嗎？錯不在你。給我吧。」

他從口袋裡抽出信，風拍打著它。

「給我。」我低聲說。

他緩緩地遞過來。

「有時候，」我說著接過信，撕開，抽出三張信紙，「你以為自己很想知道某事，但是等你知道後，卻希望自己不知道。誘惑之類的，你懂吧？」

我打開信紙，盯著看，慢慢地翻閱。

第一頁……

第二頁……

第三頁……

藉著我們頭上建築物發出的微弱光線，伊芙的祕密在手寫文字中定了罪。

一個殺了她丈夫，也就是他父親的祕密，改變了人生。

他對我點頭。

「你知道這樣沒什麼好處，對吧？」

「大概吧。」

「很好。」

我把紙撕成兩半、再兩半。

這個祕密只會造成痛苦。

「你在幹麼？」他伸手想從我手中搶過去，但我後退把信撕了又撕、又撕、又撕。撕成愈來愈小的碎片。

「住手！」他撲向前要抓那些碎片，但我把它們灑了，像婚禮上的紙屑一樣，灑進水裡。「你幹麼這樣？」他對我大吼。

「她要是想讓你知道，就會親自交給你了！」

「上面寫著要給我的！」

「是你擅自拿走的！」我也大吼。

「那也不代表你有權——」

「是沒有，但你也沒有權利看！」

「那是由你決定的嗎？幹麼每件事都要跟你有關？」

「不是——」

「你媽被殺了又怎樣，壞事總會發生！」

「你以為我不知道嗎！」

「現在我家、我媽，都被拖下水，還有我，她受審，我的生活都破碎了，連出門都不行，都是因為你的關係！」

我張開嘴想爭辯，但他說得對，他是被拖下水的。這不是他的錯，不是他的責任，全都不是。

「你看過了，你知道上面說什麼，我卻不知道。這樣怎麼會公平？」

是不公平，我心想，又有什麼是公平的？

我站起來離開碼頭邊，風開始呼號，豆大的雨點打在我剛長出頭髮的頭上。我把兜帽再次翻起蓋著頭。

「我是在保護你！」我回頭大吼，但話才一出口我就知道錯了。

「保護我？我才不需要保護。我不想要保護。你應該是最了解這一點的人。你瞎闖進我們的人生，現在你突然就比我更瞭解我媽了？」

我咬著嘴唇。不要告訴他你在認識她之前就知道這件事。不要跟他說其他人八成也知道這件事。我可以讓他受傷，真的可以。但我要在這裡把它吞下去。

「我很抱歉，」我喃喃道，「我知道你壓力很大，但拜託不要對我吼。」

「**壓力很大**？」他怒聲說。

該死，又說錯了，我心想。

「真是說得太對了，我壓力好大，因為有個女孩把我、還有所有人，都拖進她搞砸的人生裡，然後自己跑得無影無蹤，留下爛攤子給大家去解決，因為她處理不來！」

噢，我可以聽一些屁話，但這實在太過分了。我轉過身回頭走向麥克斯，憤怒地用手指著他，雨下得又大又急，風愈來愈強。

「我處理不來？」我對他尖喊，「處理不來？我正在處理好嗎！」

「怎麼處理？我沒看到你有任何像是正在處理的樣子！」

「我……不能告訴你。」該死的，瑪莎。

「又是一件不能告訴我的事？為什麼？」

「因為你不會想知道。你不知道會比較好。」

「又是一件我不知道會比較好的事！」他怒聲說，氣炸了。「跟我說，不然就跟我說我媽的信上寫了什麼。」

噢，我吵架真的弱爆了。

「不要，」我說，「我沒有資格說你媽的事。那是她的事，不是我的事，也不是你的事。另一件事也不行，因為……因為……」

我轉身面對著河。不要哭出來，瑪莎。好了，堅強點。像以撒那樣。

「因為怎樣？」

我看著他，眼睛裡充滿淚水，但我不會哭。「我不能告訴你，我不能說出來……我……」我困難地把眼淚吞回去。「老天啊，我很害怕，好嗎？我怕死了。」

他走近我，臉色變得柔和。「是什麼事？」他低聲說。

我搖頭，眼淚已經滑落，和雨水混在一起，我不想待在這裡。「有人，」我喃喃地說，「有人……向我提了一個主意。一個把以撒弄出來的辦法。」

他挑起眉，聲音變低，「怎麼做？牢房裡有攝影機，電腦系統又牢不可破——相信我，我都試過了。那個地方更難進去了，勝過……勝過……我不知道，惡魔島、諾克斯堡，之類的地方。」

「可以潛進庭院裡。」

「也許吧，但也僅此而已。況且那也沒有用，那個地方到處都有監視器。實際上可以進入，或是從那棟建築物裡出來的辦法，就只有……只有……不知道……大概只能炸出一條路來吧。」

我瞥了他一眼。

「不會吧，」他回答，「這不是個好主意。」

「那你說說還有什麼更好的辦法？」

我們慢慢離開碼頭邊，很冷、又濕，風不斷打在我們身上，所以我們回到有人煙的地方，找地方遮蔽或取暖。我們找到一個公車亭就躲了進去，一邊發抖，一邊聽雨水敲打在錫製的頂蓋上。

我看著汽車和卡車在路上呼嘯而過，車燈模糊變形，輪胎激起水花潑濺在人行道上。

雨從我的兜帽前沿滴落。

「你回家吧。」我對麥克斯說。

「除非你跟我一起。」他回答。

「你明知道我不行。」

「那就去民宿，或是旅館。某個地方。」

一台巴士將要停靠。我瞥了一眼起霧的車窗，車內的光線在黑暗中顯得耀眼，我往後縮。又是我的大頭照，貼在巴士旁邊像是某種電影海報一樣。

麥克斯也看到了。

「你知道我不敢冒險。」我回答。

一個男人下了公車，朝我們投來一眼，然後走掉。巴士加速開走，加入車陣中。

「你必須離開街上。」麥克斯說。

我沒有回答。不知道去哪兒會比較好。離開這裡或是躲在什麼地方：與平常的地方融為一體，路過的人大概不會注意；或者冒險讓某過櫃檯人員、清潔人員或是住客認出我來。

魚與熊掌？

不。

「太冒險了。」我說。「我會在這裡找個地方。」我走出公車亭，沿著馬路走。他跟在我後面。

「走在雨中？不行——」

「你回家去，麥克斯，我沒事的。走吧。你媽會擔心的。」

「我不會拋下你不管。」

「你不能和我一起待在外面。」

「那就回高樓區去。那邊有人會照顧你，一定的。他們會保護你。」

我停下腳步，瞪著他。「讓他們涉險嗎？我不會要求任何人為我這樣做。不行。你也不行。」

我繼續走，不知道朝向何方。

他跟著我，走進一條小路，靠近某個柵欄時我們停了下來。大雨依然傾盆，頭上的街燈照出一片雨幕。

「你回家去。」我再次對他說。我想一個人。

他搖頭。

「你做的已經太多了。回家去。」

「可是——」

「拜託你。」

我們互相瞪著對方好一會兒。

「你是想要我走，」他輕聲說，「還是認為我應該走？」

「我想要你走。」我說。

「你接下來要做什麼？」他問。

我露出一個無力的微笑。「活下去。」

「一定要。」

他擁抱我。感覺溫暖而讓人安慰。但這不是好事。現在不能讓自己的防備降低，不能感覺軟弱。

我看著他走掉。

要堅強，我對自己說，不要跑向他，不要求他帶你回他家。你不想要熱水澡、不想要吃東西、不想看到伊芙和西塞羅，也不想感覺屬於某個地方。

就好像你真的被接納了一樣。

或是被喜歡。

或是真的可以成為某人的朋友。

你是一個人面對——你最好繼續這樣想，因為你需要這樣相信。

這是你的責任，不是別人的，你不能冒險讓他們陷入險境。他們做的已經夠多了。讓他們走吧。

他已經消失了，被黑暗及其它的身影吞噬。我一邊想一邊轉身。我應該把嘴巴管緊一點的。不應該拆開那封信。不應該參一腳的。

根本不應該開始這些該死的、瘋狂的事。

最好不要知道太多事，像以前那樣——就是什麼都不知道，也不會夢想變成別的樣子，就是個高樓區的孤兒罷了——因為當我就是那樣時，每件事都比較安全、比較簡單、比較容易。

真的嗎？我腦中的聲音和我爭辯。比較簡單？你媽死了，靠著打掃廁所餬口，沒有未來，沒有遠景，沒有希望。

但我現在還是什麼都沒有，我這樣回答自己。

事實上我有的還更少了：沒有家、沒有朋友、沒有家人、沒有工作、沒有錢、沒有教育……

你有機會擁有更多——

什麼，靠著以撒的遺產嗎？我連邊都摸不著。要領遺產就必須先出面，然後呢？反正我也不想要。

你有希望、有可能性、有決心，這些比錢更有價值。

但此刻、當下，我什麼都沒有。

朋友。伊芙……

不，我不想要那些，不要他們覺得有負擔。我已經帶來太多痛苦了，太多……天啊，我現在只能呻吟了嗎？我不想要同情。只要真實。

我為每個人感到難過。一直想到B太太。她為我做了這麼多，而我做的只有——

我不知道該怎麼做。覺得空虛、自私、愚蠢。

孤單。

想去個什麼地方，但不知道要去哪兒。想和以撒在一起。不想要他死。只能看到一個選項。但我不喜歡這個選項。

我經過一間轉角的商店（有人從店裡出來時門會發出嗶的聲音），是一間酒類商店，有個穿西裝的人從裡面跌跌撞撞地出來，對著手機大吼，手上拿著一個包在紙袋裡的瓶子；又經過一間餐廳，味道之香讓我覺得胃都要張開嘴了。

我走過幾條小路，不知身在何處，也不在乎。更前面的地方有個地下道入口，我朝那裡走去。不管怎樣總會比較乾吧。

我悄悄地走進去，躲開了風雨，也躲開了燈光，陰影開始捉弄我。

我覺得聽見疾走的聲音，像是有一大群老鼠或是邋遢的狗。

裡面黑得像地獄。

比高樓區還要恐怖。

我的腿好痛，腳也是。我不去想地上有什麼，只管一屁股坐下、靠著牆，抱著膝蓋。

要是我死在這裡也沒有人會發現。更沒人會關心。有些人甚至會為此而慶祝。

人們怎麼能這麼容易地有這麼多恨？

人們怎麼能光憑他們在報紙和電視上看到的，就對我下了決定、批判我？

那不是我。

我是瑪莎．伊莉莎白．蜜露。我的生日是五月三十一日。我喜歡狗，貓會讓我打噴嚏。我曾經養過一條金魚當寵物，名叫史旺比。我最喜歡的巧克力棒是Twix特趣。我不喜歡甜菜根。比起擦碗盤我寧願洗碗。我喜歡喝濃茶（加兩塊糖和牛奶），我也喜歡餅乾。

這就是我。

我喜歡樹，喜歡看樹上的鳥。

這就是我。

我上學的第一天哭了。我沒有最要好的朋友，但其他女生都有。

這就是我。

在媽的葬禮上，我選的歌是我小時候她會唱給我聽的。自從她死了之後我就覺得空落落的。她死後的第一個月，我睡在她床上，躺在她的床單上聞得到她的味道。

這就是我。

我的眼睛發疼。我眨眼、搖頭。

好了你，小女孩。不要哭，我對自己說。你沒有這麼軟弱。

我沒有證書。沒有學歷。沒有家人。沒有真正的朋友。除了以撒之外，但他很可能幾天之內就會死。

這就是我。

我用手背擦過鼻子、揉揉眼睛。

不要這樣。

我沒有未來、沒有希望、什麼都沒有。

這就是我。

胸膛裡的哽咽再也憋不住。

不要放棄。

我誰都沒有、什麼都沒有。

這就是我。

我眨眼，眼淚落下。

不、要、放、棄。

但我沒辦法繼續。

已經沒有我可以做的事了。

我滑到地上，把頭歇在塵土中，哭得像個沒用、荒謬、無助的廢人。

不要軟弱，我腦袋中的聲音說。

但我就是軟弱，我對那聲音說。

我是軟弱。

而且我完了。

首相

首相的領帶筆挺、外套的釦子都扣上，站在房間中央，看十點鐘的新聞：伊芙被拉著從老貝利出來，上了一台等著的車。她頭髮上黏著生雞蛋和蛋殼，身上的睡衣和毛衣上也是，還沾上了麵粉。

首相瞇起眼睛。

除了電視，房間裡的光源只有桌上檯燈的暗淡光線，以及壁爐裡的火光。

「您昨天看了『週六沙發夜』嗎？」陰影中的蘇菲亞問。

「有必要嗎？」他冷冷地回答。「那是你的責任，應該要很順利。」他扭開外套上的鈕釦，脫掉外套掛在直背椅上。

「你想看重播嗎？」她往前一步，但仍然在陰影中。
「再說一次，有必要嗎？」他問。
她一時沒有回答。火發出劈啪聲，地板上的陰影晃動，火光躍上牆壁及厚重的窗簾。
「沒有必要。」她說。她再上前一步，從水晶玻璃的酒瓶裡替他斟一杯酒，火光在她臉上晃動。
「他們已經研究過那個區域的所有監視影像了。」她說。
「他們？」
「你在藍屋裡的員工們。」她把酒遞給他。
「他們找到什麼了嗎？」他問。
「有，」她的聲音變低，「他們看見——」
「讓我猜猜，」他打斷她，「西塞羅那些人？」
她點頭。
他把酒舉到嘴邊，啜著酒。「看起來他們快要變成安靜的革命者了。」
「他們也相當肯定——」

他外套口袋裡的電話響起，他舉起一隻手讓她打住。

「派蒂，」他對著電話說，「我告訴過你打給蘇菲亞，不要來煩我。」

他聽電話時表情嚴肅起來。「我懂了。和史坦頓家的男孩一起？」

他停了一會兒。

「我們肯定可以回你訊息，然後你就可以解決。」

他又啜了一口酒，臉上露出狡猾的笑容。

「《國家新聞》？好，非常好。事實上，盡一切可能去做。你真是這種事的專家，我要給你這麼棒的點子脫帽致敬。你真是更上一層樓了。」

他掛斷，電話依然靠近臉頰，一邊思考。

「一石，」他帶著笑自言自語地說，「多鳥。」

第 5 天

瑪莎

我的眼睛還閉著。

我想天還沒亮。

感覺很奇怪。

我在想、用力想……努力想記起來……

我本來和麥克斯在一起，溼答答……在下雨……有巴士，然後我們走路……我叫他回家去……停在一條地下道。然後呢？

然後我變得很淒慘。像條喪家犬一樣躺在地上。很冷，又濕。我全身都濕透了。

可是……現在我不是濕的……

我躺在柔軟的東西上面，身上還蓋著東西。溫暖又乾燥。毯子？還是被子？

有好聞的味道。

很安靜。

我動動腳——也是乾的。

我扭動身體。我身上穿著什麼？

我在哪？

搞什……？

發生什麼事了？

我忽然坐直，睜開眼，眨眼。天還沒亮但有一絲微光，像是檯燈，從某處透進來。我繼續眨眼，把眼睛睜大。我在一張床上，蓋著又大又軟的棉被，身上穿著蓬鬆的粉紅睡衣，長度蓋過我的手。我努力環顧房間，看不到任何人。我試著理解自己身在何處。

窗戶上有窗簾，有書架，牆上有海報，有張桌子……

門打開，燈光湧入。我嚇一大跳，舉起一隻手遮臉，從指縫間往外窺視。

「早安，瞌睡蟲！」一個刺耳、高頻的聲音說。

「派蒂？」我聲音沙啞地回答。什麼鬼？「搞什麼鬼？」

「對一個救了你的命、接待你的人來說，這樣打招呼真親切啊。」

我瞪著她。「什麼？」

「我發現你昏倒在路邊，不醒人事；於是我冒險把你弄進我的車，帶你回來這裡。」

「什麼？」我重複。「那我怎麼沒醒來？」

「呃，」她咕噥著說，「我不想要讓你對我動手動腳的，所以用了一點氯仿。」

「什麼?!」

「不會有什麼後遺症的，你放心。」

「那我現在在哪？」

「我跟你說了，這裡是我家。」

「你——」

「呃，要是你有什麼不滿的話，就理論上來說這裡是以撒的家，但是既然他目前不方便，那麼……」她聳聳肩。「你就在他的房間裡。但床單是新的，別擔心。我本來想把你放在備用的房間，但是一間堆滿了衣服，另一間則擺滿準備打包走人的行李箱；而最大的那間當然是被我用來當健身房了，因為原本的正在整修。」

我環顧四周，在他的牆上貼著他的海報，他的桌上有他的作業、他的衣櫥裡有他的衣服、他的書架上擺著他的照片。我瞇眼看這些東西。有我和他的照片，一張是在蕨類森林，有一張是我坐在鞦韆上笑著。

「真不敢相信你對我用氯仿。」

「我很擔心你。我認為把你弄到這裡來是合理的作法。」

我瞪著她。「最好是啦。跟我說你把我弄來這裡真正的理由是什麼。」

她嘆氣，雙臂交抱胸前，往後靠在牆上。「我想要是放你在那裡不管，你可能會死掉——」

「你又在乎了？」

她搖搖頭並嘖舌。

「噢，我懂了，」我說，「你不在乎，但你需要我。」

「你同意要加入的。」她說，對我晃晃她的手機。

「實際上你根本不在意我的死活，但你需要我替你把以撒從死刑列裡弄出來。我說對了嗎？」

她沒有回答。

我把腿移到床邊。「但我不知道你是怎麼找到我的。你跟蹤我嗎？」

「類似吧。」

我原本穿的衣服在地上堆成一堆。麥克斯給我的手機就在旁邊。

「真了不起，但我現在要走了。」

「不行，你不能走。」

「是嗎，我就要走。」

她大步走進房間，把電視機打開。「不行，小姐，你真的不行走。除非你想被抓到，那樣對你我都不好，對以撒也是。那樣我們要怎麼救他出來？」

她轉到某個新聞頻道，我就在那兒，我的大頭照又出現了。

「我想你大概沒注意到，街上到處都是你的通緝海報。」

「我不需要你。我可以自己奮戰。」

「但你現在卻在這裡。」

「我沒有決定要來這裡，是你綁架我的。你把我迷昏！」

她嘲笑我。真想揍她。

「要是我沒有把你撿回來，你現在已經死了，或是被銬在某間醫院的病床上。」

「他們想把我送到照護機構，不是監獄。」

「我以為你知道照護機構那話已經是過去式了。」

「我又沒犯什麼罪。」

「你應該很清楚吧，根本沒人在意你到底有沒有犯什麼罪。事實就是，現在你人在這裡，你哪兒都不能去，所以就閉上嘴忍耐一點。去洗個澡——你臭死了——穿上衣服，下樓來。我們必須做計畫，你得學習怎樣引爆爆裂物。」

她斷然轉身離開了房間。

「賤人。」我無聲地說。

以撒

這裡的每樣東西都喚起記憶，一切都和過去有關，因為我沒有未來。

我坐在這張床墊的邊緣，想起七天前，瑪莎，你就在這兒。

你是怎麼保持這麼堅強的？

他們在每一間牢房裡是怎麼對你的？

從外界透過攝影鏡頭看你的時候，牢房看起來比較大、比較舒適，似乎也比較輕鬆一點。但就像我說過的，管理這地方的人很聰明、很狡猾。人們在家中看見的，並不是它真正的樣子。

今天這間牢房，牆壁、床和地板都像之前一樣是白色的，窗戶更小，也沒有護欄，只是一道縫。空間不夠不能把床拉到窗邊，但即使能夠，窗戶也不夠大，不能看出去。但我看得見天空，我能想像街道及建築物的樣子，也能想起樹和鳥。

有四台攝影機，分踞四面牆的頂端。我知道哪一台無時無刻都在錄影，因為會有一個小紅燈亮著，很像電影《魔鬼終結者》裡面那個四處跟著你的紅燈。

我轉身時，另一台攝影機就會開始錄，好讓他們隨時都能把我看得一清二楚。

我和他們玩奇怪的遊戲：先轉向一台攝影機，然後盡快轉向另一台、又另一台，想抓到他們來不及反應。

我停在其中一台的方向，盯著小紅燈看，回憶片片湧現，像是在視力檢查時，又像是黑夜裡的煞車燈、傑克森那台巨型電視的待機燈，又或是派蒂那台雷射消脂機的開關。

記憶是個奇怪的東西，在何時、什麼東西會出現在你腦海中，無法預期。

我閉上眼，想著他們所擁有的一切，像是最新最頂級的防盜裝置、在家中每個角落都能連線的最新娛樂系統、地暖、遙控窗簾——

我停下思考，睜開眼。有種嗡嗡聲……

那是什麼？

我面前的牆壁正在變化。上面出現另一種顏色，混雜，然後浮現影像，照片。

這是從哪兒來的？

我往後看，嗡嗡聲是從對面的攝影機傳出來的。

它也是投影機。

我再看牆壁。一張瑪莎的照片漸漸對焦。

那時她的頭髮還是長的，一定是在被捕之前拍的。她笑著，看起來好開心。

我也對著她微笑；但影像改變了。顏色混在一起然後消失，接著她又出現了。

她的頭髮還是長的，但看起來不一樣了。她的眼睛盯著我，像是在懇求什麼。我向前伸出一隻手，儘管明知她不在那兒。

這是打哪兒來的？誰拍的照片？

影像又變了。

一張她臉的特寫。傑克森的皮帶繞在她脖子上。

再度變換。

定格畫面，當子彈射中傑克森，血點飛濺空中，瑪莎瑟縮的樣子。

又變了。

是我們兩個的格放，同樣那一夜，我們面面相覷，看起來驚嚇不已、張惶失措。現在有聲音了。她的聲音：「以撒，我可以成為烈士，但戰士必須是你才行。」

「你才行」三個字迴響著。

影像再度變化。

她一個人。

藍色閃光照在她身上，她雙手高舉。

又改變了。

剃刀在她頭上推。頭髮掉下來。她在哭。

又一張。

躺在這間牢房的地板上。白色連身服，手指上有血。

又一張。

七號牢房裡，頭套正在下降。

又一張。

又一張。

又一張。

我別開臉。受不了。

嗡嗡聲停止。

但是幾秒鐘之後又開始了，這次是從另一台攝影機，影像再度開始在我面前播放。

她長頭髮、笑著，看起來很開心。

我心中充滿恐懼，這是循環播放的。我知道下一張會是什麼。

皮帶。

子彈。

血。

烈士。

戰士。

你才行……才行……才行。

藍色閃光。

雙手高舉。

剃刀在她頭上。

頭髮落下。

眼淚……

我閉上眼睛。

無法承受。

我再次轉身，轉向我的側面，睜開眼睛。

現在這台攝影機的紅燈也開始閃。對面的投影機發出嗡嗡聲。

然後影像出現。

酷刑。

每次都在拍攝我的攝影機正下方播放，所以在家中的觀眾看不到。非常聰明有心機。

我再次轉身，它也在我對面的牆上再次開始。

再轉身，現在變成在那面牆上。

在觀眾眼裡看來，我像什麼樣子？不斷地轉向這邊、那邊，一直搖頭。

像個瘋子。

不是那種可以安全放出社會的人。

我被他們玩弄在股掌中。

我正在做他們想要我做的事。

我閉上眼，但有一部分的我無法抗拒看到她的誘惑，於是我又睜開眼。

現在循環裡增加了傑克森的臉。他那色瞇瞇的目光。還有派蒂的，發出她那種高頻的難聽笑聲，刺進我的腦裡，讓我的腦袋砰砰地敲。

影像的光線突然變強，我不得不閉上眼，但我很確定只要我閉上眼，他們就把噪音和聲音弄得更大聲、更刺耳。

我把手捂在耳朵上。

被操弄、被施刑，我生氣了。

我閉上眼，試著哼歌來蓋過那聲音，前後搖晃讓自己平靜下來。

集中精神呼吸……吸……吐……吸……吐……吸……放鬆……

我把頭埋在床墊裡，但還是可以感覺到影像的閃光，摀住耳朵還是聽得見派蒂的笑聲、傑克森的聲音，與瑪莎的哭聲。

我試著想像自己置身他處，遠離此地，卻無法控制腦中的思緒列車；我不想要的問題和思緒不斷浮上心頭。

派蒂的笑聲。

我應該早一點採取行動的。

傑克森的聲音。

我早該仔細聽、去質問、去行動。

瑪莎的哭聲。

這樣她媽媽就不會死。

覺得有罪惡感。我有罪。

B太太因為奧力心碎。

我該死。我死有餘辜。

「啊啊啊……！」我站起來，對著影像吼叫。「啊啊啊……！」我捶牆，把所有的憤怒都灌注到手臂和拳頭上，重擊石牆。痛得要命。

我癱在地上。

我的頭一陣陣地痛，現在連拳頭也是。頭上的影像還在繼續播放，聲音包圍著我。我藉著投影機的光查看手傷，於是派蒂的影像投影到我手上而不是牆上。

我移動手，讓她的嘴唇落在我流血的指關節上。「秀秀讓它好快一點。」我低聲說。

「才怪，你才不會。我對你來說算什麼？有用時才推出來的商品，或者用來上雜誌的？那個你從貧窮中拯救出來的孤兒？」

我把手放在胸前，閉上眼睛。

「真是個笑話。」

派蒂——連續兩年榮獲《育兒經》票選為「模範母親」的人，總是對所有人說話、微笑，除了我以外。

這位模範母親總是悄聲在講電話，鬼祟算計。那些對話我不想聽見卻又無法不聽見，就在我看電視時、在燒開水幫她再泡一杯茶時，或是開豆子罐頭替自己做晚餐時。

「……要是我去做，你保證要給我多少？」我聽見她的低語聲。

「嗯，你的錢包現在繫在我腰上了。」

「這金額是用來交換他們兩個在一起的照片？是，我懂，只要是你可以用得上的東西……下次我們還可以達成一樣的協議？是的，當然是和別人，某個更高層的人。」

諸如此類的。我以前會在吐司上塗奶油、把豆子倒出罐頭的時候模仿她。

模範母親？

對啦，最好是。

我暫停。

我的腦袋清楚了。

忽然間我清醒過來，坐起身。

我無意間聽到過多少那樣的電話交談？都是同樣的號碼。

我面前的影像依然在閃爍跳動，但我現在可以忽略它們。

快想。

「對我們彼此都是好事。」我彷彿聽到她說。

快想起來。

「沒錯，我同意，祕密是對付他人的彈藥，和你分享它們就變成我在銀行裡的基金。」

每件事，每件事，那時是、現在仍然是，關於金錢與操控。
但有多少是和派蒂有關？

麥克斯

在麥克斯寂靜的房間裡，他打開電腦，在螢幕前坐下。電腦嗡嗡開機後，他打開網際網路，鍵入他的網站位址。頁面頂端的圈圈旋轉再旋轉，他等待著。

他往後靠上椅背，啜了一口溫溫的咖啡。

螢幕畫面終於變了。上面顯示：「這個網頁不存在」。

他皺眉，往前傾身，再次鍵入網址，這次速度更慢、更仔細。圈圈再次旋轉，他等著，但還是出現一樣的訊息。

他嘆了口氣，拿出手機再試一次，但還是什麼都沒有。

他重新轉向電腦，手指懸在鍵盤上，還沒想好要做什麼，新電子郵件的提示音就響了。

他點擊打開郵件。

「台端所架設之網站被檢舉有違政府指導原則，涉及國家安全保障。依據新修訂反恐怖主義法規進行調查後，該網站已下架，所有內容的歷程也已刪除。禁止重新上傳網站，若有違反將可逕行逮捕及關押。」

他鼓起臉頰，大聲地吐一口氣。「反恐怖主義？」他輕聲地說，搖搖頭。

門上傳來敲門聲，他轉過頭。

「我可以進來嗎？」伊芙問。

「可以。」

她進來後關上房門，坐在床緣上。「你還好嗎？」

「還好，」麥克斯回答，「你回家真是太好了。」

「我也覺得。」她鬆了一口氣。「我想西塞羅應該跟那件事有點關係，但他都不肯說。」

麥克斯聳聳肩。

「我想你也有參與？」

他沒有回答。

「你要小心一點。」她說。她站起來準備離開，但又在門邊停下來。「麥克斯……他們把我帶走之前，我在我房間裡留了一個信封，但現在找不到了。你該不會知道它在哪吧？會嗎？」

他搖搖頭。「那是什麼？」

「是關於某件事，用說的會比用寫的好。」她等候他的反應，但他的手機有訊息提示音響起，他轉過頭去。

「我不知道耶，媽。」他回答。

「沒關係。」她說著點點頭，走出他的房間並關上門。

麥克斯盯著他的手機看。

他對著訊息猛眨眼，搖搖頭，別開眼光然後又再看一次。

區區兩個網站是沒用的。不要弄了。還有別的辦法。你不是孤軍奮戰。

他看著來訊號碼，不認識。

你是誰？他按鍵回覆。

一會兒之後回覆傳來。是朋友。同情者。

他想了一下，把拇指移向按鍵，敲入：別的辦法是指什麼？

他盯著螢幕，等待回覆。

提示音又響起。上面寫著：時候未到。小心點。你被監視了。

被監視？

回覆來得很快：此時不宜多談。等候。我會再聯絡。

麥克斯恍神地往窗外看。窗外花園對面的電線桿上，有什麼東西吸引了他的目光。

他靠近一點，盯著那棵半掩住電線桿的樹看，很確定自己看到某種動靜。他全身一陣顫慄。雖然是大白天，他卻把窗簾都拉上。

他手機的訊息提示音再度響起，他低頭看螢幕。

訊息顯示：你大可關上窗簾，但他們還是知道你在哪裡。

他只覺雙腿發軟，踉蹌地往後跌坐在座椅上，手機從手中滑落。

在幽暗中，螢幕的亮光及警告訊息，從地板往上瞪著他。

瑪莎

我坐在床上，身邊都是他的東西：一張他還是小男孩時在海邊拍的照片、一件他脫下後丟在地板上的T恤；他的書包，裡頭的書散出來——我就在這些東西之間看電視上的他。

我已經看了一整天。我去洗了澡、走下樓晃晃，又回到房裡。

四周很安靜，和高樓區很不一樣。外面沒有吼叫吵鬧的聲音，也沒有人放煙火好讓大家知道毒品已經到貨正在特賣中。暖氣能運作、熱水不會用完、窗戶可以關好，鎖也不會可憐到用一把奶油刀就可以撬開。

這些都是很簡單的事吧，我猜。

目前為止我只見到派蒂，沒有別人。她那時正在電話上，用嘴型跟我說晚點再談，然後就不見蹤影。

你知道這整起荒誕離奇、狗皮倒灶的事情當中，我最想念的是什麼嗎？就是當我走進房間時有人對著我笑、有人問我要不要來杯茶、把一隻手放在我肩上。也就是有人陪伴。

媽一直都是這樣。

然後是B太太。

以撒。

伊芙。

死即是正義、按鈕定罪構成的該死系統，還有其他那些隨之而來亂七八糟的事，把我們全給吞了，感覺像是我們在它裡面掙扎求生。

我可以感覺到它在腐蝕我，像某種巨大又邪惡的鯨魚肚裡的消化液。

也許整個國家就是那頭鯨魚。不，體系才是。政府才是。對，就是政府，還有那些允許這種事的相關單位，他們是那鯨魚；而我們，我們這些小人物，我們是什麼？磷蝦？

我被逼到了牆角，眼看著就要成為他們把我描述成的那種罪犯，似乎無路可退了。

要不就是看著那個我愛的人為了救我而被處決，不然就起身為了我媽、奧力還有每個人的正義而戰；最後一個選項就是同意在死刑列裡炸出一個洞，幫助他逃跑。

要不就留在這裡成為罪犯，或是爬出窗外逃走。

我的良心告訴我，我別無選擇。

麥克斯

麥克斯腳步不穩地沿著走廊走到廚房，身上還穿著睡衣，心煩意亂，筆電夾在一隻手臂下，線拖在後面。伊芙和西塞羅看見他跌跌撞撞地走進來，他們雙手捧著馬克杯，面前的盤子擺著沒動過的三明治。

「我有個主意，」他說，「『死即是正義』今天開放叩應，對嗎？」

「對。」伊芙回答。

西塞羅點頭。

麥克斯把他的筆電放在桌上。「很好。法官，還記得我們上次是怎麼做的嗎？用電話？」

「瑪莎也有一支電話。」

晚上六點半，死即是正義

主旋律響起，敲著與心跳同步的節奏。白色的光點發出嗡嗚和噼啪聲，環繞著眼睛的標識。音樂淡出，眼睛標識移動到暗藍色螢幕的角落，約書亞大步走上舞台。他身穿量身訂做的藍色西裝、白襯衫、酒紅色的領帶，臉上掛著大大的笑容；觀眾發出高呼。他停下腳步擺個姿勢。響亮的口哨聲迴盪在整個攝影棚內，約書亞俏皮地眨眼。

約書亞：女士們先生們，大家晚安，歡迎來到我們的節目！看看我們今晚是否為各位準備了許多精彩娛樂！是的沒錯，請您舒服地坐好、端杯飲料，拿片你應得的巧克力、抬起腳，就讓我們帶領你遠離每天的煩惱吧。

觀眾歡呼、鼓掌，他暫時停頓。

約書亞：我想各位應該都知道，週日一向都是「週日法官夜」的時間，但這週，為了各位的觀賞樂趣，我們認為可以稍微調整一下內容。沒錯，今天的節目不止有……

他轉向螢幕，顯示器分割成七個方塊，其中四個有畫面，露出被告的臉孔。第一個方塊變得更亮，並移動到螢幕中央。螢幕上的男人顯然正在發抖，眼光不斷從一邊瞟向另一邊。

約書亞：一號牢房裡有位全新的犯人……

第一個方塊移動，再度回到原位，第四個方塊取而代之：有個男人躺在地板上，雙手摀著臉。

約書亞：還有比爾．丹迪，四號牢房暫居者，據稱犯下了謀殺，案件的細節將由我們為您娓娓道來。

比爾的牢房畫面後退，換成七號牢房到中間，其中的人正在不斷踱步，面容憔悴。

約書亞：七號牢房要做出最後的決定了——究竟他是不是那個殺人不手軟的銀行搶匪？請您來決定……

七號牢房的畫面回到原位，和其他牢房並列。

約書亞：不過，女士們先生們，當然我們還要來談談「那個」案子。沒錯，就是大家望眼欲穿的那個案子，是蛋糕上的糖霜、點綴的櫻桃，是每個人的話題、我們的節目焦點、每個人嘴上都會提到的名字——就是被殺害的知名百萬富翁之子、高樓區的孤兒，也是《當紅名人》雜誌去年選出的青少年大使。沒錯，就是五號牢房的以撒．派爵！

觀眾再度鼓掌，觀眾席頂上的燈光變暗，以撒的牢房畫面來到螢幕中央，其他的影像淡出。鏡頭拉近特寫他浮腫的臉、布滿血絲的眼睛；他躺在床墊上，瞪著天花板。

約書亞：他看起來相當憔悴。不曉得你們當中有多少人對他抱持著同情，又有多少人會幫他把有罪的票數衝上新高。告訴我們你的選擇，因為，觀眾們，今天我們要開放針對這個案子的叩應。是的，我們想知道你們的想法及意見。電話線目前開放，快舉起手指來撥打！當我們可愛的小姐們在接聽您的來電時，我們先來看看這個案子的數據。我們的忠實觀眾們，你們會怎麼判斷以撒．派爵？他是否犯下了殺害他父親的罪行？他父親傑克森．派爵，白手起家的慈善家，把他從高樓區的貧窮人生中拯救出來、與他分享他的財富、經驗及機會。

約書亞的笑容沒有絲毫減弱，聲音充滿魅力，但他的眼睛很平板。他走向螢幕，同時以撒的畫面移到螢幕右邊，左邊出現兩個長條，一個上面寫著「有罪」，另一個寫著「無罪」。

約書亞：讓我看看現在的數據！

長條的高度上上下下移動，伴隨著響亮的滴答聲劇烈地變化。突然間，長條圖靜止。

約書亞：噢，看看這個！在我看來相當分明，你們覺得呢，各位觀眾們？是的，讀數是「有罪」的長條很高，「無罪」的長條很短。

約書亞走回桌邊，在他的位置上坐下，同時間攝影棚裡響起噼啪聲。攝影鏡頭拉近對準百分之九十九有罪、百分之一無罪。來電者一號，跟我們說一下您對此事的看法？

約書亞。

約書亞：喂？有人在線上嗎？一號來電者，你在嗎？

一號來電者：喂？喂？

約書亞：我們聽得見你的聲音，一號來電者。請問您的大名？還有您對這件事有什麼看法？

路瑟：我叫路瑟。我想說……呃，我有事想問。我上星期沒看到瑪莎在七號牢房的節目，所以我想在歷史回顧區看，但是我要播放的時候，裡面卻沒有東西。只有一片空白，好像是被拿掉了。這——

約書亞：（笑著）路瑟，我想你撥錯號碼了！你應該打給工程部，親愛的！

觀眾跟他一起笑。

路瑟：不是，因為我的鄰居也有一樣的狀況，還有店老闆，還有足球的那個人他老婆也想看歷史回顧。他們全都說是一樣的狀況。網路上也找不到。

約書亞：路瑟，讓我打斷你——

路瑟：還有我朋友說，瑪莎提到那個貪汙的醜聞，還有有人做壞事被蓋掉了，他們說有些罪很嚴重，還有——

約書亞：路瑟，親愛的，聽起來你似乎沒有跟上目前的狀況。如果你有的話，就會知道這些指控經過完整的調查——

路瑟：不是，這我有聽過，但是我不懂這麼嚴重的事情，怎麼會在這麼短的時間內就經過「完整」的調查。尤其是政府通常要花很久的時間——

電話線斷了。

約書亞：噢，親愛的，看來路瑟斷訊了，真可惜。

他對螢幕眨眼，並碰觸耳朵。

約書亞：讓我們來接下一通。電話線上還有別的來電者嗎？二號來電者是……馬爾康。你在嗎？

馬爾康：是，我在。

約書亞：謝謝你打電話進來。跟我們說說你對這個案子的想法，你對以撒．派爵有什麼意見呢？畢竟這又是另一個在死刑列上的青少年。這代表著社會整體的墮落，或是僅限於青少年間的社群呢？你認為我們應該害怕青少年嗎？媒體提到應該對青少年實施宵禁。您對此有沒有強烈的感想呢？

馬爾康：我對很多事有強烈的感想，但我會跟你說一些你會覺得有趣的事，約書亞。一些我認為每個人都有興趣的事。這個以撒・派爵的案子不是想你想的那麼單純。我替一家大報社工作，上個星期我在瑪莎的七號牢房裡。那真是可恥！我可以跟你說那位路瑟問過的事情，那些記錄——

約書亞皺眉，下意識地碰觸耳朵，在座位上變換姿勢。

約書亞：馬爾康，恐怕我必須在此打斷你。談論警方的調查範圍是不被允許的。

馬爾康：你剛才說「經過完整的調查」，結束了，完成了。所以……就像我剛才說的，那些記錄……我去那裡是要記錄事件經過，我錄下了以撒的受害者演說，他就是在那時展示了那些記錄。我故意把鏡頭拉近那些文件，我可以跟你說，那些不是偽造的——

約書亞：馬爾康，我必須警告你，當眾提出指控——

馬爾康：是誹謗，是的，這我知道。但只要是真的就不是誹謗。我知道事實是，《國家新聞報》的主編，亞伯・迪倫佐，之前曾經因為供應A級毒品而遭逮捕，但之後卻沒有被起訴，就獲釋了。我還知道潘妮・德雷頓被控虐待兒童也被掩蓋掉了。我知道有很多針對電視主持人傑米・豪丁格提起的、和性有關的控訴，都被負責調查的警官忽視了，因為有來自更高層的壓力讓他們這樣做。我知道哈特探長能坐在那個位子上是因為賄賂了那些人，而不是出於他的能力。我還知道這些全都被傑克森．派爵記錄下來，好讓他可以逃脫所有他犯下的罪，繼續過著人上人的日子。不只是這樣，還有那天晚上——這很有趣地也同時不見了——有清楚的錄影畫面，顯示傑克森故意殺害——

再一次，電話斷線了。氣氛緊張。約書亞在椅子上往後靠，兩手指尖併攏成塔。觀眾保持沉默。

約書亞：我很抱歉，觀眾們，我們今晚一定是出了技術上的差錯。看來我們今天似乎無法進入任何形式的辯論，但就讓我們很快地往前進吧。我們有三號來電者在線上嗎？三號來電者？請問大名是？您有什麼話要說？

三號來電者（女性）：你好，約書亞。謝謝你讓我上線。

約書亞：不客氣。很抱歉，三號來電者，我沒聽見您的名字。

三號來電者：如果我告訴你我的真名，你可能會掛掉我電話，不然你耳朵裡的那個聲音也會。我認為你沒問題，但是你耳中的那個聲音不喜歡聽到某些話，就是那些會讓人們去思考、去質問的話。

約書亞：你把我搞糊塗了，三號來電者，但是也挑起了我的興趣。

三號來電者：很好，有多少人正在看節目呢？小約？你們的收視率是多少？

約書亞：恐怕我目前手上沒有資料——

三號來電者：你耳朵裡的那個人怎麼說？

約書亞重重地嘆一口氣，挑起眉毛碰觸耳朵。

約書亞：他說一般來說是一千兩百到一千三百萬，但是目前公眾的興趣已經高出這個數字，所以很有可能超過一千五百萬。

三號來電者：真的是很多人。

約書亞：他們全都在等你要說什麼。

三號來電者：好。我想做一下試驗，但我需要觀眾配合，像是團康之類的。我跟你保證絕對不是違法的或是無禮的事。而且跟以撒有關，可以嗎？

約書亞：聽候差遣，至少目前是。

三號來電者：好，各位，還有電視機前的觀眾，請閉上眼睛，心裡想著在這世上你最愛的那個人。是誰？你媽？你爸？或是兄弟姊妹？也許是你死黨。或是你老公或老婆、伴侶，想誰都行。想像你現在和他們在一起，他們就坐在你對面，你們對彼此微笑。你愛他們、他們也愛你，你無法想像沒有他們日子要怎麼過。好了，約書亞，你想好了嗎？

約書亞：好，我正和我的伴侶一起。

攝影鏡頭帶過現場觀眾，他們的眼睛閉著，有些人握著旁邊人的手，還有人緊抓著手機，彷彿透過手機與他們最愛的人連結。

三號來電者：每個人都覺得溫暖舒適嗎？好，現在想像某個人在你後面，低聲說要殺了你。那人把一條繩索，或是皮帶，纏上你的脖子。我的天啊，你好害怕。我是說，你嚇得要死。你心裡想著，我要死了，我的死期到了。你驚恐無比，同時你正看著你愛的那人，他們也正睜大眼睛看著你；你知道再過幾分鐘、甚至是幾秒鐘，一切就都完了，只因為有個瘋子要把你的脖子扭斷，你怕得要命！

她停下，攝影棚一片寂靜。

三號來電者：你正在想嗎？

約書亞：（低聲地）是。

觀眾發出低語聲。

三號來電者：你愛的人、他也愛你的那人可以阻止這一切。那人，不管是誰，他可以救你一命，因為他手上有槍。那人舉起槍，殺了那個快要把你殺掉的人。

眾人一同吐出放鬆的一口氣。

三號來電者：但是現在，你愛的那人要被帶走，因為救了你一命而要被處決。他奪走了一條性命，所以我們的法律要求他一命償一命。但他這麼做不是出於暴力或仇恨，而是出於愛。結果我們的司法體系裡容不下愛，所以我說這是錯的。這就是發生在我身上的事，也是發生在以撒身上的事。他殺了傑克森是因為傑克森當時正要殺我。沒有人知道這件事，應該說只有少數人知道，因為他們拿走證據，銷毀或是全部藏起來。這是不對的。

約書亞：是你嗎，瑪莎？

觀眾竊竊私語。

瑪莎：我們的系統只有黑與白。我們還需要灰色地帶，需要有愛。或至少有同情心。我們必須為了這個理由站起來，或是為了彼此站起來。唯一的方法就是反抗體制。以撒是有罪，他是殺了人，但我懇求你們把眼光放大，去看那灰色地帶，投他無罪，讓你們的票成為反抗體制的票。用來證明只要我們團結就有力量、團結——

電話第三度斷線。再次，攝影棚陷入寂靜。

約書亞：天啊天啊，看來我們真的有技術上的問題，我向各位道歉。我們有一堆人在排隊等著討論這個引人入勝的案子，但看來必須——

觀眾之一：（大喊）現場辯論！

約書亞：等一下才能接電話——

觀眾之一：（大喊）我們要說話！

約書亞：先來看看贊助商的訊息。但剛才的來電真是精彩萬分，包括迷人的瑪莎・蜜露帶來的獨家訊息。等一下回來……

他打住，瞪大了眼看著現場觀眾。然後把耳機拿掉。

約書亞：說真的，為什麼不呢？我們等一下再看訊息，現在就讓我們來進行現場辯論。女士們先生們，請不要離開座位。我會到你的座位前。

他站起來大步走向觀眾。

約書亞：如果你想發言，請舉——

他的聲音被消掉了。

在每個家庭、商店、辦公室裡的螢幕，以及手持裝置上，和攝影棚的連線全部突然中斷，開始播放一段預錄的影片。影片上是一片藍天，有蓬鬆白雲飄浮其上。文案、照片、資訊飄移到其中一朵雲上，一個鎖頭出現鎖在雲的角落上。

女性旁白：網安公司是「死即是正義」節目的贊助商、以眼還眼製作公司的主要股東，我們慎重看待您的切身安全及保障，向您保證讓您的資訊與全世界最嚴格的安全規範及措施同步……

瑪莎

「好個團康活動啊。」派蒂說著衝進房間，從我手上把電話搶走，丟在地上，用腳跟狠狠地踩。「我猜是你的小史坦頓暖男幹的好事？就是自以為對科技很有一套的那個？」

「至少比你行。」我回答。

「他是你的備胎嗎？萬一以撒死掉？」她愚蠢的臉上露出令人厭惡的笑容。

「你個賤貨。」我告訴她。

「對，我很自豪。」

我大可以一拳打在她臉上。

但我沒有。

「你幹麼這麼費事呢？大家不會投他無罪的。是他幹的。」

「那是宣言。是對當局說去你媽的。」

「注意你的髒嘴。」

我對她豎起中指。

「我猜髒嘴和習慣不好也不能怪你。畢竟這是教養問題，是你媽的錯。」

「是這世界教我說髒話。」我平靜地告訴她，「請你把這怪在你丈夫頭上。到底是誰在做無謂的爭執？聽起來你不像是會關心以撒或是考慮到我。我實在搞不懂你，先是跟我說你想救他，然後——」

派蒂嘆氣，肩膀垂下來，像典型的青少年一樣翻白眼。「我已經告訴過你這樣是沒用的。人們需要代罪羔羊，要看到公平執法，不然整個平衡就會亂掉。人們必須知道是誰掌權、不聽話又會怎樣。這是無法爭辯的事實。」

「你真是滿嘴廢話。」

「你就是標準的案例。」

「你是個沒有理想的蠢牛女人。這是禮貌的說法。」

「你想要我打電話給當局說你在這裡嗎？」

「想做什麼隨你。你到底幹麼帶我來這裡？」

「我們做了一項安排。你有東西要學。」

「喔，對了，你想把我變成恐怖分子。這真是對我良好的影響啊。」

「根本算不上恐怖分子。不要把自己幻想成有多偉大好嗎！」

「我會跟著你的計畫走，除非數據下降。要是看起來他會被投無罪，那我就不幹了。」

「顯然你真的有幻想。你知道現在的數據是多少嗎？史上從來沒有這麼高或是這麼一致過。他現在是百分之九十九有罪，我猜那百分之一是跟你有關，或是跟首相發出去的那些手機有關。在他是個好的舉措，讓人們以為自己真的可以造成影響。」

「我不要和你爭。」我對她說，天知道我是怎麼保持平靜的。「教我該怎麼做，但就像我剛才說的，要是看起來他有機會獲釋——」

「絕對不會。」

「——那我就不幹了。」我重複道。

她噘起嘴，手臂交抱胸前，瞪著我。「你既天真又愚蠢。」她說。

「派蒂，你永遠都要回嘴嗎？你到底是幾歲啊？」我說。

她轉身走向門口，很刻意地打開門，然後停在走廊上。「才不是。」她說，然後在我來不及回答之前就把門關上。

幼稚的母牛。我心想。

約書亞

約書亞坐在房間中央的一張椅子上。四周很暗，他只能藉著下方遠處街燈透進來的光線，看出模糊的影子。

「這是哪裡？」他對著黑暗說。

「頂樓。」一個男性的聲音回答。

「為什麼？」

「你需要有人提醒，你的工作和職責是什麼。你讓個人情感影響了工作表現，這令人無法接受。」

「可是——」

「有很多人認為你同情被告那一方。」
「今天打進來的那些電話並不是我的錯。」
「打電話進來的人發言時間太長了。你大可以打斷他們。」
「我又沒有權力切斷他們的來電，是你才有權。」
那男人的陰影逼近約書亞。
「等一下——你不是『死即是正義』的人，也不是以眼還眼製作公司的，對嗎？」
那人沒有回答。
「你是從哪兒來的？政府嗎？」
那人移動到房間另一頭，鞋跟敲響地板。他停步，突然間電視螢幕在黑暗中射出光線。
約書亞縮了一下、轉開臉。
「所以現在政府管控了電視上什麼可以播，還有人們怎麼說？」他喃喃道。
「兩者都是出於考量國家及人民的安全福祉。」那人回答道，並大步走回來。「看。」
他說，聲音從約書亞背後傳來。
螢幕輕微地閃爍，然後開播放一段錄影。

約書亞在「死即是正義」的節目上，和克麗絲汀娜及伊芙一同坐在桌邊。他看著伊芙，將一手放在她手上，說：「我很遺憾。」接著錄影畫面變換，他遞一盒面紙給她。畫面又變換，他說：「我們都是你的朋友，伊芙。我們都支持你。」

畫面秀出另一個錄影：粒子更粗，是夜晚的街景，幾輛車轟隆駛過，人們四處走動。一個獨行的男子進入畫面中，鏡頭跟著他在路上移動，然後看著他走上一棟愛德華時代華廈前的階梯；鏡頭定格不動，看著那人先是在口袋裡摸索，然後放棄尋找，按了門鈴。

那人在等門打開時，鏡頭拉近，一張臉緩緩地從像素中成形。

房間裡，約書亞幾乎一動也不動，看著另一個男人把門打開，看著他自己走進家門的畫面。但是當門正要關上的時候，畫面定格了，捕捉到兩個男人相吻問候的畫面。約書亞的眼白翻得老高，搖搖頭。

「所以咧？」他瞪著螢幕上的自己以及彼特說。

「我是不關心啦，」那人從他背後說。「但很多人會。」

「我不知道你是活在哪個世紀──」

「大眾喜歡你，但是──」

「不要低估了我們的大眾。他們很支持、體貼、心胸開放——」
「但也有很多偏執的人。掌握大權、有影響力的偏執者。」
「你是在威脅我嗎？」
他沒有回答。
螢幕上的畫面再度改變。一台攝影機以不同角度、從上往下拍攝老貝利前方。一大群人正在呼口號、鼓譟、推擠。鏡頭從一張臉跳到另一張，短暫地在他們臉上停留，彷彿是在拍照。
突然噪音變大了，攝影機轉開。從老貝利裡出來的是約書亞，他溫柔地引導著B太太。攝影鏡頭分別停在他們各自身上一會兒，然後跟著他們走進人群中。鏡頭對準其他人時看不見他們兩人的臉，只看見人群拉著條幅或是吼叫，或對著空中揮拳。
從空中看，人群移動時有如鳥群，先是朝這個方向，然後是那個方向，接著毫無預兆就突然散開，形成一個中空的圓，只有正中央有個形體。B太太躺在地上，血從她的肚子流出，在人行道上蜿蜒、形成水窪。
房間裡，約書亞沒有任何動作，只是聽著錄影發出的噼啪聲，他的聲音傳出：「瑪莎！

起來，快走！」

影像停格，凝結在他們兩人以及B太太已經沒有生命的身體上。

「那兒形成了某種奇怪的忠誠啊，」那人說，「你為什麼叫她快走？」

約書亞沒有回答。

「你知道她被當局通緝。」

「知道。」

「身為市民，為了同胞們的安全，你有責任報告她的行蹤。」

「跟我解釋一下，她為什麼被當局通緝？」約書亞說。

「她威脅到我們國家的安全及保障。」

「要是我不同意這點呢？」

「這無關緊要。你曾用別的方式幫助她嗎？」

約書亞搖搖頭。「沒有。」

他們前面的螢幕改變，顯現出倫敦街道的衛星畫面。在約書亞身後，傳來那人在某種裝置上按鍵的聲音，然後螢幕上亮起兩個紅點。接著畫面拉近、聚焦、再拉近，直到鎖定了一個住址——約書亞家。畫面切換到街道的尺度，另一個名字出現在紅點旁——

瑪莎．蜜露。

約書亞．德克。

「怎麼會……？什麼……？我沒有——」

「你邀她進你家嗎？」

「沒有！」

瑪莎的紅點沿著馬路移動，而約書亞的則走進房子裡。幾秒鐘之後又換成瑪莎，她走上屋前階梯，然後停住、往下去到地下室廚房的窗戶邊。

「我根本不知道她在那兒！」約書亞說。

「德克先生，你喜歡你的工作嗎？你喜歡有工作嗎？」

「是的，」他說，「我不知道——」

「你喜歡你的家嗎？你和你伴侶的愜意生活？」

「當然喜歡。」

「那我建議你最好明智行事。」

約書亞瞪著螢幕。

「因為你不會再聽到同樣的話了。」

那男人的腳步聲穿過房間，門發出聲音打開，但沒有光線射進來。門再度關上時，約書亞重重地嘆氣，往後靠在椅背上，搖搖頭。

瑪莎

「真的很簡單。」派蒂說。

「簡單到如果搞錯，我就會沒命。」

「你一定要這麼難搞嗎？」

我看她一眼，很想對她說：你一定要這麼腐敗、這麼討人厭、這麼機車嗎？

但我只是說：「你來也行。」

她只是嘖舌，沒有回答。

「我只是想確定一切都做對了，」我說，「我不想最後把我們兩個都炸死。或是我們其中一個。或是任何人。」

派蒂走開了。這女人讓我頭痛。要是有其他辦法可以救以撒，我絕對不會加入這場鬧劇，可是……總之就是這樣了。

我回頭看那個男人，我們就坐在派蒂的車庫裡。他是個很瘦的男人，波浪捲髮、戴眼鏡。要是再老一點，看起來就會像個瘋狂教授了。

「確切來說，這東西要致命，你得坐在它上面才行。」他說。

「我怎麼知道你說的是不是真的？」我問。

「是不是真的？」他耙過頭髮，我想像他在抓蝨子。「你還有別的選擇嗎？」他露出笑容但看起來很怪，或許我是他的科學實驗。

「這很簡單，」他說，「只要照著指示做，就不會出錯。」

「要是我把自己給炸了呢？」

「我剛才說什麼來著？」他的白眼都要翻到腦後了。

「呃……」

「確切來說你必須——」

「好啦，抱歉，我知道了。」

他花了好長時間說明袋子裡有什麼東西、要放在哪兒之類的事；一陣子之後我的腦袋就開始混亂了，只能點頭稱是。

「有問題嗎？」他問。

我茫然地望著他。

「要是他剛好在我放炸彈的牆後面，怎麼辦？」

他雙臂抱胸，挑起眉毛瞪著我。我有種感覺，他八成已經解釋過這些了，就在我走神的時候。

「根據我手上拿到的計畫，爆炸的地點是牆邊的下水道，是在牢房內他幾乎不可能置身的位置，不論他是坐著或是站著。」

我閉上眼，用指尖搓揉頭上發癢的短髮，試著想起……想……

那會是在七號牢房，那裡比其他的牢房要大。就我記憶所及，這位置會是在門的對向。

我曾經坐在那裡過嗎？

或是走近那裡？

想不起來。

無法思考。

「那旁觀室的人呢？要是……？」

「還記得我說過的話嗎，那只是相對來說小型的爆炸，幾乎不可能造成任何人受傷。實際上你必須——」

我再次點頭。

「好，」他說，「把要做的事從頭說一次。」

我不安地扭動。「好像在學校一樣。」我自言自語。

「你在學校會把東西炸掉嗎？」

「呃……」

「那就開始吧。」

我閉上眼，想像起路徑。「從我之前爬過的那個角落爬上牆，沿著建築物的牆移動，來到接近七號牢房的地方——我知道在哪裡。靠著牆的地方有樹叢，樹叢旁邊有個格柵排水孔。把格柵打開、將背包塞進間隙裡。接著回到欄杆外——」

「錯了，如果你到欄杆的另一邊，就沒辦法幫他了。」

「對、對，抱歉。要退得盡可能地遠，但留在陰影內，然後按下引爆裝置，也就是手機……」

我說，一面把手機拿起來。

「然後呢？」

「然後，等到爆炸一發生我就跑回去，把他從爆炸造成的洞裡拉出來，然後我們一起翻過欄杆——就是我之前翻越的地方，靠近垃圾桶那裡。」

「然後呢？」

我嘆氣。「然後你會在轉角處等我們，來接我們，把我們載到某個安全的地方，場所你會決定。」

他對我豎起兩根拇指，露出類似微笑的表情，瞇起了眼睛。

我也模仿他的動作。「怎麼可能會出錯呢？」我用反諷的語氣說。

話一出口，我突然變得非常、非常恐懼。

以撒

影像停止了。

警衛也離開了。

我默數著他們的腳步：三雙靴子，依次一一走進走廊。大門開了三次、關了三次。

現在沒有腳步聲了，也沒有鑰匙聲，甚至沒有任何口哨聲。

在寂靜中太陽落下，沒有人把燈打開。

但是在人們的家中，透過電視或是電腦，人們依然在觀看，他們看到的牢房比我看得還清楚，呈現一種綠色調的夜間影像。

你在看我嗎，瑪莎？

你看得到我嗎？

你現在在做什麼？

你今天過得怎樣？

真希望你能告訴我。

我想聽你說，公眾已經打開耳朵，終於知道那些不公義及腐敗的事。

我想要你告訴我，當他們發現那些當權者、統治者為了保住其位做了些什麼事，是如何地震驚駭然。

我想知道報紙披露了這些事件，這是他們職責所在，還有電視新聞把這個當作頭條不停播放，好讓家家戶戶都知道。

我想看到你的笑容，瑪莎，一邊告訴我，我們所奮戰追求的正要開始發酵。速度也許緩慢，但隨著哈特探長、亞伯．迪倫佐這些人犯的罪浮出水面，那些濫用職權的人就會像骨牌一樣，一個接一個地被推倒，只有那些潔身自愛的人才能屹立不搖。

在黑暗中，我可以想像你挺起胸膛，對那些打開耳朵的公眾說明。我心中為你感到如此驕傲，讓我能超越這個苦牢，提醒我世上還有希望。

對我來說已經太遲了，這我可以接受；但你，瑪莎，在你前面展開的是美好的生活，未來還有許多可能。

不知道你未來會做什麼？

你會回學校，然後上大學？

接受什麼樣的訓練呢？

經過這一切之後，也許你會想當律師，捍衛他人的權利？這我可以想像。

你一定會做得很好。

在黑暗中，我繼續看著你：變得更成熟、更有智慧，站在擠滿人的法庭前。沒錯，又回到法庭體系了，因為你還有跟你一起奮戰的那些人，你們獲勝了。

你的辯論很成功。你有熱忱，但也很冷靜。你受到尊敬，人們知道你的過去，也知道你戰勝這一切有多不容易。

我想像你站在那裡，交叉詢問證人，或是詢問被告，你的雙手靠近、手指互碰。在我的想象中，我看見你的手指上有戒指的閃光，是五個小圈交纏在一起。那是我母親留給我的巧拼戒。

因為你把它解開了。

「一開始會很困難，」就如我在信上寫的，「但不要放棄，」我還寫了你照亮了我的生命，該是照亮別人生命的時候了。

你沒有放棄。

就算身處這間牢房深處，我也知道你將會照亮別人的人生。

我知道你會回想起這段時間，會記得我愛你。

就算我已經死了。

第 6 天

瑪莎

昨夜我無法入睡。

派蒂家太溫暖了，我不習慣。我打開窗，讓風雨颳進來，好讓自己有活著的感覺。

然後我從衣櫃裡拿出一些以撒的衣服：一些運動服、一件T恤，還有一件連帽上衣，然後穿上這些衣服，把燈關掉，將身體探出窗外，觀看城市。

這個瘋狂、無可救藥的城市裡，充滿了瘋狂、無可救藥的人們。

你知道這是什麼感覺嗎？好像你在學校裡的時候，看見有群學生在欺負一個孤零零的小孩，你走過去叫他們不要霸凌別人，原本以為這樣就可以制止他們，結果他們不但不聽勸，反而讓原本那個孩子走開，轉而針對你。雖然你跟他們說你不想惹麻煩，但他們不聽，也不感興趣。接下來你發現他們變成一直、一直針對你，無時無刻，你無法逃脫。

就像這樣。

不同的是，我把所有人都一起拉下水。

我只想回家。

想走進門，把書包丟下，坐在廚房的桌邊。媽會幫我泡一杯熱可可，問我這一天過得如何。我會跟她說我討厭數學，而她會遞給我一片餅乾。接著我會跟她說老席坦太太在寫黑板的時候放屁，然後我們一起吃吃地笑。

她沒時間做菜，因為她整天都在工作，所以當她在煎一些香腸和蛋的時候，我就跑去薯條店，因為奧力會在那裡。我會跟他抱怨一下數學，他就會告訴我，離開學校之後就不需要那種數學了，要我別擔心。他會像擁抱妹妹一樣擁抱我，然後我們一起上樓，回到他家時，B太太探頭出來，給我一些她做的蜂蜜蛋糕，讓我們配茶吃。

那時我們擁有的不多，但我們擁有彼此。

有時，人生就像紙牌搭的屋子，不是嗎？

一不小心弄倒一張，整座就頹然垮在你面前。現在，殘餘的部分就在我手上搖搖欲墜。

有敲門聲。

我轉身，看到派蒂身穿某種可笑的粉紅色服裝，施施然走進來。

「窗戶怎麼打開了？現在是十一月耶！我要付暖氣費你知道吧。」

我不想費力氣和她爭辯，只是坐在床上看著她把窗戶關上，把暖氣轉強。她過轉身來，上下打量我。我覺得自己似乎應該說些什麼，解釋我為何穿著以撒的衣服，但最終我那「去你的」態度戰勝了「對不起」的感覺。

「今天是莉蒂雅．巴科夫的葬禮，」她說，一副就事論事的樣子。

「在哪兒？」我問。

「你不能去。」她說。

「我是問你在哪兒，沒有問你能不能去。」我回答，努力不要被她激怒。

「我怎麼會知道？」她氣憤地說。「是高樓區北邊的某個鳥地方。某個火葬場。」

「不，」我說，「她不想要火葬，她想要土葬。她跟我說過的。在她丈夫和奧力旁邊有個位置。她想葬在那裡。」

她聳肩。「我只是傳話人。反正她已經死了，也不會知道。」

冷血的蠢驢。

我努力眨眼，不想哭出來。

「你死的時候，我會交代他們把你丟進城市區的垃圾場。」我喃喃地說，「可以餵飽海鷗幾天。」我故意用緩慢的速度上下打量她，「或是幾星期、幾個月。」我忍不住露出笑容。

我打開以撒的衣櫥，拿出一件有兜帽的黑色外套。

「你要去哪裡？」

「外面。」我告訴她。

「不可以。要是被發現怎麼辦？我們的計畫……」

我走出房間。

「你會被抓的！」她在我背後大喊。

我願意冒這個險。

高樓區

伊芙打了方向燈，在地下道靠邊停，引擎熄火。

在她旁邊的座位上，西塞羅嘆了口氣，望向車外那些獻給傑克森的紀念品，這些曾經五彩繽紛、遮住灰色人行道的花朵小物，如今已經褪色枯萎、花瓣凋零，被強風或是雨水掃進下水道，剩下的在人行道上變成腐臭的殘堆。

麥克斯從後座傾身向前。「這些東西會怎樣？」

「我不確定，」伊芙回答，「我想一般來說，人們會把這些東西拿到他的墳上，或是至少把枯萎的花清理掉。」

「為人典範，」麥克斯引用「死即是正義」的台詞，「這是人們對他的悼念。」

西塞羅還在凝視那些花朵。「爛掉了。」他回答。

伊芙下車，其他人也跟著下了車。風猛烈地颳在他們身上，伊芙從袋子裡拿出一頂羊毛帽戴在頭上，把手伸進口袋深處。麥克斯的手臂環住她的手臂。

他們經過轉角時，商店主人走出店外，伊芙轉過頭看著他鎖門、拉下鐵門。

他們再往前走一點，穿越公園。長椅上沒有人，鞦韆上也一樣，也沒有人站在垃圾桶旁邊，只有遠處有幾個人影，從右邊朝街道走去。

伊芙的腦中閃過之前來這裡時的畫面，當時她見到葛斯、想起他是誰，接著去拜訪B太太。她也想起她家牆上的照片、她的一些小擺設，那些全都會被清到慈善商店，或是被丟掉。

「你還好嗎？」麥克斯問。

她點頭，但他知道她其實並不好。

最後他們走上靠近火葬場的街道。人群在周遭徘徊，穿著西裝打領帶，或是俐落的長外套，緊緊地裹著風衣。男人都剃過臉、頭髮整整齊齊，女人則化了妝、做過指甲。有些人在講手機，還有些人在手冊上寫筆記。還有一些只是等著。

「人很多。」伊芙對著麥克斯和西塞羅說。

西塞羅環顧四周，緩慢而仔細地觀察周遭狀況。

「這些不是高樓區的人。」麥克斯喃喃道。

附近有輛車的後座門打開，一個拿著攝影機的男人滑下車。

「不是，」西塞羅說，「這些是媒體。」

「很多媒體。」麥克斯說。

西塞羅點頭。「我希望瑪莎不會來。」

他們四周的人群轉身，攝影機跟著移動，將焦點轉移到遠處；四周變得寂靜，充滿緊張氣氛。

麥克斯、伊芙和西塞羅面面相覷，臉色凝重，然後望向攝影鏡頭對準的方向。

一群人正朝他們走來，默默地、緩緩地穿過粗短的草地，昂著頭，臉色肅穆。

「是高樓區的人。」西塞羅輕聲說。

他們安靜穩定地走著。有些人集結成群，有些獨自走著，有些人挺著胸膛昂著頭，還有些人拿著面紙擦眼抹鼻。

莊嚴肅穆。

一群深色的衣服聚集在一起，因痛苦而成形，因悲痛而合一，因尊敬而彼此連結。媒體們，那些記者、攝影師，還有來看熱鬧的人，在這群人面前像紅海一樣分開，當B太太的棺木由朋友及鄰居們護衛著出現時，人們紛紛低下頭，把手貼在心上。

西塞羅緊緊握住伊芙的手。

麥克斯站在他們旁邊，無視對準他們的攝影鏡頭，三人一起注視著朝他們靠近的棺木。

瑪莎

回來的感覺真好。這是我的歸屬，這裡的人認識我、認同我、理解我。

但我沒有把頭抬起來。不是每個人都能相信。還是有一些人認為只要撥打那個電話號碼讓人來抓我，就可以得到一筆獎金。但這我也可以理解，畢竟那是足以改變人生的一大筆錢。可以用來付房租或是房貸、還清債務，可以真的去度假，或是媽的，還可以讓孩子進大學，讓他們有機會挑戰未來。

當這些都擺在你面前，只要用手指出某個方向就可以拿到，要拒絕實在很費力。

想想你可以買多少食物。

想像一下跟那個苦待你多年的老闆說，他可以去跳樓了。

銀行對帳單不再是赤字。

或是整個冬天都有暖氣。

錢是很有力的。

這我們不是最清楚了嗎？

是啊，回來是很好，但我真希望回來是為了更好的理由。也好希望我可以留下來。

我正走在棺材旁的一群人當中，我想當抬棺的一員，但是抬棺的人太引人矚目，所以我只是待在他們之中，右手碰觸棺木，低著頭。

噢，B太太……

我前面的鞋子是山姆的。腳尖處磨損了，但他似乎用黑色麥克筆蓋過。他和奧力一起上小學時，也用同樣的黑色麥克筆畫過奧力的手，把B太太氣壞了，因為那些塗鴉有一部分看起來像是陽具，而且怎麼洗都洗不掉。但是她接著又道歉，因為她把山姆嚇哭了。

在我後面是阿沙。我聽得見他在吸鼻子，發出抽搭的呼吸聲。他沒有兄弟姊妹，也沒有真正的朋友；他很愛踢足球，即便他踢得超爛。耳邊彷彿聽得見他對奧力大喊：「就打著玩嘛，兄弟！」就連下大雨也是。奧力人太好不忍心拒絕，但老天知道當他全身濕透地回到家，會討B太太一頓好罵。他從來沒跟她說過原因，只是聳聳肩，一副老天要下雨又能如何的樣子，不是任何人的錯。

在阿沙對面，那位老伯是B太太的「紳士朋友」，她常常這樣稱呼他。史丹利先生。我從來沒搞清楚史丹利到底是他的姓還是名。我有次拿他和她開玩笑。「他就是個朋友，沒別的。」她這樣說。我看見她望著她過世許久的丈夫的相片，就沒再說什麼了。

我轉頭過去看他。他抬頭挺胸，臉上淚如泉湧。他沒有試圖掩飾，而是向每個人展示他的悲痛。

對不起，我在心裡想，真希望我能說出來。對不起，對不起，對不起。

我的手再度碰觸到棺木，想到B太太就在這個箱子裡，感覺一點也不真實。實在無法想像她的屍體就在裡面。無法想像她已經不在這裡了。不會再穿著市場買的醜圍裙來應門，也不會再聽見她「偷偷地」敲我的門，示意我茶點都準備好了，也不會再有她做的蜂蜜蛋糕的香味，以及她廚藝唯一美中不足之處：那種嚇人的濃稠肉汁會讓你的嘴堵住，放在盤子上不管還會凝成凍。

她不在……任何地方。

不在……

就是不在了。

太多死亡、太多葬禮、太多痛苦。

眼前的一切開始模糊，我深吸一口氣，努力不要哭，用力眨眼，望向最前方的抬棺者，但從背影我看不出是誰。他旁邊人群中的某人引起我注意，我臉上表情一動。

是伊芙。

她正直直盯著我看。

我的胃在翻攪，想衝過去抱住她。我想要讓她抱住我、照顧我，就像上個星期那樣。

我已經厭倦了必須堅強，厭倦了一個人。

她對我點頭，我也對她點頭，比較多是用眼睛示意而不是用頭。我們靠近時我繼續看著她，來到她站著的火葬場門前。我們停下來，等前方的某人打開門，或是開一條路之類的。

有東西碰觸我的手，我嚇了一跳。是伊芙。

「不要轉身，」她對著我的耳朵低語，「到處都是當局的人和媒體。」

我把頭低下，身邊的人都比我高出許多，我可以躲在他們之間。

「B太太的事我很難過。」她說。

我無法回答。

振作一點，我對自己說。

但我開始顫抖，全身都在顫動，淚水如泉湧。

「噢，我可憐的孩子，」她握緊我的手，「真希望我能替你收拾這一切……」

人群再度開始往前移動，我被他們帶著走。她跌跌撞撞地跟在我旁邊，奮力往前進。

「之後跟我碰面。」她低聲說。

我迅速地抹去眼淚，對她皺眉。「在哪兒？」

但是人群已經把我推向前，把我吞沒，她的身影也消失了。

我把頭低下，拖著腳步往前走。

火葬場的水泥階梯在眼前，我看見自己的腳走上臺階，想起從前。

媽。

現在是B太太。

下一個是誰？

以撒。

我碰觸那個還沒拼起來的戒指，它在我頸上的鏈子上晃盪。禮拜堂裡滿滿的人。每張座位都坐滿了。還有人站在走道上。後面還有更多的人，我就在這裡，藏在關心我的人之間，雖然對他們來說我和陌生人沒兩樣，他們只是知道我的名字、看我和鬼門關擦身而過、知道我最軟弱時的樣子。在他們面前我覺得毫無防備，彷彿他們不認識我卻對我無所不知。

你是他們的希望。我腦中的聲音這樣對我說。

他們知道真相，他們投你無罪。他們把錢花在你身上，他們不認識你，但相信你會做出正確的事。

你虧欠他們。

我在心裡想：我虧欠媽、奧力，還有B太太。我也欠下伊芙的關照、西塞羅替我發聲，還有麥克斯的幫助。還有以撒。我欠以撒……欠他……一切。

我怎搞得會欠下了這麼多人情？

我盯著棺木，忍不住想像B太太在裡面的樣子，於是就像胸口挨了一拳一樣，突然呼吸不到空氣。

我想跑走，把一切拋在腦後，忘掉一切。

太多痛苦了。太多回憶了。

眼淚模糊了我的視線。

「嘿！」有個聲音在我耳邊低語。

我緩緩轉向那個聲音，有個女孩就在我旁邊。

「你得跟我出去外面。」她低聲說。

我和她四目相對。「什麼？」

「當局的人馬上就會進來盤查每個人。你必須現在就出去。快來！」

她拽我的手臂。

「你是誰？」

「我去年和同你一個法文班。走啦！」她懇求我，「快點！」

「可是——」

「這是為了你好。你得離開！」

我回頭望向棺木。「我不能——」

「你一定要。巴科夫太太不會希望你被抓，對吧？快走，我會幫你。快點。免得他們把這裡變成馬戲團。」

她拉扯我。

她是對的，我心想，不能讓B太太的葬禮變成以我為中心的獵巫活動。這是屬於她的時間。忍下去，瑪莎，離開這裡。

我跟著她，低著頭鑽過人群，不時踮著腳尖、撞到人。

天啊，感覺好不尊重。

她迅速地拉開門，從裡面一出來陽光好刺眼，我不得不遮住眼睛。我在身後把門關上，她把我拉了幾步離開建築物。

然後她放手。

我在陽光下又眨了幾次眼。

「她在這裡！」那女孩的聲音刺穿空氣。

那聲音讓我畏縮了一下，五內翻攪。

她說了什麼？

「我有權拿到抓到瑪莎．蜜露的獎金！」她大喊，「她在這裡！」

媽的。

「什麼？」我對她咬牙切齒地說，「你是誰？你為什麼……？」我在陽光下瞇著眼睛看她，看見她身上的設計師外套、頭上的髮片、手上的假指甲。「你不是──」

她微笑，牙齒白得可以把我閃瞎。

她提到法文課──我從國一之後就沒上過法文。她還說到巴科夫太太，沒有人會這樣稱呼她。這個女孩不是高樓區的。她是從城市區或是大道區來的，就是賭我會出現在此地，而她可以發現我。

「你個賤人！」我說，「你竟敢把我從朋友的葬禮上拉走？你怎麼敢這麼自私？」

我氣壞了，氣瘋、氣炸了。我想一拳打在她那張愚蠢的臉上。

她怎麼可以？

「我有權拿獎金！」她再度大喊，又企圖抓住我的手臂。

「在葬禮上！」我對她尖叫，扭開她的抓握。「你這個超級大爛人！」

我聽見火葬場的門打開又關上。

「瑪莎，」這次是伊芙，「你得走了。」她說。

我瞥向她指的方向，眨眼讓淚眼模糊的視線清晰，看見官方人員推推擠擠地朝我過來，他們後面跟著肩上扛著攝影機的記者。

B太太，我很抱歉，帶給你這些。我給你造成這麼多痛苦，只因為你一直支持我和我媽，現在我甚至不能待在你的葬禮上。我很抱歉。

「瑪莎！」伊芙跑下階梯，朝我跑來。

「我知道，」我喃喃地說，「我知道。」

但我不能什麼都不做就走。

我上前靠近那個傻笑著露出白牙的蠢豬，她做過指甲的手正搓揉著想像中的獎金。我站在站在她面前，啐了她那張蠢臉。

「他們抓不到我，」我從齒縫間擠出聲音對她說，「你拿不到錢的。」然後轉身就跑。

晚上六點半，死即是正義

主題音樂在攝影棚內迴響，燈光閃爍眩目。攝影機一面繞著正在拍手的觀眾一面升高，最後對準鬱鬱不樂的約書亞、停住。他身穿棕色格子褲、雙排釦背心、深藍色的襯衫及領帶，已經在桌子左邊的座位上坐定。在右方的大型螢幕上，眼睛的標識眨動，並四下轉動觀看攝影棚內景象。

音樂淡出

約書亞：女士們先生們，大家好，歡迎再度來到以眼還眼製作單位的領銜節目。今晚的節目將會精彩不斷，非比尋常的新聞會讓您目瞪口呆！

觀眾發出假裝的驚嚇聲，約書亞微微一笑。

約書亞：我們還會有每一位死刑列囚犯的最新數據，並為大家帶來關於最新的一號牢房犯人的精采犯罪內幕——這真是一樁不得了的案子。沒錯，女士們先生們，目前關在一號牢房裡的是喬吉娜．帕森斯女士，這個八十七歲的女人被控令她的丈夫窒息而死。

他突然打住，倒抽一口氣，聲音在整個攝影棚都聽得到。攝影鏡頭對準他拉近。

約書亞：（壓低聲音）她那位已病入膏肓的丈夫。這是道德上的棘手問題嗎？抑或是單純的犯罪？而這又有關係嗎？這我們稍後會討論，但首先……

攝影機拉遠。

約書亞：女士們先生們，請告訴我，你們今天最想看的是什麼？

攝影機掃過現場觀眾，觀眾頭上的燈亮起。

觀眾一號：死刑！

觀眾二號：瑪莎回來！

觀眾三號：折磨以撒．派爵！

約書亞：很接近了，但不完全正確。

他打住，從桌邊站起來走到螢幕旁。

約書亞：今天晚上，為了娛樂大家，我們會讓大家看六號牢房的現場畫面，裡面的人是弒父者、高樓區同情者、瑪莎·蜜露的愛人——以撒·派爵，不僅僅如此，我們還會和他說話，就、在、現場！

他指著攝影鏡頭。

約書亞：還有你們，沒錯，在家中的觀眾們，你們也有專屬的機會可以和囚犯直接通話。只要五十九點九九鎊就可以加入競爭者的行列，有三個人能和即將面對死刑的囚犯說話、質詢他。要怎麼贏得這項特權呢？我聽到有人問。嗯，這也很簡單，只要撥打這支電話：0909 87 97 76，在答錄機上留下你想問的問題。也可以登入：www.以眼還眼製作單位.com，付費之後即可上線。

他暫停，走到一邊。舞台右方，螢幕上的畫面變了：眼睛的標識移到角落，中央變成六號牢房裡以撒的即時畫面，他坐在地板上的床墊上。螢幕下方的跑馬燈則是投票的資訊。

約書亞：從這些留言者當中，我們會選出最具原創性、最令人好奇、最有挑戰性的問題。所以，快把你的腦袋擦亮吧！

鏡頭拉近對準約書亞，他的手指尖互碰，對著空中說話，眼睛凝視遠方。

約書亞：你們將知道什麼會令這個年輕人惱火，可以問他對瑪莎・蜜露的感覺、他和他父親的關係，或是為什麼他覺得必須扣下扳機結束一條生命。這是一生一次的機會，只需要付出非常划算的五十九點九九鎊。你可以多登入幾次以增加獲得這項難得大獎的機會，想登入幾次都可以，想提出多少問題都歡迎。這是不可錯過的機會，可以了解一個殺人犯的心智是如何運作的。

約書亞的注意力回到現場，站在螢幕旁。

約書亞：這位不安的年輕人，他的腦袋裡在想什麼？現在，這就由你們來一探究竟了。

他對觀眾眨眨眼，四周響起一片讚賞聲。

約書亞：快動動手指打電話吧！現在就上線。在短暫的贊助商訊息之後，我們馬上回來，看看有哪些有趣的問題。

攝影機停格對著他，正好捕捉到他臉上的假笑隱沒。

瑪莎

我在跑。
腳踩在路上。
踩在草地上、上階梯、穿過小巷、經過高樓。
我在跑。
愈跑愈遠、愈跑愈快、愈跑愈用力。
繞過水仙花之家、從垃圾之間經過、穿過鬱金香廣場。
我在跑。
肺在燃燒、胸膛在尖叫、心臟狂跳。

我開始累了。

不行，瑪莎，繼續跑！

我往後瞥。

看不到。

跑，女孩，快跑！

我是。

我會。

跑到燈光之外、街燈不亮的地方。

感謝今天天色陰沉，白晝短暫，是冬天的白日。

已經開始天黑。看不見我的腳了，也看不見路面。

前方可能是任何人、任何東西，也可能什麼都沒有。

我慢下來，往旁邊靠。我知道樹叢在哪兒、哪裡有灌木籬，我躡手躡腳地倒退進去，像在跟奧力玩捉迷藏的時候一樣。

現在保持安靜。安靜。

噓！瑪莎，噓。

現在還是黃昏，但拉長的陰影足以捉弄你。

在寂靜中，我的呼吸聲像尖叫一樣大聲。

像是我正在捏擠一隻豚鼠一樣。

我挺起胸膛、擴張肺部，大口大口地吸進空氣。

我的腿像果凍一樣軟趴趴。

慢下來，我心想。

吞口水。

冷靜。

我從樹叢後向外窺視，可以看見他們在遠處。只有輪廓，模糊而陰暗，但我看得出來領頭的是誰。

是那個該死的城市區女孩。她感興趣的只有錢。我怎麼會覺得訝異呢？

有那麼多錢、那麼多機會，卻一點道德也沒有。

容我提醒你，她相信媒體，認為我就是他們說的那樣，那她怎麼會不舉發我呢？

她正指著這邊。她知道我往哪個方向跑。也許她有該死的夜視鏡頭，是變態老爹買給她的，可以看得見我躲在這裡。

可是……

我猜其他人是主管機關的人，他們就站在那兒，手扠在腰上，或甚至插在口袋裡。他們附近有很多人，我認得出是高樓區的人，這些人擋住去路，但是很平和，沒有推擠、吼叫等等。主管機關的人也沒有試圖要穿越他們。

而那個女孩呢？她正在大喊，我勉強可以聽見。她一直重複用力地指著我這邊，然而他們什麼也沒做。他們只是看著她，幾乎就像是……就像是他們一點也不在乎。

我把身體伸長一點，以便看得更清楚。

那女孩現在對著他們吼叫，但他們還是沒有動，也沒有企圖穿越那些高樓區的人。

為什麼會這樣？

他們為什麼會讓我逃走？

我不知道，但我不會繼續留在這裡找出答案。

死即是正義

螢幕上是一朵白色蓬鬆的巨大雲朵，飄浮在藍色的天空上。閃亮的金色鎖頭在雲朵的左下角，示範用的個人資料內容不時像蒸汽一樣冒出來，往上飄進雲朵內。「網安」的字樣浮現。一道閃電擊中雲朵，但資料依然在原處。

女性旁白：網安，讓您的資料萬無一失。

雲朵飄走，螢幕漸漸變成黑色，眼睛的標識又出現在中央。如同心跳般的節奏響起時，某處的觀眾鼓起掌來。

男性旁白：以眼還眼製作單位歡迎您回到……

眼睛的影像被坐在桌邊、微笑的約書亞取代。

男性旁白：死即是正義！

心跳的節奏淡出，約書亞舉起手來示意觀眾靜下來。

約書亞：歡迎回來，女士們先生們，還有在家中的觀眾們、正用手機或電腦觀賞的觀眾們。實在有很多方式可以跟上「死即是正義」的最新發展，請務必隨時注意我們，我們會不斷提供您最新的發展與創意。剛才在休息之前，我們提供了您至高無上的機會，向死刑列的囚犯以撒．派爵提出一個問題。

他站起來瞥向螢幕。

約書亞：你們的手指在剛才的休息時間，是否忙著撥號呢？你們的大腦有沒有超時工作，想出那些超~想問的問題？你們之間的對話是否充滿了疑問與好奇？嗯，我希望是這樣沒錯，因為現在線路已經關閉了。

他轉向螢幕，眼睛的標識在右上角眨呀眨，中央的讀數顯示一連串的零。

約書亞：讓我們來看看這個一生僅此一次的機會，有多少位競爭者。

那些零閃爍，數字轉動，然後發出砰的一聲停下來。約書亞吹了一聲低低的口哨。

約書亞：我們的節目影響有多廣泛，從這裡可以一目瞭然。看看，女士們先生們，總共一千兩百一十五萬次上線！哇！

觀眾發出驚呼並鼓掌。

約書亞：但哪位幸運參賽者的問題會被選中？在我們找出答案之前，讓我們先來看看六號牢房裡的囚犯正在做什麼。

眼睛的標識依然留在螢幕角落，其餘部分則變成六號牢房的即時畫面。以撒坐在地板上的床墊邊緣，望著高處的窗戶。他身上的白色囚服已經骯髒變灰，他的手指正敲打著某種韻律。

以撒

我明天就會死了。

明天。

這幾個字在我心裡翻轉，我小聲地說出口，但我的腦袋無法處理。

明天早上我就會被移到那間牢房。我會被固定在那張椅子上，手臂和腿被束帶綁住。然後頭套會放下，就在許多人的目睹下，電流將穿透我全身，然後我就會死。

上星期瑪莎在這裡的時候，我在網路上搜尋過此時身體會發生哪些事。

當時我讀了好幾次，不敢置信。這怎麼可能是合法的？怎麼會有哪個政府允許這麼恐怖的事發生在任何人身上？

我當下認為這一定是為了造成奇觀，就像人們又怕又愛看恐怖片、經過車禍現場無法把視線移開，或是一邊說電視上的內容有多嚇人、恐怖、噁心，一邊又看得目不轉睛。譁眾取寵、驚悚、讓腎上腺素飆升，又讓人慶幸不是發生在自己身上。

在古羅馬有上千人看格鬥士搏鬥致死，法國的斷頭台行刑時群眾蜂擁而至，在老貝利人們把腐爛的食物丟向要被吊死的人。看來人類的天性並沒有太大的改變。

此時此地也並無不同，只有娛樂事業不太一樣。一些活潑和時尚，加上一抹華麗，有門票還有即時實況報導。以及持續宣稱我們是在「做正確的事」：把這些人從社會中除掉，就能創造「更好的世界」。

我不常說髒話，就連在腦袋裡也不會，但這真是狗屁不通。

我們，這些投票的人，才是真正的罪犯和殺人兇手。

我們，在我們安全的家裡，冰箱裡塞滿食物、有溫暖的床、巨型電視螢幕、鬆軟的沙發，一手拿著咖啡或是啤酒，或是把披薩放進爐裡加熱，一手抓起電話，打電話決定一個人的生死。

我們在超市等著結帳或是等著拿外賣時，快速瀏覽一下報紙上的犯罪報導，表達我們的深惡痛絕，瞥一眼被告以像素構成、模糊不清的面孔，然後傳簡訊，依據一個人的長相做出臆測、發出譴責。眼睛靠得太近、頭髮太薄、前額太大、屁股太胖、脖子太粗等等。

「他看起來就像殺人兇手。」我聽過有人這樣說。

「她看起來很鬼祟。」

我也看過人們從旁觀室裡出來，臉上帶著笑容，相互擊掌或是握手。他們認為社會又更安全了一些，因為邪惡掃除了；但邪惡其實是住在他們身上。

明天等我死掉以後，比起現在或是上個星期，社會並不會變得更安全或更危險。我只希望我的死至少能讓一個人存疑，或至少讓一個人採取行動。

其他的人，那些擊掌、臉帶微笑、額手稱慶的人呢？就讓他們見鬼去吧。

「以撒．派爵，晚上好。我是『死即是正義』節目現場的主持人約書亞．德克。」

這聲音是從哪來的？我想像出來的嗎？

「不要擔心，以撒。」

牆上有喇叭。

還是我已經瘋了？

「全國都在關注你，以撒。你想跟大家打個招呼嗎？」

全國？每個人嗎？包括瑪莎？

「呃……」我的聲音聽起來很怪，我清清喉嚨，再開口，「哪啊啊一個攝……影機？」

「你正前方牆上的。你想揮揮手嗎？以撒，你已經成了大家著迷的對象了。有好多人想和你說話想死了。」

「瑪……瑪莎？」

「不是瑪莎。你想喝點水嗎？你右邊有。」

原本沒有的。我拿起塑膠杯。感覺真好。

「以撒，你喝水的時候，我來告訴你這是怎麼一回事。在這邊，『死即是正義』辦了一個競賽，讓公眾有機會向你提問。年輕人，相信我，你可是熱門的投資標的啊！我想你一定會感激公眾，他們對於有機會和不單單是死刑列的囚犯，還是殺父兇手的你交談，是如此地興奮。」

我試著站起來……我的腿發軟……感覺頭輕飄飄的。我想靠近攝影機，但它太高了。

「我們即將公布入選者，並且把他們轉接給你，讓他們直接問你問題。」

瑪莎正在看嗎？

「第一位優勝者是住在諾維奇的夏姆拉。夏姆拉，請提出你的問題。」

諾維奇。我們去過一次。有教堂。有河。

「嘿咻，我是夏姆拉。好刺激喔！真不敢相信我是在和謀殺犯說話！」

「請說出你的問題。」我聽見約書亞的聲音說。

「哈哈！好，當然，我只是……樂昏頭了！嗨，以撒，能和你說話真是太神奇了，我的朋友們一定會很嫉妒，還有——」

「夏姆拉，你的問題是？」他又問了一次。

「噢對了，我的問題是：以撒，如果你可以和某位名人共度最後一天，你會選誰？你又會對他們說什麼？」

「夏姆拉提出個好問題。以撒，你的答案會是什麼？」

「瑪莎。」我的喉嚨還是覺得痛。「我會和瑪莎共度我的最後一天。我會對她說我很抱歉。說我愛她。」

「不是，我是說某個有名的人，像是歌手之類的，懂嗎？」

「瑪莎，沒有別人。」我坐回床墊邊緣，盯著攝影機。

「謝謝你的來電，夏姆拉，恭喜你成為公眾當中史上第一位和死刑列囚犯交談的人！接下來是第二位。」

這是我想像出來的嗎？

「瑪莎，你在看嗎？」我用嘴型說。「你在嗎？」

「我們的第二位勝出者是住在惠特比的埃爾斯珮思。恭喜你，埃爾斯珮思。」惠特比。瑪莎，我們去惠特比吧。走在海水裡，在陰風慘慘的修道院，對彼此唸吸血鬼的故事，吃炸魚薯條。

「謝謝你！真不敢相信我被選上了。我從來沒贏過。我……我……完全大吃一驚！」

「你第一次贏得競賽，是史上第二個和死刑列囚犯、名人殺人犯說話的人，還在電視上現場轉播。真妙啊，不是嗎？」

「就是啊，約書亞。能和你說話也是一大榮幸。你真是個可愛的人。」

「好了好了，埃爾斯珮思，你會把我捧昏頭的。請吧，以撒就在線上，等著你發問。」

「呃……哇……你好啊，以撒。」

這女人幹麼想和我說話？

「以撒，你在嗎？」

「他在，埃爾斯珮思，請直接說吧。」

「好，呃，我想問你的問題是——如果你可以改變過去的一件事，那會是什麼是？為什麼？」

「埃爾斯珮思提出了一個經過仔細考慮的問題。以撒，你想回答嗎？」

「沒有任何事。」我說。

「沒有？什麼，沒有？」她說。

「沒有。」我重複。「沒有任何事。」

「我花了五十九點九九鎊，結果你只回答五個字？這太不公平了。我要更多。不然我要退費。」

「恐怕競賽的條款和條件已經寫明了不能退費。以撒，也許你可以為埃爾斯珮思解釋一下你的答案……」

「對啊，以撒，解釋一下。」她說，「你什麼事都不想改變嗎？就連殺了你父親的事也一樣？」

她怎麼就是不懂呢？「要是我沒有殺了他，他就會殺了瑪莎。」我告訴她。「我並不想這樣，但是——」

「噢，夠了！我們都知道那是狗屁。」

「什麼狗屁？那段錄影——」

「什麼錄影？」

我站起來靠近攝影機，斜瞥向牆上最高處、它掛著的地方。「你一定看過那段錄影吧？我在受害者演說的時候播放過。就是傑克森威脅瑪莎的錄影。是監視器的畫面。還有那些文件，那些證據。你一定看過吧。」

「沒。我看過你殺了傑克森的錄影。但是裡面沒有瑪莎。」

「什麼？」我說，揉揉頭。我不懂。「但這沒道理啊。他用皮帶勒住她的脖子，準備勒死她。」

她笑出來，真的笑出來，笑聲在牢房裡迴盪，像是恐怖片裡的小丑。「他才沒有。我覺得你，被關到有點瘋了。我是說，傑克森．派爵為什麼要那樣做？你真的腦筋壞了。你射殺了你爸。只有你和他。錄影上是這樣。」

他們是想愚弄我嗎？「不對，這不對。」我說。我在心裡提醒自己，不要偏離自己知道的事，保持冷靜專注。「事情不是這樣。你在胡說。」

「我？我在胡說？你才是捏造事實的人。」她又笑了，迴盪四周的聲音讓我畏縮。「我跟你說，我真希望當局抓到瑪莎，讓她也付出應付的代價。」

「抓到她？抓到她是什麼意思？」

「你知道嗎？我打來是因為想要相信你最好的那一面。每個人都應該有改過自新的機會，我本來想，要是你對自己做的事感到後悔，那我就投你無罪，因為你是，怎麼說，有名的人，但是你一點也不後悔。你真的是冷血殺人犯，應該去死。」

「我不懂！」我對著攝影機吼，「外面到底發生什麼事了？你說抓到瑪莎是什麼意思？什麼……？還有錄影呢？約書亞，你知道真相，告訴她啊，跟他們說啊。我……」我的腦袋一片混亂，不知道現在到底是怎麼一回事。抓住瑪莎？抓住她？什麼？

他們是為了要我才這樣嗎？為了刺激我、看我的反應？為了讓節目好看？

「傑克森殺了瑪莎的母親，他殺了我母親！」我對著攝影機吼，「而且他還要殺了瑪莎。所以我才開槍殺了他。」

「你還真是個幻滅的青年啊，這一點我很同情你，但我真的相信這世上若少了你，會比較好、比較安全。其他正在聽的人，我要說，你們最好也這樣相信。」她的聲音變得比較低沉、比較嚴肅。「知道嗎，前幾天我聽到首相的公開談話。他說：『祕密是對付彼此的彈藥』；他是對的。若是你知道某人的祕密、知道他在做壞事，那你就可以用來對付他們。但是你的祕密，也就是你和蜜露交往，這個祕密卻害了你自己！」

什麼？

什麼？

我憤怒得顫抖、發燙，我的手指在顫抖。

我把床拖到攝影機底下，站在床上。現在我可以碰到它了，我拉它但它沒有動。我在它四周摸索著尋找電線，但找不到。

那個女人，管她叫什麼名字的，還在繼續喋喋不休，但我已經沒在聽了。

冷靜，我對自己說。不要在盛怒中做任何事。

我環顧牢房內。我知道自己想做什麼，但找不到可以拿來用的東西。於是我盯著攝影機，舉起右手一拳打在鏡頭上。

玻璃碎片扎進我的指關節。昨天就已經受傷了，該死，現在更痛了。但我讓自己鎮定下來，並把床搬到下一個攝影機下面，也用拳頭把它打碎。然後是下一個，直到剩下一架。

我心想，我不會再當你們的觀賞動物了。現在起要按照我的規則來。

我站在床邊緣，直視鏡頭。

我引述：「**若你能忍受話語被刀扭曲，成為愚者的陷阱，或是眼看著你付出生命的事物毀壞、停止，再用殘破的工具重建；**」我告訴自己，冷靜，要堅強，繼續。想想吉卜林，想啊。你學過的。

「**若你能與群眾談話而不失德，與君王同行也泰然自若；若是敵人或朋友都無法傷害你，若是所有人都倚重你，卻不過分依賴；若是你能每分分秒秒都盡全力奔跑；那麼世界就全都是你的了。還有，更重要的是，我兒，那你就足以為人了！**」

我的手隨著心跳脈動。現在我只剩下一件事要說。我已經當他們的小丑奴才夠久了，現在我不幹了。

「瑪莎，我愛你。」

這就是我的遺言了。

頭腦是個奇怪又奇妙的東西。我在這裡的時候，它讓我看見許多回憶，都是一些我經歷過、聽過、知道的事，但之前沒能把它們兜在一塊兒。

今天我終於辦到了。

那個叩應觀眾引述首相說過的話：「祕密是對付彼此的彈藥」，我之前也聽過，現在我想起是在何時聽見的。

我一拳打碎最後一架攝影機。

「死即是正義」節目現場

攝影棚裡一片寂靜。約書亞站在只剩下雜訊的螢幕前。他歎氣的時候肩膀下垂，然後閉上眼、搖搖頭，才又重新看著攝影鏡頭。

約書亞：女士們先生們，電視機前的觀眾們，我不知道你們作何感想，但我看了這個、聽了那首詩，不覺得自己足以為人。

他在舞台上走向他的桌子，把領帶拉鬆，第一顆鈕釦打開。攝影機先是因出乎預料而動搖，接著就跟隨他。

約書亞：我覺得自己是個說謊的騙子。我想現在我應該站出來，學學這個勇敢年輕人的榜樣，對自己誠實。長久以來，我在我的公眾形象與私生活之間遊走，也許現在該是決定何者優先的時候了。

他坐在桌邊，攝影機正對著他的臉。

約書亞：瑪莎和以撒都在本節目中提到過的，那個監視器錄影畫面，是經過剪輯的，好讓你們看不到瑪莎；但當時她就在那裡，傑克森確實威脅要殺了她。他真的用皮帶勒住她脖子，因為這樣以撒才會殺了傑克森，因為以撒愛著瑪莎，願意為了她付出生命。傑克森還殺了瑪莎的母親，並讓奧利佛．巴科夫代他頂罪。他殺了以撒的母親，領養這個小孩只是為了讓自己在公眾面前臉上增光。若是你們上週在瑪莎的七號牢房現場，就會知道這些；但是當天所有的記錄都被銷毀了，知道真相的人也都被用某種方式消音了。

他暫停，用力吞口水。

約書亞：我不能再坐視更多的不公不義。在我被斷訊、你們的電視畫面變成一片空白之前，我不知道我有多少時間，但我很確定這時間一定不夠用來解釋一切，所以我懇求你們站出來、發出疑問，尋求這個國家、領導階層的真相。先從尋找少數幾份還存在的當天錄影畫面開始，那些畫面最後一次出現，是在特意為了訴說真相而架設的幾個網站上，雖然現在都被政府關閉了。你們自以為有言論自由嗎？最好質疑這一點。

他拉掉領帶，站起來走向觀眾。

約書亞：最後還有一件事——自從以眼還眼製作單位發現我是同志之後，他們就藉此來操控我、威脅要毀掉我的職業生涯，不管是在這裡或是別的地方都一樣得不到工作；還有我的愛人也會有相同下場。他們告訴我，這個國家是由操控人的偏執狂掌權。他們是對的，當然是。這些操弄人的偏執狂為了掌握權力，什麼事都做得出來。但我相信，這個國家的大眾比領導者們更優秀。我相信大眾是善良而有同情心的，能同理，夠寬宏。我相信大眾心裡有愛。我祈禱大家有愛。我也祈禱我們的未來會更好。我想我大概不會再出現在這裡了，所以我在此懇求你們，睜開眼睛、敞開心，去質疑你被告知的事，藉此構成你自己的意見，不論你的意見為何——

瑪莎

電視螢幕上的雜訊在我的指尖嘶嘶作響，我用手指撫過以撒的臉時，在螢幕上的灰塵留下了痕跡。

現在他知道真相了，知道我在逃。真希望他不知道。

我讓他失望了。現在依然是。

必須改變這一點。

以撒，我會救你出來的，我保證。我辦得到。這是我欠你的。

他看起來好慘。看起來好累，頭髮被剃到頭皮，還留下刮痕，還有手抓的痕跡。皮膚看起來油油的，嘴唇乾裂，雙眼通紅。

我想靠著他抱著他，幫他洗臉洗頭，清理他的手，包紮他手上的傷口。

他宛如支離破碎。

以撒，我會把你修補好。

他們把螢幕換成眼睛的標識。我看著那字樣圍繞虹膜轉動：以眼還眼以眼還眼以眼……

一圈一圈又一圈。

不中斷的迴圈。

我們把殺人者殺掉，我們也變成了殺人者。

在讓我看以撒的畫面，拜託。

會發生暴動的。他們說要問三個問題，卻只播了兩個。但是人們也不會得到退費。總是有條款的。

那讓我看他的重播也好，錄影畫面。

看你的記憶，我的腦袋告訴我。記憶比較好。

但我不想要記憶。我想要現在。我想要他現在在這裡，和我一起。我不想要這個瘋狂沒救一團糟的世界。我想要平靜、公義、真實。我想要以撒，拜託。我會為此祈禱，我會上教堂，我會相信神，我會有信心。拜託，上帝，拜託，幫幫我。

我揉揉眼睛，眨眼讓視線恢復清晰。

數據又出現在螢幕下方。昨天是多少？百分之九十九有罪。

我瞪著螢幕，睜大了眼睛。

這不對吧，上面寫著百分之六十七有罪。

真假？

真假？

我離開臥室，下樓。地毯很厚，我的腳陷進去，房子好大，感覺好像可以在裡面走上半小時，還可以找到沒看過的房間。

但我聽見派蒂的聲音，她在講電話。她那刺耳的笑聲。

她怎麼笑得出來？

她的兒子在死刑列、她的丈夫死了，她失去了所有的錢，反正就是只有一些零用金之類的。

她看見我站在走廊上。

「我得掛了，」她對電話說，「等會兒再說。掰。」她還真的對著電話揮手。

「現在數據是百分之六十七。」我告訴她。

她畫過的眉毛揚起，聳聳肩。「你的重點是什麼？那還是占多數啊。」

真是沒心肝的賤人。我不理會她的意見。「你剛才看了『死即是正義』嗎？」

「看了。真是個笨蛋。他毀了自己的職業生涯。每個人都假裝自己是心胸開放的那種人，但其實不是。人們現在只是在假裝，就跟之前一樣。」

「才怪。他是同志還是怎樣我一點也沒差。」

「你可能沒差，親愛的，但你相信我，那些掌權的人，那些有權做決定的人，他們有差。」

「我喜歡他。」

「你喜歡他，因為他是高樓區的同情者，現在城市區和大道區的人，那些重量級的人，大家都知道了。他在這邊再也找不到工作了。人們只會雇用和自己同類的人。」

「你真是滿嘴狗屁。」

「我是滿嘴真話。」她對著我笑，把頭髮撥到一邊。「你忽略了最重要的一件事：這兩邊的分界。現在——」

「那會變小，如果人們知道真相的話。」

「噢，你閉上嘴吧。」她在空中揮舞雙手。「我現在沒空應付你和你的滿口仁義道德。我對你一點也不感興趣。」

「我只是來告訴你，如果數據低，我就不會按照那個計畫走，用爆炸把以撒弄出來。」

「這你已經說過了。」

我聳肩，天啊，我真討厭這個女人。

「要是你想把以撒的命運，交給這群你好像很看不起的人，那是你的事。我個人以為你會比較聰明，比較……有膽量。」

「這不是有沒有膽量的問題，」我回答，「這是信任的問題。而且你沒搞清楚重點：要是他們會把他放了，我們幹麼冒險去救他？」

「瑪莎．蜜露，你真是個被誤導的笨蛋，但要是你這樣決定……」她的尾音消散，沒有回答我的問題。「我們明天再看看數據怎樣。現在，請允許我告退。」她又拿起手機，開始按鍵。

以撒

我在夢裡見到母親了，雖然只有定格畫面。她的金髮綁成馬尾，眼睛周圍皺起來，穿著她常穿的那條牛仔褲，握著我的手，我的手指在玩她的巧拼戒。

我永遠聽不到她的聲音，也看不到她的全貌。

我在想，不知道是否能再見到她。要是見到的話，我會認得她嗎？她會認得我嗎？

媽，對不起。

你給了我這麼多。

你會認為我浪費了那一切嗎？還是你會和我看法相同？

我真的不知道。

那個女人說，抓住瑪莎。抓她。

她在逃嗎？

為什麼？

天殺的到底發生了什麼事？她被判無罪啊。應該要沒事才對。

首相

首相靠著往後傾的皮椅伸展身體，看著眼前成排的螢幕。這間藍屋裡除了他沒有別人，他心不在焉地用遙控器在不同的畫面間跳動，調出一個個畫面，短暫地掃視。他的另一手擺弄著一杯威士忌。

他身旁的電話響起，他瞄了一眼看來電者是誰，接著嘆了一大口氣，把剩下的威士忌一口喝下。

「派蒂，」他低聲地說，「你幹麼這麼晚還打來？」

他一邊聽，一邊把玻璃杯放回桌上，用手指摩挲杯緣。

「我有。是比我想的低很多，但沒關係。會回來的。」

他又停頓，眉毛抬高了那麼一點點。

「她這樣說嗎？嗯，那是你的問題。如果你想要維持這個我們彼此互惠的安排，那我建議你守住你這邊的條件。讓每件事歸位，讓那個女孩按下按鈕。」

他把電話放下。

他在前方的鍵盤上輸入一個名字，螢幕上城市區的衛星地圖、在接近外圍的一棟大型建築物裡，出現一個紅點。

他按住一個鍵，畫面以紅點為中心放大，在紅點旁邊出現「葛斯・伊凡斯」的字樣。他繼續放大，名字旁邊又出現「城市監獄」的字樣。

「解決了一個。」他說，「兩個，那個俄羅斯女人也算。」

他又敲了另外幾個鍵，地圖往下移動，以另外一個點為中心。慢慢地地圖放大，直到出現「死刑列」字樣。他用手指碰觸螢幕，測量從柵欄內的停車場到大樓之間的距離。

「傑克森・派爵，我拿你的一石二鳥之計，升級成……」他打住，思索著，「一石七鳥。」

他的臉扭成一個惡意、淺薄的獰笑，人再度往後靠，皮椅發出吱嘎聲。「不管怎樣都行。」

他因為自己的計畫而愉快地向上伸展雙手，保持這樣的姿勢。一點也不知道在他身後陰影中，有個身影把他看得清清楚楚，按著錄影鍵的手沒有遺漏任何事。

第 7 天

瑪莎

可惡，我一定是睡著了。

我看他看了好幾個小時。

在他的房間、他的屋子裡，用他的電視。

現在幾點了？我的視線一片模糊，看不清楚。

電視還開著。以撒的電視。以撒在以撒的電視上。

九點。天啊，還有十二個小時。

從螢幕下方滑過的數據顯示，現在是百分之九十八有罪。又回來了。這是怎麼一回事？

你人生中最後的十二小時，以撒。

如果你把他救出來的話就不是。我的腦袋裡說。

你是說，假如我變成炸彈客的話。我回答那個聲音。

我從床上爬起來，踮著腳走到窗邊，看向窗外的城市。我眼前的是對很多人來說平凡的一天，但對我、對你來說……

卻是全部。

以撒

七號牢房。

第七天。

我在這裡，就在一星期前，我就站在這房間外面。

「現在時間是早上九點。」一個電子聲音傳來。「還有：十二小時你可能被處決。目前數據為百分之九十八贊成，百分之二反對。下一次提示將在一小時後。」

很平常的告知。我都不知道他們會告訴你。我也不知道應該作何感想。

至少知情吧，我想。

但我想我早就知道了，我沒辦法離開這裡。我想我已經接受這一點了。

等待死亡真是件很糟糕的事。

我會因為殺了他而下地獄嗎？感覺像是我已經在地獄裡了。

我會因為救了你而上天堂嗎，瑪莎？因為我為了你犧牲生命？

上帝要怎麼決定？

但我不是基督徒。也不是穆斯林或印度教徒，沒有任何信仰。

那麼就會是一片黑暗嗎？空無？什麼都沒有？

或是轉世投胎變成我應得的。

一隻甲蟲？

一隻蟑螂？

我不知道自己相信什麼。

但我知道。我相信人，還有人性。

還有我相信你的力量，瑪莎。

九點鐘。

十二個小時。七百二十分鐘。四萬三千兩百秒。

已經不到了，剛才又過了幾分鐘。

此刻，數學好又怎樣呢？

我寧願死在自己手上而不是別人手上。

我寧願自己選擇這些分分秒秒。

但我不能。我會繼續奮戰直到最後。

麥克斯

在車站的地下道，麥克斯走回遮蔽處好躲避呼嘯過的風。地平線上的第一道曙光開始照亮天空，但四周依然黑暗而不友善。寒冷侵入骨髓，因為他徹夜在找瑪莎，在蕨類森林、地下道、火葬場附近，查看公寓和藏身處等等。他的臉色蒼白，手透出青色。

他放棄她在高樓區的想法，四下張望看有無人跡，找尋第一班火車開車的時間，但他只看到成堆枯死的花朵，是獻給傑克森的；還有從垃圾桶滾落或是卡在門洞裡的昨天報紙、薯片包裝、飲料瓶。

身後傳來腳步聲，他轉身。一個身穿工作褲、反光夾克和安全靴的中年男子，腋下夾著報紙和他四目相對。他點點頭。

「我知道你是誰，」那人說道，把手插在口袋裡，「麥克斯．史坦頓。」

麥克斯看著他，沒吭聲。

「我就知道。你在找瑪莎？她不在這裡啦。」

「我已經搞清楚這一點了，」他回答，「你知道火車什麼時候會來嗎？」

那人依然盯著麥克斯，點點頭，朝他身後示意。「你聽見了嗎？」

麥克斯透過風聲仔細聽。「現在聽見了。」他回答。

「那就是了。」

麥克斯望向那人身後的軌道，遠處有兩盞小燈從清晨的微曦中透出亮光。「它會直接開回城市區嗎？」他問。

「差不多吧。」他的目光依然沒有離開麥克斯。「不知道這樣是不是能安慰你，」那人繼續說，「我也為我妻子做過一樣的事。」

那兩盞燈更亮、更近了，火車的聲音也愈來愈響。麥克斯對那男人皺眉，問：「你說什麼？」

「為了保護她。好讓她可以和孩子在一起。在你媽的案子，那孩子就是你。」

「我不知道你在說什麼。」麥克斯喃喃道，走出隱蔽處，朝月台邊走，風在他四周呼號吹襲。

「我認為應該會有道歉聲明。」

火車的白色燈光籠罩著麥克斯，火車聲在他四周轟鳴。

「我還是不知道你在說什麼！」他大喊。

「什麼？」那男人也對喊回來，「你一定知道的。你媽——」火車駛入車站時聲音變小了，但那人的音量依然很高：「承認是她殺的！」

麥克斯的嘴張得大大的。「什——？」

「來，」那人拿出手臂下夾著的報紙，塞進麥克斯懷裡。「對不起啊，老兄，我以為……」他的聲音消失在風中。

麥克斯盯著報紙看。

「你拿著吧，」那人說，一手搭在麥克斯肩上。「但我剛才說的都是真心的。我會為了我的妻子和孩子做一樣的事。」

麥克斯的目光無法離開手上的報紙。

「上車吧，」那人對他說，「下一班要等一個小時。」

麥克斯搖搖頭，走開。

瑪莎

該死的派蒂還有她該死的計畫。

我坐在她的廚房裡。我沒辦法忍受吃東西或喝東西，所以只是坐在那兒，看太陽升起，一邊想事情。她進來的時候，像朵雛菊一樣耀眼，頭髮弄好了，妝也化好，宣布說她要去美療中心，然後去吃午餐。

「什麼？」我問她，「那怎麼……？」

但她根本沒讓我說完就打斷我，回答說還有很多時間什麼的，就快步出門了。她臉上的笑容一樣該死。

所以，就像我剛才說的，該死的派蒂還有她該死的計畫。

我要自己來。

反正我要她幹麼呢？

我會拿一個袋子裝滿食物和備用衣服；從地下室拿那個我需要的袋子。

然後躲起來等天黑。

然後……

老天，我已經開始緊張了。

史坦頓家

壁爐裡的火已經熄滅有好幾個小時了。爐門邊有什麼動了一下，原本呈木柴形狀的一堆灰燼崩落。沙發上的伊芙在睡覺，毯子從她身上滑落。

寒冷爬上她的皮膚，擾動了她，她緩緩睜開眼睛、眨眼。

她面前的電視機開著，播放以撒的畫面，她看見螢幕下方跑過的數據，坐起來。電視的光在房裡投下奇怪的陰影，她的思緒變清晰之後，撿起手機，檢查訊息。

沒有訊息。

她的目光聚焦在螢幕角落顯示的時間。

「我怎麼會睡到中午？」她喃喃自語。

她光著腳走出起居室，穿過廚房進入走廊，在前門邊停下。麥克斯的鑰匙不在掛鉤上。她轉身，看到他的夾克也不在衣架上，下面也沒有他的鞋子。

她從口袋裡拿出手機，撥他的號碼，她就站在微光中，電話鈴響了又響，沒有人接。

她回到廚房，手在放飲料的櫥櫃上游移了一會兒，又走開去燒開水。等水滾的時候，她把電視轉到午間新聞。

「……在整個東部，南部可能有陣雨。總而言之，若你今天打算出門，就別忘了帶傘。」氣象播報人員對著鏡頭微笑。「把鏡頭交還給棚內。」

伊芙從櫥櫃裡拿出一個馬克杯，又把即溶咖啡的罐子拿下來。

「謝謝。」新聞播報員說，「在播報今天的頭條新聞之前，先讓我們來看看今天的報紙。」

伊芙把即溶咖啡舀進杯裡，轉身從冰箱裡拿牛奶，扭開瓶蓋。

「《日報》和《國家新聞報》的頭條，都是同一起事件。《日報》的頭條是：『偽善者』，而《國家新聞報》的頭條則是『我真的很抱歉』。

「這都是指這一夜之間爆發的新聞——」

伊芙把牛奶倒進杯裡，抬頭看電視。

「——伊芙・史坦頓，寫給她兒子麥克斯的一封信。」

伊芙的下巴掉下來。

「史坦頓曾擔任被告的指定諮商師，在她的丈夫被關押、遭處以死刑之後，她大力鼓吹設立該項職位。當時她的丈夫聲稱是為了自衛才殺人。」

伊芙如同雕像一般動也不動，瞪著螢幕。

「然而，新的發展讓整個案件令人起疑，因為在信中她指出，讓我為你們唸出來……『我很早以前就應該告訴你，但總是找不到正確的時機。我覺得我欠你一個真相，你應該從我這裡知道才對，而不是從別處。我真的很抱歉，但事實是，是我殺了那個人——』」

她手一鬆，牛奶盒砰地摔在地上，濺濕了她的腿、櫥櫃，灑在地板上。

「『——而不是你父親』……後面解釋了更多，不過——」

伊芙瞪著螢幕，呼吸急促，心彷彿要跳出胸口。慢慢地，她的手摀住嘴，臉色慘白。

「不要，」她低聲說，「不……」

她跌坐在地板上，手腳都按著潑濺出的牛奶，渾身發抖。

新聞還在播報。「這封信從哪裡來尚未得知，但兩份報紙都宣稱信上的筆跡經過分析，確實與史坦頓女士的筆跡相符。」

伊芙勉強從地板上站起來，牛奶從她手上滴落、流下她的腿，她快步走向臥室。

「不要，」她又重複說，「天啊，不要，老天拜託，不要。」她拉開抽屜，在成堆的紙張中翻找，挖垃圾桶，但找不到她想找的東西。

「幹！」她大吼。她的影像從床邊的鏡子裡回瞪著她。「幹！」她再次大吼，抓起鏡子往牆上砸去。

碎片落在她的赤腳邊，片片映出她的臉。

麥克斯

麥克斯運動鞋的鞋尖伸出碼頭邊緣，他往下瞪著水面，看著水拍打濺上牆面。在河上有艘船加速通過，他等待波浪湧來，濺濕他的牛仔褲。

口袋裡的電話響了，他拿出手機看著螢幕。

螢幕顯示：媽。

他等到鈴聲自動停止。

螢幕顯示：四通未接來電、一個語音訊息。

他按下按鈕，將電話拿在耳邊。訊息回放出伊芙的聲音：「麥克斯……麥克斯，對不起。我們可以談談嗎？你回電給我好嗎？不應該像這樣被你發現的。事情不是像他們說的那樣。我沒有強迫你父親……他……我沒辦法這樣說下去。拜託，麥克斯，回家來。我們談談。拜託你。」

訊息停止，電子聲取而代之：「按1刪除，按2重聽，按3保留。」

麥克斯按下1，然後把手機放回口袋裡。

有一秒鐘他望著遠處的河面，然後他又拿出手機撥號。

「是我。我有事和你談。你可以見我嗎？……好……一個小時。等會兒見。」

他深深吸了口氣、緩緩吐氣，接著高舉起手臂將手機扔進河裡，走開。

瑪莎

我真的很猶豫。

它正瞪著我。那個裝了炸彈的袋子，隨隨便便靠牆放在她的車庫裡，好像裡面只是裝了運動用品之類的。

沒有什麼爆裂物。

我光是看著它都想吐。

「如果你不想試著救他出來的話就告訴我，我會找別人。」我腦海中響起派蒂說的話。

「找個更關心的人。」

那個愛操弄人的母牛。

「有人受傷的機率幾乎是零。」那個人是這樣說的。

有什麼可能會出錯呢？

我盯著它看。

「什麼都有可能。」我大聲地說出口。

但是不這樣做會怎樣？

他會死。

這裡的牆上有個鐘，讓我想起牢房的樣子。

現在是三點。

離他可能被處決還有六個小時。

派蒂依舊不見蹤影。

那個袋子還是瞪著我看，那支手機，也就是引爆裝置，就在袋子旁邊。

我彷彿能聽到它們在對著我嘖舌、嘆氣。

那個袋子全是你的指紋，我腦海中的聲音說。

「去他的。」我說，抓起袋子，拿起手機，大步走出車庫。

以撒

瑪莎，你在這裡的時候，心裡是什麼感覺？

像我現在一樣害怕嗎？

當時你是否渴望有人握住你的手、擁你入懷？

在你耳邊輕聲說一切都會沒事，即使在你內心深處明明知道，其實不會沒事？

你已經解開那個巧拼戒了嗎？它現在在你手指上嗎？

我真希望你在這裡，和我在一起。我願我們一起坐在地板上，閉上眼，回想在蕨類森林裡一起度過的那些黃昏，永遠住在那些回憶中。

這世界上有太多的恨、太多的恐懼，太少理解。

我希望，噢天啊，我真希望——希望你能造成改變，瑪莎。不論你現在身在何方。

麥克斯

「你得跟她談談。」西塞羅舉起紙杯就口，從杯蓋上的洞口啜飲著。

他們周圍人聲嘈雜，人們推擠、鑽過縫隙，排隊等著點薯條漢堡，手上顫巍巍地端著盤子四處找空位，孩子們緊緊抓著爸媽，嬰兒車滑過瓷磚地板。

麥克斯揉揉頭，受不了噪音。「你早就知道了嗎？」他問。

「不知道。」西塞羅低聲回答。

麥克斯玩弄他杯裡的吸管。「你不生氣嗎？」

西塞羅一邊思考，一邊撫順他的鬍子側邊。「不會。」他回答。

「但是她——」麥克斯往前靠近桌面——「她殺了人，還讓我爸去頂罪。」

「哼嗯。」西塞羅慢慢地點頭。「他選擇去頂罪。她並沒有強迫他。」

「但他死了。」

「為了她。也為了你。」

「怎樣？像是耶穌那樣？」麥克斯諷刺地說。

西塞羅往後靠在椅背上。「不是。像一個愛家的男人那樣。」

「都是狗屁三小。」

西塞羅因為麥克斯的用字而皺眉，坐在對面桌一個帶小孩的母親發出嘖舌聲並搖頭。

西塞羅拱著手，往前靠近麥克斯，低聲說：「麥克斯，他們是怎麼拿到信的？顯然不是從你這裡。伊芙認為他們一定是闖進了家裡。」

麥克斯低下頭盯著桌面，臉像石頭一樣僵。

「麥克斯？難道是你嗎？」

他搖搖頭，一顆淚珠滾落桌面。他胡亂抹一抹臉，大聲吸鼻子，然後抬起頭看著西塞羅。「不是從我這裡，但是她被捕那天，我從她房裡拿走了那封信。你還記得你叫我去拿電話嗎？那時我看到這封信就在她床上，上面寫著我的名字，於是我就拿了。但是我沒有打開。我……」麥克斯別過臉。

一對情侶在他們旁邊坐下。男人從托盤上把食物拿出來，杯子一轉，露出上面印著的瑪莎五官，還有【懸賞，通緝國家要犯】字樣。

「她把信丟掉了。」麥克斯用氣聲說。

西塞羅對他皺眉，表示不解。

「瑪莎。我和她見面了。她把信從我手上拿走、打開、讀過，然後撕掉扔進了水裡。」

「那怎麼……？」

麥克斯聳肩。

「你見過她了？」西塞羅也用氣音說，「什麼時候？」

麥克斯把臉埋進雙掌中。「這真是一團糟啊，法官。瑪莎……她要……」他閉上眼睛，手摀住了嘴。

「什麼？」

麥克斯抬起眼，眼中泛著淚光。

「麥克斯，怎麼了？」

麥克斯把手放在臉旁，遮住他們旁邊情侶的視線。「法官，我不能告訴你。你只要答應我，答應我，你今天晚上不會靠近死刑列大樓一步。也不要讓媽靠近。」

「麥克斯，我不懂你在說什麼。你媽一定會想要——」

「我得走了，」麥克斯說，站起來準備離開，「還有一件事是我可以做的。」西塞羅探過身想抓住他，卻沒抓到。「不要牽扯進去，太危險了。」

「你只要別讓她靠近死刑列就好，」麥克斯說，同時指著西塞羅，「你自己也是。」

麥克斯轉身，從排隊的人群中鑽出去，消失在人海裡。

瑪莎

大便丟中電風扇的時候，就真的是中了，對吧？

分化然後戰勝，他們是這樣說的。

大概有用吧。麥克斯一定會生他媽的氣，還有我，也許還有西塞羅。伊芙一定會……呃，除了超不爽超火大以外，八成還會被逮捕。

該怎麼辦？第一件事就是把這份該死的報紙丟進垃圾桶，這是肯定的，還要詛咒寫這篇報導的人。

但我慶幸我看到了。慶幸我知道這件事。

但他們到底是怎樣拿到那封信的？

不可能是在我從麥克斯那裡拿走之前，因為信還沒有拆封。

我打開的時候，我拿在手上——有多久？最多一分鐘。然後我就撕掉、丟進碼頭的水裡了。

他們不可能把信從那裡撈起來。

所以是……？

我抬頭看，眼光溜向身邊的路燈柱頂，那裡有個監視器。

我掃視周圍，大約一百公尺外還有一個。

我再看看報紙，看看那封信的照片角度。

真該死。是那封信的照片，從錄影或是監視器畫面截下來的。

我一陣冷顫。

他們從我的肩膀後面偷看。

混帳東西。

但是……他們沒有看見信之前，不可能知道有這麼一封信。

他們是運氣好嗎？當時沒有人跟蹤我。所以到底是……？

我穿過幾棟舊大樓之間的人行道，來到一個中庭，有一間咖啡廳，外面放著幾張長椅；

我坐下來，努力想。

是怎樣……？

我閉上眼，上一週的畫面在我腦袋裡轉過。看「死即是正義」的節目、靠近老貝利、在皇家司法院的電視攝影棚外面，還有在派蒂家。

一定有哪裡、有什麼事不對勁，你只要找出來就行了，我對自己說。

努力想，想起來……

回到一開始的時候……

上「死即是正義」節目。

然後是伊芙家，天啊，要回想起一切好困難。都亂成一團了。

接著我必須離開。

然後是葛斯家。

外面的那些人。

把手機發給大家。

天啊……

首相的公開講話。他作出的讓步，給高樓區的每個人發手機。當然囉。

但是我沒有拿手機。我絕對不會拿。

再回想……

老天……！麥克斯的手機。

他給我的那支。

他們透過它追蹤我。他們在追蹤每個人。

以撒

瑪莎，你會來嗎？
你會來看我的死刑嗎？
你會替我說話嗎？
替我求情，即使一無所獲？
「現在時間是下午五點，還有——」
我死了以後可以走在你身邊嗎？
你會感覺到我嗎？
你繼續生活的時候，我可以在你旁邊嗎？

你睡覺的時候，我可以在你耳邊低語，告訴你我依然愛你嗎？

「——四小時你可能會被處決。目前的數據是——」

你會愛上另一個人嗎？

那時我會離開你嗎？

等你的時候到了，我們會在陰間相聚嗎？

或是當我閉上眼，你會把我忘掉，忘掉我們之間的一切嗎？

「——百分之九十六點四贊成，百分之三點六反對。下一次提示在——」

我會死，歸於虛空。

一塊石板或是墓碑漸老生苔，逐漸傾頹。

標示著一個曾有過的生命，不曾有過意義，一無所成。

沒有人記得。

「——一小時後。」

麥克斯

麥克斯走在人行道上，忽而在光線中，忽而在陰影裡。天已近晚，路燈在灰色的人行道上灑下一池池白光。

愛德華七世式樣的華廈矗立前方，經過的時候他一一掃視門牌號碼，直到六十號時慢下腳步，最後停在六十四號前。

他注視著台階頂端漆成黑色的木門，有個門環，裡面沒有燈光，一片漆黑。

他低頭走上台階，在頂端稍停了一下，接著用門環敲門，然後等待。沒有回應。

幾分鐘之後他又敲一次，門後傳來鑰匙的哐啷聲，門打開。

約書亞站在走廊上的燈光下。

「我是麥克斯．史坦頓，伊芙．史坦頓的兒子。我是瑪莎．蜜露的朋友——」

「我知道你是誰。我以為那通電話是惡作劇，結果不是。」

「我不知道你在說什麼，但我需要你幫忙。她需要你幫忙。如果你不讓我進去說話，就會有人被殺，所有事情都會一起下地獄去。」

有一會兒約書亞只是盯著麥克斯，呼吸沉重，皺著眉。最後他終於說：「我想我們應該開車去攝影棚。」

麥克斯睜大了眼。「我不認為經過昨天的事件之後，他們還會歡迎你。」

「我不是說我要上節目。」他說道，然後站到一旁讓麥克斯進屋。

首相

「這沒有條理；你向我保證過會有條有理的。」他坐在成排的螢幕前，對著電話怒聲說。「她可能在任何地方。我讓我的人找監視畫面，但沒人找得到她。你要是知道她穿什麼衣服也有點幫助……你的無能真是讓人痛心，我會讓你個人負起這個責任……我不想聽你道歉，等事情結束後再說。現在，你最好扮演好你的角色。」

他把電話放下的同時，敲門聲傳來，蘇菲亞進入房內。

「一切都還好嗎，長官？」她問。

他臉上露出冷淡的微笑。

「看來一切都好得不得了，謝謝你。」

伊芙和西塞羅

「我們哪也不去。」西塞羅說。他站在伊芙家的廚房桌邊，伊芙正在梳頭。

「我沒辦法。我必須去那裡。這是我虧欠那孩子的。」

「你虧欠的是你兒子，所以你要聽他的話，待在這裡。」

「他會懂的。」

「不，伊芙，我不覺得。你必須尊重他的意願。」

「他生我的氣，這我懂，他是用這種方式在氣我。不讓我把關心分給任何人。我對他說謊讓他受傷，但我今晚真的沒辦法不去死刑列。」

「伊芙——」

「不行，西塞羅。」她把梳子放下，從椅背上拿起外套。

「媒體會傾巢而出；他們會讓你生不如死。」

「我不在乎。我不會坐在這裡，透過現場直播在電視上看那個男孩被處決。」她套上鞋子。

「伊芙……」他說。

她轉向他，執起他的手。「西塞羅，你是我最好的朋友。我不想做出會破壞我們友誼的事。」

他露出哀傷的笑容。

「但我必須這麼做。」她的聲音平靜溫和。「今天那篇報導刊出之後，下週可能就輪到我了。他們可以來抓我——」

「他們不會那麼做，至少現在不會。」他輕聲說，捏捏她的手。

「但他們可以，西塞羅，所以我不能顯出脆弱的樣子。我必須在場。我得走了。請你理解。」

「好。」他低聲說。

「謝謝你。」伊芙回答，靠過去親吻他的臉頰。

瑪莎

頭上兜帽翻起，我躲藏著。

背上揹著裝滿爆裂物的背包，引爆裝置就在我口袋裡。

我正走在城市區的街道上，距離殺人還有一些時間，所以我任由人群把我推來擠去。

天又快要黑了。冬天的長夜將近，就算白天，太陽也是躲在灰色的雲層後面，陰暗又下雨。跟我的心情很搭。

派蒂現在一定氣瘋了。

她活該。

我時不時停下來，透過某人的電視看最新數據，或是聽人們談論。在這裡他們只談這件事。這是大新聞，媒體處理的方式彷彿這是唯一的新聞；彷彿其他地方沒有發生戰爭，沒有天災，也沒有政治動亂。

都沒有，這世界上唯一發生的事，就是一個青少年殺了他的繼父，並且即將因此受死；而每個和他有關係的人，例如伊芙和我，都是人渣。

我轉過一個街角。

皇家司法院攝影棚。

和其他幾百個人一樣。

有一陣子我只是站著，看著人們全都拿著手機在拍照、發訊息、錄下大樓前螢幕上的最新消息。

他們想要在決定性的時刻置身現場。

未來人們會問：史上第一個青少年被判有罪處決時，你在哪裡？

這些人就有錄影或是自拍為證。

可悲的觀光客。

但那邊那個人不是。他看起來不太一樣。我看著他經過那扇側門，這已經是第四次了。

他一直停下來，或是看手裡的東西，但我看不到他的臉。他在幹麼？

他轉過來，我剛好看到一眼。

該死，我知道那是誰。

麥克斯在做什麼？他在這裡做什麼？

我從車子之間斜穿過馬路，追上他，走在他旁邊。他往旁邊一瞥，和我兜帽底下的眼睛四目相對，卻沒有停下腳步。

「你去哪裡了？」他咬牙切齒地對我說，「你在這裡幹麼？」

「我也可以問你一樣的問題。」我回答。

他停下腳步，瞥一眼我的背包。「那個是……？」

我點頭。

「該死，瑪莎！」

我之前沒聽過他罵髒話。

「為什麼……？為了……？這裡有好幾百個人！你在幹什麼？那個在哪裡……？」

「引爆裝置在我口袋裡。」

「該死！」他又咒罵了一次。

「麥克斯，閉嘴。它關掉了。我也不打算按下去。」

「我真不敢相信你把它帶到這裡來了，而且你到底來這裡做什麼？你不是應該在牢房旁邊嗎？你有什麼計畫？你從來——」

我舉起手，說：「噓！我只是在散步。我得離派蒂愈遠愈好。」我靠近他，「那你又在幹麼？」

他的肩膀垂下來。他把手從口袋裡抽出來，讓我看他手裡的東西。

「鑰匙，」他說，「還有保安感應。」

「你那是從哪兒弄來的？」他往後瞄一眼，然後低聲說：「約書亞。」

「什麼？」

「已經五點了，」他說，「剩下不到四個小時。他會在裡面和我碰面，要是我能找到正確的房間的話。」他抓住我的雙手，捏了捏。「我想我可以把數據弄低。你不需要……把它……」

我感覺每個毛孔都在刺痛，胃翻攪得好像要吐，但是因為某種放鬆與刺激的緣故。

「我以為你已經沒辦法駭進系統裡了？」

「如果約書亞可以從內部幫我，那也許……也許可以。但你讓我試試看，好嗎？先不要……不要按……給我一些時間。」

「當然。但是……什麼時候……要是你……？」

「我不知道怎麼回答。」他低聲說，「那是你必須做的決定。」他看看錶，「我得走了。」

我想祝他好運，或是擁抱他，跟他說我有多感激，說這可能會成功；但我只是點頭，看著他繼續往側門走。我轉身融入人群。

晚上六點半，死即是正義

舞台燈亮起，觀眾鼓掌。螢幕上「以眼還眼」的字樣繞著眼睛標識的虹膜旋轉。接著字樣停下來變成鋸齒狀，伴隨著合成的音效。

克麗絲汀娜．白亮大步從後台走出來，緊身白色洋裝裙長不過膝，領口很低，金髮披散在肩膀上，腳上是高跟鞋。掌聲稍微停了一下，接著是歡呼和口哨聲。她露出大大的笑容，白色的牙齒和鑽石項鍊閃閃發亮。

克麗絲汀娜：女士們先生們，晚安大家好！在電視機前、世界各地的觀眾們，歡迎你們來到今天這特別的一集「死即是正義」！

掌聲如雷貫耳。她笑著把頭髮往後撥，舉起指甲做得完美無缺的手，讓觀眾靜下來。

克麗絲汀娜：謝謝你們如此熱烈的歡迎！平常的主持人約書亞．德克今天身體不適，臨時通知換我代打。約書亞，如果你正在收看，請務必花時間好好休養。不過，對我個人來說，能回到這裡再次見到大家是我的榮幸，尤其是在像今天這樣特別的日子。

她暫停，等著掌聲停下。

克麗絲汀娜：今晚我們為各位準備的娛樂夜不同凡響。當然囉，最高潮就是因傑克森．派爵的死亡而起的戲劇化事件。他犯法的兒子下場將會如何？他會如同你們多數人期待的那樣被處決嗎？我等不及要看看了！

她大步穿過攝影棚，在桌邊的位子上坐下，長腿巧妙地交叉，一隻腳懸在空中。

克麗絲汀娜：我知道，你們也跟我一樣，每天都緊追這個案子的發展，甚至是每個小時，不放過以撒喃喃自語的每一個字、觀察他的一舉一動，在心中建立起對他的看法。但是，女士們先生們，對我來說，他就好像魚一樣冷。真的，他顯露的情緒如此之少，讓我非常失望。就算昨天有打壞攝影機那一齣，卻也好像是故意要打壞我們觀賞的樂趣，而非出於激動。

在她右手邊的螢幕上，眼睛的標識滑到角落，中央被以撒所在的七號牢房畫面占據。

克麗絲汀娜：看看他現在的樣子，既沒有緊張地踱步，也沒有咬指甲、沒有大吼大叫，更沒有用拳頭搥牆壁。我們甚至連眼淚都沒看到。這告訴我們什麼？冷血無情？無動於衷？毫無悔意？在我看來是如此。想當然爾，一個無辜的人，或者雖犯了錯但感到內疚的人，現在應該會落淚吧。女士們先生們，青少年們，孩子們，祖父母們，我知道我的票會怎麼投，我也一直在投票。我不想要這樣的怪物和我、我的家人，走在同一條大街上。

她暫停，讓她說的話懸在半空中。

克麗絲汀娜：現在距離他可能被處決還有不到三小時，讓我們來看看數據。請顯示。

螢幕上，以撤牢房的畫面縮小移到右邊，左邊出現兩個柱狀圖：「有罪」與「無罪」。

克麗絲汀娜：上次更新是在一小時之前，百分之九十八認為他有罪。就我個人來說，我不懂為什麼不是百分之百。不過讓我們來看看最新的數據。

紅燈沿著柱形上下跑，緊張的情緒升高。

克麗絲汀娜：等待真會讓人受不了！

圖表隨著砰一聲靜止下來。克麗絲汀娜的臉垮下來。觀眾一片靜默。

克麗絲汀娜：天啊，噢，這真是讓人驚訝啊，可不是？也許是出了什麼技術問題，各位觀眾——百分之八十四有罪，看起來是大幅下降了。讓我們再刷新一次吧？

數據從螢幕上消失，紅燈重新亮起，沿著柱形上上下下，然後再次隨著砰一聲停下。克麗絲汀娜一動也不動地坐著，嘴巴合不攏。攝影棚籠罩在寂靜中。

克麗絲汀娜：老天，百分之七十八，變得更低了。看來似乎出現了意見反轉，這是自從史坦頓案之後就沒見過的。不過是朝完全相反的方向。真是刺激啊！

她擠出一個笑容，觀眾配合她，鼓掌以對。

克麗絲汀娜：今晚我們處在某種真的非常特別的關鍵轉換期。大眾是怎麼想的？他們知道什麼？難道有我們不知道的事嗎？可以肯定的是，這個年輕人公開承認殺了自己的父親，是不可能被無罪開釋的。各位觀眾，你們肯定不想要和他當鄰居吧？讓我們複習一下投票資訊。投以撒·派爵有罪，請撥0909 879 777，再按7；投他無罪請按0。手機投票請傳簡訊「生」或「死」至7997。你也可以上我們的官網投票：www.以眼還眼製作單位.com，點擊「青少年殺人犯以撒·派爵」的按鈕，並登入投票。網站上可以找到最新的價格資訊以及完整的條件和條款。在短暫的贊助商網安的訊息之後，我們會重新回到現場。

麥克斯和約書亞

在皇家司法院地下室的一個小房間裡，在電視攝影棚之下，麥克斯和約書亞坐在一台電腦前。螢幕發出的藍色螢光、上鎖門縫下透出的一絲白光，是房間內唯一的光源。麥克斯敲擊鍵盤，約書亞則在觸碰式螢幕上移動資訊和方框。

「還是只下降到百分之七十四。」約書亞低聲說。

「我沒辦法直接把它降下來，」麥克斯說，「這樣會讓人們起疑。而且隨時都有投票進來，一直企圖再往上升。」

「現在還有很多票數進來嗎？」

麥克斯點頭。「非常多。有幾個電話號碼一直重播，不斷地投有罪。是誰這麼想要以撒死？」

「他們不是想要以撤這個人死，」約書亞解釋，「是他所代表的意義。那些重撥的電話都是政府的號碼。技術上來說，納稅人正在為這些票數付錢。」

「現在又有一個號碼在做同樣的事，一樣的設定。」

「又是政府的。」

「但是……我愈灌數據他們就投愈多票，這樣我等於讓大眾花更多的錢。」

「你不能這樣想。你是在為了比錢更重要的事而戰。」

「沒有什麼事比錢更大。」

「權力就是。」約書亞說。「對他們來說，權力就是一切。你和你那一夥人在做的事——」

「我們不是一夥的。」

「他們就是這樣看你們的。你們在做的事會威脅他們正握有的權力。他們會做任何事好阻止你們。」

「任何事？像是什麼？」

「一切都可能。謀殺、賄賂、欺騙、誹謗、勒索。但你已經知道了，他們已經做了。不都是因為這些嗎？你必須把權力從他們手上拿走。」

「那你為什麼會這麼感興趣呢？我以為你是他們那邊的人。」

約書亞看著他一下子，然後目光回到螢幕上。「百分之六十九。」他說。

「謝謝你。」麥克斯喃喃地說。

「謝什麼？」

「做這些事。」

「嗯……在我昨天公開說了那些之後，你出現了，感覺像是現在不做就永遠沒機會了；你知道我的意思吧？」

「你認為他們會解僱你？」

「毫無疑問。我很驚訝他們還沒讓我走人，我目前只是暫停職務而已。」他打住看著麥克斯，臉看起來很疲憊，籠罩在螢幕光線的色調中。「那就替我做些事當作回報吧。」他說。

「什麼事？」

「替你媽說話。」

走廊上響起腳步聲，他們兩人都僵住了。有模糊的說話聲，但無法聽清楚。遠處有人在大叫，腳步聲遠離。

「要是他們發現我們在這裡，我們就完了。」麥克斯用氣音說。

「沒錯。」約書亞表示同意。

瑪莎

這是什麼氣氛？
憤怒？
不安？
恐懼？
興奮？
嗡嗡響，像是靜電。
人們很詭異，躁動。
吱吱喳喳、提高音量、指指點點。

我看到人們在搖頭。

在戶外的螢幕上，數據更新了。為什麼是克麗絲汀娜在那裡？她看起來很緊張、擔心。約書亞去哪裡了？

砰！數據停下來。來了，顯示成紅色、巨大的數字：百分之六十七有罪。

人們更大聲地鼓譟喧嘩、推推搡搡。沒有笑容，只有憤怒；對於有人被判無罪、能活下去，感到憤怒。

人們怎麼能這麼冷血？

他是殺了人，但事情並沒有這麼簡單，不是嗎？

可是人們不想要複雜。

他們只想看到執行正義——他們版本的正義。

他們需要代罪羔羊。一個千夫所指、萬人唾棄的人。

是誰跟我說過？

派蒂。

派蒂。噢天啊，派蒂。

炸彈。就在我背後。引爆裝置還在我口袋裡。

老天。

我的臉因燥熱而刺痛，上唇冒汗。

我想離開這裡。必須離開。人們的樣子讓我害怕。

人們怎麼會這麼想要某個人死呢？

伊芙和西塞羅

伊芙手指敲打著方向盤，指關節乾燥、有些地方龜裂，咬過的指甲短而且斷裂。

前方的車陣綿延到遠處，擋風玻璃上落下第一滴雨；雨刷從玻璃上滑過，發出刺耳的聲響。

「你為什麼沒告訴我？」西塞羅坐在副駕駛座上，平靜地問。

「我也不知道。」她喃喃地回答。「有很多原因。我當時和你沒這麼熟。也不想讓你為難。」

他點點頭。「是誰的決定？讓他去頂罪？」

她轉頭看他。「對你來說會有區別嗎？要是我跟你說，是我要他替我償命，你會忽然討厭我嗎？」

「不會，伊芙，一點也不。」

雨愈下愈大。

「我想要說服他別這麼做。我求他，但他不肯。我沒有……無法……」她一掌打在方向盤上。「怎麼都不動？已經遲到了。」

西塞羅嘆了口氣。「伊芙，拜託，冷靜一點。我們先談一談。」

她沒理他，反而轉開收音機，搜尋各個頻道，在聽到克麗絲汀娜熟悉的聲音時停下來。

「……相當令人難以置信。在過去的兩個小時內，數據驚人地下降了三十三個百分點，現在來到百分之六十五……」

伊芙和西塞羅面面相覷。

「……完全出乎意料，比史坦頓案還更讓人吃驚。」

「他本來可以無罪的。」西塞羅輕聲說。

克麗絲汀娜的聲音繼續說著：「……憤怒而不願沉默的群眾，現在聚集在死刑列大樓以及皇家司法院的電視攝影棚外，抗議票數遭到操弄。」

「他們想要見血。」伊芙說，「就算他被宣告無罪，他們把他放出來之後又會發生什麼事？他一定會被處以私刑。」

西塞羅的手機響了，他從口袋裡拿出來，透過厚厚的眼鏡瞇細了眼讀訊息。

「我和約書亞一起弄票數。應該行。阿門。」

「我們得去那裡。」西塞羅說，並透過擋風玻璃看著那綿延到遠方的車陣。

「怎麼？」伊芙說，「你剛才——」

「情況有變。」他回答，並把手機放回口袋裡。

伊芙二話不說猛地把方向盤一轉，開上路肩。

「這裡是雙黃線！」西塞羅抗議，「不可以停在這裡。」

她把鑰匙一拔，打開車門。

「現在鬼才會在乎。」

以撒

這一切都好像在做夢。一場惡夢。上一次報數據的時候，我以為我是睡著了還是產生幻覺了，是他們對我下藥或是將訊息植入我腦海。

所以我用盡全力自摑耳光，但結果還是一樣，而且很痛，於是我想我是醒著沒錯。

我身後的鐘顯示七點五十八分。我認為下一次數據會回到九十幾。我不能讓自己有所期待，以為自己可能可以離開這裡、再次見到瑪莎；以為自己能活下去。

我站在玻璃前面，看著外面那些座椅以及正看著我的那些臉。每一張臉我都看過了，但瑪莎不在當中。

為什麼？

昨天那個叩應進來的人說什麼？**抓住她**。我希望有人能對我解釋，但誰能呢？除了把我從一個牢房移到另一個的警衛之外，我見不到任何人。那個警衛一句話也不說。

我希望她會來，希望能見到她最後一次。但我又不想讓她看著我死掉。我希望她對我的記憶都是好的，而不是我的眼睛暴突、頭髮著火、痛到尖叫的樣子。

但，要是她正在逃亡呢？

派蒂也不在這裡。前排那個空位一定是她的。

伊芙也不在這裡，還有西塞羅和麥克斯。

為什麼？

「現在時間是晚上八點。距離你可能會被處決還有一個小時。現在的數據顯示……」

我的胃在翻騰。他們故意讓這個暫停拉長。為了製造緊張感，或是需要再次確認數據——我不確定是何者。

我吸氣、吐氣、吸氣、吐氣，呼吸太快了害我頭暈。

「百分之六十三有罪，百分之三十七無罪。下一次提示將在：半小時後。」

該死。

我得一手按著玻璃才勉強支撐住自己。

他們要占多數才能把我處死。

只要再下降十三點一個百分點。

那我就可以出去了。

可以

出去了。

但是……

瑪莎，等等我。

為了我撐下去。

要是……

不行，連想都不可以想。

瑪莎

城市區幾乎陷入瘋狂。到處都是。

每個螢幕、每張報紙、每個對話都是。

我聽到的除此之外沒有別的。

「他是殺人犯。」

「他死有餘辜。」

「管它數據怎樣，電死他就是了。」

「把那個叫蜜露的女孩也抓回來！他們都一樣罪大惡極！」

聽到我的名字讓我顫慄。

人群在街道上移動。有些人一臉嚴肅地穿過人潮，疾步往家的方向走，包括一些用最高速拖著小孩、擔憂地推著推車從人縫中擠過的爸媽。還有一些人什麼也不在乎，正在逛街買衣服、吃東西，靠在欄杆上，不管四周的混亂威脅。但大多數人現在腦子裡只有一件事，這些人離開了電視攝影棚、離開了咖啡廳、酒吧、商店，正向著死刑列的大樓而去。

我也是。

只剩下不到一個小時，要讓數據掉到五十以下。

當他出來時，我想要在現場。

但要是數據沒下來呢？

那我知道我必須做什麼，我也會去做。

遠方的大笨鐘響起，一刻鐘。

該死。

到那裡去，瑪莎。

快點。

死即是正義

舞台右方，七號牢房內以撒的即時影像占滿整個螢幕。克麗絲汀娜站在螢幕旁邊，完美的臉上硬擠出笑容。她前面的觀眾焦燥不安，竊竊私語、對著手機講話或是正在按鍵輸入。

克麗絲汀娜：這真是了不起的娛樂啊，我們帶給各位又一次全新的經驗，在我們最廣為人知的節目上呈現真正的民主以及正義，從——

觀眾一：這不是正義！他殺了人！他應該死！

克麗絲汀娜：——票數上顯示出來。我們可以告訴各位，今天收到的票數已經創下紀錄——

觀眾二：當然，因為每個人都想看他死！

克麗絲汀娜的微笑僵住。有一瞬間她露出失控的樣子，然後馬上又集中精神面向攝影機。

克麗絲汀娜：讓我們再來看一次數據。

牢房即時畫面滑到螢幕右邊，左邊出現兩個長條，上面閃著紅燈。

克麗絲汀娜：我是迫不及待想看到有罪的數字重新衝高。

然後依慣例發出砰的一聲。克麗絲汀娜瞪著螢幕，上面顯示百分之五十五有罪，兩個長條幾乎等高了。她望著前方的觀眾，觀眾正一片寂靜地怒視著她。她清清喉嚨，碰觸耳朵，然後望著攝影鏡頭。

克麗絲汀娜：距離最後一刻還有半小時，任何事，真的是任何事，都有可能發生。

觀眾三：做票！

觀眾四：我們要他死！社會需要正義。我們，大家，要正義。

觀眾五：（大吼）殺死殺人犯！絕無例外！

觀眾鼓譟吼叫，有些人站起來，有些則是對空揮拳。兩名警衛移動到舞台上。克麗絲汀娜臉上再度掛著假笑，但眼睛顯出疑惑不安，走回桌邊，不自在地坐在她的高腳椅上。

瑪莎

汗水從背後流下。

我正在街上奔跑。從人群中開出一條路，他們把我推來擠去。

人們很憤怒。

他們彼此怒目相對，嗤之以鼻，搖頭。

他們很飢渴。

他們就是動物，而有人想搶他們的獵物。

他們是渴望鮮血的吸血鬼。

跟瘋了一樣。

我一直戴著兜帽。

要是讓他們知道我是誰，天曉得他們會做出什麼事來。

我擠過一群年輕人，他們手中拿著啤酒。「要是他放出來，我說，我們就殺了他。」其中一人說。

「就是啊。以眼還眼。我們也一槍打爆他的頭。」

「這是他媽的開玩笑嗎？太多娘娘腔和同情者了，這就是這個國家的問題。我們要的是人民掌權。殺死殺人犯！」

他們一遍又一遍地高呼。

聲音充斥四周，在我耳中鼓動。

我移動到馬路的另一邊避開他們，在一個家庭旁邊找到空位；是一位母親和她的兩個兒子；我心想這裡應該比較安全。

「你們知道我們為什麼要去吧？」我聽到她說。

孩子們看著她。

「我們的主在《聖經》裡說：『以牙還牙，以眼還眼。』這是主給我們的吩咐，但有些人質疑這些經文，明目張膽地違反神的話……」

什麼鬼？

「神要他死。我們要看著神的工作成就。」

離他們遠一點，我對自己說。我奮力在人群中擠出一條路，不抱期望地希望在這些人當中，有人相信公平、平等的審判，相信神是慈愛、寬容、原諒的神（如果他們相信神的話），不是無條件地相信報紙上的鬼話、不用腦地盲從他人，而是經過足夠的思慮，做出自己的決定，產生自己的意見。

愈靠近死刑列的大樓，人潮就愈洶湧。

人們站在欄杆上，拉著布條要求處死以撒，我也想要做一樣的事，要求讓他活下去。他們的恨意像暖氣一般在冷空氣中升起，滲入我的皮膚、浸入我的骨髓，但我不會讓它影響我。

你們錯了，我想對他們大吼。睜開眼睛好嗎！去質疑！去問問他為什麼這樣做！你們這些無知又心胸狹窄的……老天啊，根本找不到合適的詞形容這些人……蠢蛋、白痴……

不要侮辱人，瑪莎。用用你的腦，不要變得和他們一樣。

先入為主。

固執己見。

不容異己。

對啦，但是犯傻也很有效啦。

人總是會在不經意的時候想起奇怪的回憶，像是：還記得在學校的時候嗎？有個蕭老師，教宗教的？他最喜歡的一句話你記得嗎？

再沒有比偏執狂的良心更危險的東西了。

我不記得這是誰說的，不知道那人是有名人還是什麼，但現在我懂這句話的意思了。大樓頂上眼睛的標識，在黑暗中眨呀眨，發出冰藍色霓虹燈光，提醒我們，要是不照著他們的想法去做會怎麼樣。它時不時就發出像閃電一樣的嗶剝聲。或是像電擊。

我四周都是想要讓我的愛人濺血的人。這讓人覺得痛徹心肺，比我經驗過的更甚。

我傾身靠近一個女人，她正在看手機。

「現在數據是多少？」我問。

「就是個他媽的笑話。」她轉身指向我後方，有記者架起了巨型螢幕展示最新數據。數字出現時她搖頭。「現在只剩下百分之五十二了。實在不敢相信。正義就是這樣嗎？哼？殺了一個人，自己承認，然後被釋放。這是開玩笑吧。」

「這是我們選出來的系統。」我指出這一點，但還是低著頭。「大概是有利有弊吧。」

「什麼？」

我聳肩。「一定有很多人的親人被判死刑，卻是無辜的。」

「那也比這樣好。」她回答。

我想和她爭辯，但沒時間了。我擠到欄杆邊，往裡窺視。那條小徑就在那兒，通往七號牢房的觀察室入口，那邊那個窗裡就是以前的諮商室，我從那裡往外看過好多次，盼望著被釋放。那棵樹也在，就是小鳥棲息的樹，它曾經給了我希望，讓我想起窗外的生活。回憶讓我暫停了一下子。事情本來可以很不一樣的。那時我很有可能會死，現在我是活著多出來的時間。我不能辜負這時間。

我深呼吸，讓自己鎮定下來。

加油啊女孩。

在靠近以前諮商室的地方，有片草地成了臨時停車場，大概是因為有這麼多人在這裡。但這些不是一般人的車，全都是些豪華大車，像是派蒂的車。對了，其中一部八成就是派蒂的。

我努力掃視車牌。

有了——P P41GE，停得很裡面，這樣她就不用走很遠，以免在這雨天弄濕她的頭髮。

有人把我推到一邊，我抓住欄杆以免跌倒。

「十一分鐘，」我聽見他說，「但現在還是多數，不是嗎？百分之五十二。他們還是會電死他。」

該死，我心想，我得進去裡面。

我從欄杆處繼續走，走向那個繞過牆、通往草地的轉彎。

這就是了。我心想。還有十一分鐘。

我藏身在陰影中，轉過角落。

以撒

我覺得自己像是動物園裡的動物。

或是在屠宰場裡等死的牛。

我不知道該做什麼，也不知道該怎麼想，只能看著他們看著我。我不想轉頭看那張等著我的椅子，也不願去想那些在我之前坐過那張椅子的人，不論他們是無辜或是有罪；也不想去想上個星期的此時，瑪莎就坐在上面，而我就在外面。

我覺得自己是個偽君子，因為我有罪，然而數據……

不行，不能去想那些。我沒有本錢抱著希望。

我想要我的三分鐘發言時間。用來解釋。用來道歉。只想說些話，確定人們在聽。

派蒂已經坐在她的位子上了。她和我四目相對，對我揮手。她在微笑。她為什麼這麼開心？我沒有對她揮手。

伊芙在一邊，正在和一個警衛說話，一手扠在腰上，一手指著那警衛的臉。我看著她。現在她舉起三隻手指，然後轉身指著我。伊芙，你在對他說什麼？

我後面傳出聲響。我轉身，牢房後方的一扇小門正要打開。有一瞬間我心想著要從門縫裡擠過去試著逃跑，但接著看見的畫面讓我僵在原地。

從軌道上滑進來的是那部他們為了瑪莎製造的機器。全自動，不需要行刑者，沒有人為疏失的可能。我很確定它正發出嗡嗡聲——一種電子的嗚嗚聲，像是已經插上電、準備好了。我想也的確是如此。

機器在電椅後面停住，椅子上的金屬套正等著我的頭。

我想吐。

我在發抖。

我無法轉開視線。我走向它，伸出一隻手觸摸金屬。它發出嗡嗡聲，散發一種奇怪的味道，像是派蒂把直髮器弄得太熱，或是煙火的氣味。金屬燃燒的味道。我俯身靠近，可以看到冠上面有燒焦的痕跡，椅子上的束帶也是。我把手放在皮革的束帶上。

這裡綑綁過多少手腕？

我雙腿發軟，突然間我跪倒在地，眼淚從臉上流下。

我嚇壞了。

我真的嚇壞了。

瑪莎，真希望你在這裡陪著我。

真希望我能抱著你。

瑪莎……

我聽見響聲，拍打聲、敲打聲、撞擊聲，我轉身。

伊芙正在觀察室的玻璃邊，我勉強站起來，蹣跚走過去。

她的手掌貼在玻璃上，我舉起我的手，貼在她的手上。她的眼中滿溢著那麼多關心和愛，還有眼淚。

我舉起三隻手指，對她皺眉示意，但她搖搖頭。這是代表我沒辦法發言了嗎？他們怎麼可以這麼快就改變，而且沒有解釋？

她正在用唇型說些什麼，但我不懂。

一直重複一個詞。

警衛跑過來把她拉走，但她穩穩站著，依舊在重複那個詞。

「希望」。

她是在說這個詞：「希望」。

現在西塞羅也在她身邊，他在和警衛爭論，但我已經向伊芙點頭，表示我懂了。她也對我點頭，把手從玻璃上拿開的時候抹了一下臉，回到座位上。

派蒂，你怎麼沒有這樣做呢？我不懂。連續兩年獲得《育兒經》雜誌選為最佳母親的人應該這樣嗎？但我想這些現在都不重要了吧。

投票結束時，派蒂不會替我說話，這我知道。也許伊芙會。我希望是瑪莎，但是……

「現在時間是晚上八點五十分。」

希望，我心想。

「還有：十分鐘，你可能被處決。目前的數據是……」

回憶在我腦中閃過——

希望只是對事實視而不見。

希望是愚蠢之母。

希望最是邪惡，因為它讓人受到的折磨更長。

對現在的我來說，希望是荒唐的。讓人痛苦。對不起，伊芙，但你錯了。

停頓還在延長。

我的頭感覺到脈搏跳動，胃裡翻騰攪動。我舉起一隻手，手在顫抖，腳也在發抖。

「……百分之五十一贊成，百分之四十九反對。投票將在：五分鐘後結束。」

我一陣暈眩。百分之五十一。

我的天啊。

我跌坐在地上，把頭埋進兩膝之間。

天啊，我看不清楚。

只需要百分之一點一，然後我就……我就……

希望……

我可以希望嗎？

我閉上眼，在我想像中，我向瑪莎伸出手，瑪莎也對我伸出手。我們的手指如此靠近。

如此靠近……

希望……是見到不可見、觸及不可及、達到不可能之事。

麥克斯與約書亞

「為什麼不能馬上讓它掉下來呢？」約書亞問。

麥克斯搖頭，一邊瘋狂地敲打鍵盤。「我在努力，但線路像是瘋了一樣。我盡力了；有這麼多人投他有罪，我就好像是在跟他們角力似的。」

「封鎖電話線。」

「還有網路的票數，也有簡訊的。」

「不能把他們全封鎖嗎？」

「那也要有時間啊！」他大吼。

約書亞舉起一隻手指放在唇上，睜大了眼。「噓！」他說，「要是他們聽見——」

「這麼說吧，」麥克斯用氣聲回答，「沒錯，我可以封鎖所有的線路，但是等我弄好，票數已經跑上去了，到時就來不及了，懂嗎？」

約書亞看看他的錶。「還有三分鐘投票就結束了。」

瑪莎

我來到牆的另一邊，穿過草地，躲在車子的陰影裡，經過伊芙的樹，繞到背後沒人看得到的地方。

要是監視器換了位置，那我就完了。

我還是聽得見人群的聲音。我最後一次看到的數據是百分之五十一——天上的神啊，希望我不用按下引爆器。

我利用來自上面窗戶的光線找路，按照那個人對我說的，一手扶牆沿著牆走，一邊數窗戶確定我來到對的位置。

一、二、三、四、五、六，第七號牢房沒有窗。

經過刺人的樹叢還有排水管。再三步，然後停。蹲下來。

那人對我解釋過：「這麼多囚犯要吐要拉，所以地板要用瓷磚才能保持清潔。他們也安裝了排水管，這樣才能用水管把所有人體製造的液體沖掉。但是當然啦，在建築物前面人來人往的，大家不想看到，所以就安裝在後面。」

我還記得當時我心想：真迷人吶。

我把指甲插進縫隙裡，用力撬開排水管的格柵，湧出一堆帶塊狀的液體，散發出惡臭，讓我作嘔。真高興天黑看不清液體的顏色。

你振作一點。

我抓起袋子，把它塞進縫隙裡。

然後我把手機開機，確定它準備好可以引爆，才放進口袋裡。

接著我停住了。

不知道為什麼。

也許是好奇。誰知道？

我又把它拿出來。

距離投票結束應該還有兩分鐘。到行刑還有七分鐘。

如果。

快點、快點。

我的手在發抖，手指根本不聽使喚。但我還是奮力把袋子拽出來，用力把拉鍊打開。

爆裂物不知道長什麼樣子？

我把手伸進去。

碰到某種堅硬的東西。

冷冷的，濕濕黏黏的。

我把它拿出來。

然後盯著它看。

什麼？

什麼？

這是……

我的胃又開始翻攪。我轉身，吐了。

這是……這是……

老天啊，我再怎麼不懂，也不會不知道在我手上的不是什麼爆裂物。

這是……我用拇指摳掉包裝紙，在黑暗中努力看清楚……這是……

上面寫著：「模型用黏土」。

什麼？我站起來，把它丟到地上。

模型用黏土？

他們甚至沒打算要讓它看起來像爆裂物！

老天……

我現在該怎麼辦？

現在數據是多少？

他媽的賊老天，以撒，我搞砸了，現在什麼事也做不了。我很抱歉。我真的很抱歉。

我走開，繞著圈回到外面，然後踢那個袋子。

「幹！」我大吼，再踢了它一次。

要是……？要是……？我腦袋裡迴盪著。眼前一陣陣金星，像是太快站起來那樣。

去可以聽見數據的地方，瑪莎。我腦中的聲音說。快點，現在不要崩潰，快點……

對，我心想，對，快點。腦袋保持清醒。冷靜地等著他出來。

要是他出得來的話。

死即是正義

一排警衛站在觀眾與舞台之間。克麗絲汀娜再次站到螢幕旁，絞扭著手指。觀眾鬧哄哄的，有的人在講手機，有的人在手機上輸入，有的人站起來吼叫，還有人站著和警衛面對面，做出嘲弄，憤怒的嘴中噴出唾沫星子。

克麗絲汀娜碰觸耳朵，微笑地看著攝影鏡頭。

克麗絲汀娜：女士們先生們，在家收看的忠實觀眾們，看來我們這檔劃時代、革命性的節目，一如既往，又挑動了觀眾的神經，刺激大家採取行動。我們——

她暫停，轉向螢幕以及倒數數字。

克麗絲汀娜：——再三十秒，投票就會結束。

以撒

我看著觀眾，他們也看著我。

瑪莎還是沒來。

她在別的地方看嗎？從電視上？

真希望她在這裡。

不論何時接觸到伊芙的眼神，她都會舉起一隻手放在心口上。

我以為到了這一刻我會很平靜，安然接受現況；但實際上我覺得自己像是隨時都會昏倒，或者吐出來，又或是再次癱坐在地上。我在發抖，腦袋砰砰響，雙手汗濕，不知該如何自處。我坐在地板上就想站起來，站起來就想四處走，一走就想坐下。

我想要讓時間無限地延長、永遠都不會做出決定；但同時我又想要時間現在就停止，好讓這種等待的折磨結束。

我的大腦很困惑、無邏輯、沒道理。

大腦開始放棄運作，壓力大到無法負荷。

「現在時間是晚上八點五十五分，投票線現在關閉。」

噢不要。

我的腿支撐不住了。

「最後的數據是……」

我癱坐在地上。

我忍不住哭起來。

全身發抖。

天旋地轉。

「百分之四十八點七贊成，百分之五十一點三反對。」

噢天啊。

噢天啊。

噢……

我抬起頭。

百分之四十八贊成？贊成什麼？有一瞬間我落入驚恐，我想不起來贊成是什麼、反對是什麼。

然後我看到伊芙站起來。

微笑，哭泣，但還是微笑著。

她在點頭。

我也對她微笑，眼淚在我臉上奔流。

我可以回家了。

我可以活下去。

瑪莎，我會活下去。我很快就能和你在一起了。

伊芙和西塞羅

伊芙又在座位上坐下，鬆了一口氣閉上眼，眼淚滑落臉頰。她感覺到西塞羅伸手環著她的肩，她往他身上靠，他的溫暖與同情包圍住她。

他們兩人都沒說一句話，只是握住彼此的手。

麥克斯和約書亞

電腦的光線閃爍著熄滅，房間陷入一片黑暗。約書亞拿起椅背上披著的外套披上肩。

麥克斯也一邊把外套拉上，一邊轉向約書亞。

「我還是不懂，你怎麼會開門讓我進去。」麥克斯說，「又為什麼要相信我。」

約書亞豎起衣領，嘆了口氣。「我接到一通電話，」他回答，「有人，一個女人，告訴我有個年輕人正要過來，而我應該要幫他。」

「他們怎麼會……她……？」麥克斯沒把話說完。

「我不知道。」約書亞低聲說。

麥克斯走向門口。「那個人是誰？」

「我也不知道。」約書亞搖頭，「祕密支持者？朋友？誰知道？我確實懷疑過這是不是個陷阱，這整件事會不會都是陷阱。但我又想，管它呢！就像我之前說過的，這是現在不做就永遠沒機會做的事。我決定賭一把。」

「我們還在賭桌上，」麥克斯說，「你覺得我們出去的時候可以不被人發現嗎？」

「希望如此。」約書亞回答，「我知道防火門在哪兒。」

死即是正義

憤怒的觀眾推擠警衛組成的防線，高高揮舞著拳頭，憤怒得面容扭曲。克麗絲汀娜站在舞台中央，舉起手臂、張開雙手。

克麗絲汀娜：（大喊）請冷靜一點。

觀眾：（眾口同呼）正─義、正─義、正─義。

她臉上的笑容漸漸隱沒，腳步向後退。

瑪莎

我眼中一片模糊，茫然又模糊。

我一下子看旁邊、一下子閉眼、一下又張開、再看一次。

但是我看到的還是一樣。

我大聲唸出記者的顯示板上的數字：「贊成——百分之四十八點七；反對——百分之五十一點三。」

是真的。

是，真的。

他要回家了。

他得救了。

噢我的天啊。

我搖搖晃晃地往前幾步，按著身旁的一棵樹；我想起伊芙的樹還有樹上的鳥。

夾克裡有某個硬硬的東西戳著我，我把手伸進口袋。

是那支手機，那個引爆器。我大笑出聲。

「派蒂，不管你怎樣用反間計，反正這是用不到了。」我對著天空說。這是我們的天空，以撒，上面有我們的星星，我們要再次一起看星星。

眼淚無法抑遏地從我臉上流下，但我不在乎。

我一點也不在乎，因為我愛的男人得救了，未來還有希望。

我從陰影裡出來，穿過草地。

我看見那些車，派蒂的車停得很近；我也看到他將踏出的那扇門，還有伊芙的樹。

我又哭又笑。實在太興奮了，我無法靜止不動。身體在發抖，手指因興奮而刺癢。

我把手插進口袋，心不在焉地按下了手機上的按鈕。

砰！

閃光。

白色。

光線。

震動。

力道。

火焰。

火。

熱。

煙。

碎。

塵。

靜默。

後續

麥克斯和約書亞

「那是什麼？」麥克斯問。

他們轉身，回頭看身後的死刑列大樓，其他人也正對著它指指點點。一朵塵雲正往空中飄散，包圍了空中的眼睛標識。眼睛沒有之前那麼亮了。

「死刑列。」約書亞說。

麥克斯搖搖頭。「她還是按了。為什麼？她為什麼要這麼做？」

「什麼？」約書亞問。

「該死，」麥克斯說，「我媽在裡面。我在電腦房裡有看到她。」

麥克斯開始跑。

死刑列大樓

寂靜。
塵埃。
靜止。
瓦礫。
哭聲。
尖叫。
啜泣。
咳嗽。

急迫的說話聲。
掙扎著吸進最後一口氣。
屍體。
幽微中的光線。
藍色閃光。
一明一暗、一明一暗。
尖銳的警笛聲。
愈來愈大聲。
愈來愈靠近。
這裡。

瑪莎

什麼……？

什麼……狀況？

噢……我的頭……手臂……背……

喉嚨堵塞。無法呼吸。好多灰塵。

噢，天啊。

女孩，坐起來，看看四周，搞清楚狀況。

牆壁倒了。

車子著火。

警報器聲。

警笛聲。

四周有些人搖搖晃晃地站著，有些人躺在地上。

想、用力想……

我本來在死刑列大樓。

我看見數據。

他自由了。我正要去見他。

我很興奮。非常開心。

再看仔細點、努力想……

我用手摸過全身。我還活著，在呼吸。

我碰到腿旁邊的東西。

那支手機。

噢我的天。

不不不。

你按了按鈕。

這都是你害的。

不，那是模型用黏土。不是爆裂物。

真正的炸彈是在別的地方。

這是個騙局。

爆炸不是發生在後面這裡。

而且也不是像那人說的那樣，只是小型的爆炸。是他媽把屋頂都掀翻的大爆炸。

是你引爆的。是你。

我的胃翻攪。

胸悶。

無法呼吸。

很困惑。

我艱難地吸入一口氣，抬頭看。看看四周。

一場大屠殺。

但是……爆炸是在哪兒？

停車場。

那個新的停車場。就在入口旁邊。

他們騙了你。

他們一直都在玩弄你。

你引爆的炸彈不是為了救以撒出來。你引爆炸彈是為了——

「雙手舉高！」某個聲音對我大吼。

——讓他們陷害你。

幹。

我抬起頭，但我眼冒金星，看不清楚。我快昏過去了。

「馬上把雙手舉高！」

我照做了。

你完全被他們玩弄在手掌心。

一束亮光對著我的眼睛。我別過頭躲開。

「不是我！」我對著空中大喊……但事實上，我明白，是我。

他們把我拉起來，我幾乎站不住。我的頭往前靠，看見他們之中一人拿起手機，放進塑膠袋內。

「不，」我哭喊，「不，不是我的錯。我不是故意的。他們陷害我！」

我抬起頭。相機的閃光燈照著我的眼睛，藍色的警燈及救護車燈、橘色的街燈，還有人們用手機攝影的白燈。

在這一切當中，我看到有人向我跑來。

拜託是以撒，我心想，拜託拜託……

那人更靠近，背著燈光形成黑影。

「瑪莎！」那人尖叫。

是伊芙。

「噢天啊，伊芙，」我說，我的腳在發抖，用力抗拒抓住我的警察。「這不是我的錯。這是個騙局。他們騙了我。派蒂。是派蒂幹的。」

伊芙試著接近我，但是警察把她拉開。

「這不可能，」她說，「派蒂也在裡面。」

我搖頭。我不懂。「但是……派蒂，她跟我說……」然而伊芙說得沒錯。要是派蒂知道會這樣，她怎麼會在裡面呢？「我跟你保證，伊芙，這不是我做的。你一定要相信我。」

會是派蒂做的嗎？如果不是，那又是誰？

伊芙點頭，西塞羅出現在她身後。

當我看到他也還活著時，我腳下再次不穩；警察用力往後扯我的手臂，我手腕上感覺到手銬的冰冷。

伊芙掙扎往前，把我摟進懷裡，這次他們沒有阻止。「我相信你。」她在我耳邊低聲說。

我看著她。

「以撒呢？」我低語。

她沒有回答。她的眼睛裡有淚水。

我用力搖頭，「不，不要告訴我……不要，發生這麼多事之後……」

「我沒——」她正要開始說，就被警察打斷了。

「瑪莎・伊莉莎白・蜜露，我們要將你逮捕……」

我已經沒在聽了。

現在誰還在乎這些？

史坦頓家

在微光中，伊芙、西塞羅、麥克斯和約書亞圍坐在廚房裡的桌旁，手中拿著咖啡、紅酒杯或是威士忌尋求安慰，電視新聞在背景中嘰嘰喳喳。

他們面前有幾個盤子，上面有吃剩的培根、小圓麵包、香腸麵包，食物的油脂漸漸地冷凝。盤子之間則是散落的照片和報紙。

麥克斯拿起一張照片。「他們讓我們就在他們想要的地方，分毫不差。」他一邊說一邊看著他和約書亞的照片，兩人坐在電腦前，正在敲打鍵盤偽造數據。

「這些都是從哪來的？」約書亞問。

「是我們出門時從門縫裡塞進來的。」伊芙回答。

西塞羅大口把威士忌嚥下，吸吮他的鬍根。

他看看伊芙，但她已經轉向電視機。皺著眉，拿起遙控器把音量調大。

「幾個小時前，死刑列大樓發生了悲劇性的爆炸，現在警方認為這是由一群人主謀，這群人企圖癱瘓政府。據信這群人就是由一些大眾已知的異議分子組成：湯瑪斯・西塞羅、伊芙・史坦頓、約書亞・德克、麥克斯・史坦頓、瑪莎・蜜露、以撒・派爵，以及已故的莉蒂雅・巴科夫。警方稱他們為高樓七人組。

「在攻擊發生之後，派爵依然行蹤不明，據信已經死亡，而蜜露已遭警方逮捕。我們正在等候進一步的消息以及其他人的狀態，一有消息就會立即讓各位知道。」

「我們該怎麼做？」西塞羅問。

「去我們會受到歡迎、被照顧的地方。」麥克斯回答，「我們去高樓區。」

敲門聲傳來。每個人都僵住了，彼此對視。

「伊芙・史坦頓！」外面有個聲音喊著。「開門，我們知道你在裡面。」

沒有人動。

「伊芙・史坦頓女士！我們要逮補你，罪名是謀殺以及妨礙司法。」

伊芙搖搖頭。「快去，」她對其他人說，「去高樓區。這邊我來處理。」

「可是媽——」

「這是最後一次警告，開門，否則我們就要破門而入了。」

「現在就走。」她說。她傾身向麥克斯靠近。「我愛你。」她說。

他無聲地點頭回應。

伊芙站起來的時候，西塞羅握住她的手。她暫停一秒，兩人之間有種無聲的交流。

「去吧。」她又說了一次，走向門口。

凌晨一點半　按鈕定罪節目　播放片頭

緩慢而哀傷的音樂。攝影棚上方的燈光旋轉，接著聚焦在克麗絲汀娜身上。她身穿深綠色的洋裝，腰際有條黑色的蕾絲，腳上是黑色紋路的鞋子，戴祖母綠項鍊，站在黑色的證人席旁邊。

她的頭髮光亮地梳成髮髻，精心安置的輕紗落在臉上，當她露出無力的微笑時，深色的脣膏在燈光下閃耀。

克麗絲汀娜：歡迎來到這一集、在非常特別的清晨——事實上是淩晨——的「按鈕定罪」節目。

觀眾鼓掌，但掌聲很克制，有種嚴肅的氛圍。

克麗絲汀娜：這集緊急節目為各位現場播出，就在昨晚死刑列大樓發生悲劇之後不久，對於受到這起無情攻擊所影響的人，我們要向他們致意並為他們禱告。

她暫停以製造效果，然後垂下頭。觀眾靜默。她再度抬起頭。

克麗絲汀娜：然而，我們也很高興，或說鬆了一口氣，可以和大家分享這個消息：這起攻擊的嫌犯已經迅速遭當場逮捕，以我們現有的司法模式，將會迅速且透徹地決定她的處刑。

她微微轉身。

克麗絲汀娜：請將嫌犯帶出來——瑪莎・蜜露。

瑪莎的雙手銬在背後，身上的衣服覆蓋著塵土，膝蓋及手肘上有擦傷，被帶著穿過舞台，安置在證人席上。她的臉上有刮傷、瘀傷、血漬，走路時腳步不穩。觀眾席間發出噓聲及嘲弄聲。

克麗絲汀娜：我們讓這個案子快速地推進，因為我們都希望看見在這起令人髮指的攻擊案中，正義得到伸張。讓我們直接進入審判團的階段。請告訴我們，這位前死刑列囚犯，瑪莎．蜜露，這次她被控犯下什麼罪名，或是哪些罪名？

在左手邊，「罪名」字樣下面，LED燈閃動，直到螢幕靜止。列表一直延伸到螢幕底端。「損壞公眾建物、擅闖、損壞私人財物、計畫攻擊行為、購買列管物、唆使爆炸行動、嚴重人身傷害、危害生命、引爆改裝的汽車炸彈裝置……」

瑪莎：（大喊）汽車炸彈？什麼？這些我都沒有做，我發誓我沒有！

克麗絲汀娜用手指作勢劃過喉嚨，證人席上發出的聲音被消音。瑪莎的雙手憤怒地舉起。

克麗絲汀娜：真是可觀的清單啊。那麼請告訴我們，這些罪名的刑期是？

在「共計」字樣旁邊，燈光閃爍，然後靜止。出現的不是數字，而是「無期」字樣。觀眾倒抽一口氣。

觀眾之一：這個賤人應該處死！為什麼不是死刑？

克麗絲汀娜：是的，我也認為在此有必要加以解釋。因為目前並沒有確認造成人命損失，因此無法適用死刑。不過我也必須指出，若是派蒂·派爵或是以撒·派爵的屍體被發現——兩人目前依然列為失蹤——抑或目前在加護病房中的八人有任何人未能撐過去，蜜露將會重新被放進死刑列。

觀眾之一：那要怎樣執行？她已經把死刑列給炸了。

克麗絲汀娜帶著自信的氣度，轉向觀眾。

克麗絲汀娜：先生，我們確實有替代方案。我可以向各位保證，死刑列將繼續執行。但此刻，我們都需要看見這事塵埃落定，所以，就讓我們介紹審判團成員。審判員一號，露比，你怎麼看被告？你有三十秒可以決定。

計時開始。

露比：我不需要三十秒。

她用力按下按鈕，頭上的眼睛放出光芒。

克麗絲汀娜：噢，噢。今夜真是讓人情緒化。我們還是不要太快吧。我們的觀眾們還是喜歡一點戲劇性，對吧！審判員二號——伊珊，接下來輪到你了。你的時間……現在開始。

伊珊：她怎麼沒有三十秒可以發言呢？

克麗絲汀娜：這是考量到那些目前還在醫院裡的家庭的感受。時間還有二十五秒。

伊珊：我不認為把她關起來會有什麼好處。

克麗絲汀娜：伊珊，你是希望她被放出來，在街上自由來去嗎？

伊珊：但是——

觀眾：（齊聲）有罪、有罪、有罪。

克麗絲汀娜：還有十五秒。

審判員一號，露比，對伊珊搖搖頭。

露比：你他媽的是個同情者還是什麼？快執行你的義務。按下那個該死的按鈕！

露比推搡伊珊的肩膀。她躲避她。

克麗絲汀娜：伊珊，你必須做出決定。七秒鐘……

觀眾呼喊得更大聲。伊珊搖搖頭，舉起一隻手緩緩地按下按鈕。第二隻眼睛亮起。

歡呼聲響徹整個攝影棚。克麗絲汀娜露出笑容。

克麗絲汀娜：那麼，女士們先生們，已經確定了。我們只需要兩票就能定罪，不過，為了民主之故，我們還是給第三位審判員有機會投票，讓我們看看是否會一致通過！席德，你的時間……現在開始。
席德看看其他人，然後看瑪莎，後者垂著頭，不發一言。
克麗絲汀娜：席德，你有什麼想迅速一提的嗎？
觀眾發出吼叫地嘲弄聲。
席德：（點頭）是的，事實上我有話想說。如今的青少年真是可恥。在以前，絕對不會發生這種事。應該要殺雞儆猴。
克麗絲汀娜：二十、十九、十八……
席德：上個星期她把我們耍得團團轉，把我們和媒體都當成傻瓜。天知道因此花了納稅人多少錢。她不應該再多花我們一分一毫了。
克麗絲汀娜：九、八、七……
席德：要我說，她應該回到死刑列！
觀眾歡呼。
克麗絲汀娜：五、四、三……
席德一拳敲在最後一個按鈕上，三隻眼睛一起發出藍彩，在整個攝影棚內閃耀，照在瑪莎受傷的臉上。

克麗絲汀娜的笑容擴大，更閃亮了。

首相

在藍房間裡的成排螢幕前，首相往後靠在椅背上。

其中一個螢幕上有三個人正在走路：西塞羅、麥克斯、約書亞。他們手上提著袋子，在地下道下了火車，朝著草地走，走向遠方的高樓區。

他瞥向左方的螢幕，畫面來自一間警察局。他按下按鈕，讓畫面放大、聚焦在伊芙的臉上，後者正看著桌上的一張表格，上面寫著「入死刑列　條款與條件」，在畫面上方清晰可見。他看著她拿起筆，在表格下方簽了名。

接下來他往右邊看：瑪莎被帶著通過「按鈕定罪」的舞台，一邊躲避向她丟來的雞蛋和爛水果。

最後，他集中目光看著上方的螢幕。那是最大的螢幕，畫面上是死刑列的屠殺現場。救護車和警察已經離開，塵埃都已落定。警方的黃色膠帶包圍現場，在風中拍動，防止民眾跨越。

首相露出笑容，傾身向前，把螢幕關掉。

「蘇菲亞，我今天收工了。」他說，「我們共同完成了了不起的工作。你真是幫了大忙。」

沒有回答，但他沒有注意到，只是自顧自地站起來，從掛鉤上拿起外套，自言自語。

「一石多鳥。」他說。

瑪莎

他們拿走了我的衣服。又讓我穿上白色囚服。

也拿走了以撒給我的戒指。

還讓我站在戶外這個像柵欄的東西裡面。

他們說不想讓想我這樣的垃圾進入警察局。說是有我在轄區內就已經夠糟的了。還好他們拿掉了手銬。

超冷。

但又有什麼關係？

白色的車頭燈照過來，幾乎要把我弄瞎。

這就是了。

我最後幾分鐘的自由，在他們拉我去監獄之前。

自由？那又是什麼？我難道自由過嗎？我們當中有人是自由的嗎？

後方乘客座的門打開。嗶的一聲，我前面的金屬柵欄也打開了。

幾隻手抓住我的手臂，把我塞進車裡。

至少裡面很溫暖。

門砰地關上。

引擎發動，車開動。

我一直低著頭，不想看任何東西。

死刑列大樓

到處都空蕩蕩的，人群已散。

一個男人坐在偷來的車裡，停在陰影下，等待著。

他的眼淚流了又止，現在臉上淚痕已乾。

他穩住自己，踏出車外，緩緩關上車門。迅速瞥了一眼身後，他平靜地穿越道路，彎身鑽過翻飛的警方封鎖線。他讓自己繼續隱身在陰影中，經過破碎的牆和欄杆，來到死刑列大樓的院子裡。

他經過那棵樹，現在樹已傾倒，露出根部，樹枝四散斷裂。他停下來觸碰它，彷彿想帶給它某種安慰，才繼續往前走，消失在亂瓦礫堆中。

半個小時後，他重新出現。他的手受傷了，流著血，臉上閃閃發亮，全身滿是塵土。不過他手臂中多了樣東西。

瑪莎

車窗外，街燈間隔地閃過。

亮到暗、亮到暗——但太快了，我看不清駕駛的臉。

前往不知何處的監獄，也就是我要被送去的地方，路程比我想的要長，但我不關心。

我已經完了。

這麼多的痛苦和失去。不公義、不公平。

我受夠了。

他們贏了。

「喝點東西吧。」是個女人的聲音，是那個駕駛。她往後丟，塑膠瓶子打中我。

我張嘴想諷刺說裡面八成下了毒，但又改變心意。我把蓋子旋開，充滿感謝地喝下去。

「謝謝。」我喃喃地說。

現在我轉頭，望向窗外的城市，十六年來這是我的家，但我將再也見不到它了。

你並不仁慈，我想這樣對城市說，但城市和我們一樣也是受害者。

我不知道我們要去哪裡，但我認得出這裡的街道。

空中有眼睛的標識，有點殘破，但還是閃著藍光，睥睨我們每一個人。隨著我們愈靠愈近，眼睛也愈來愈大。我們無聲、孤獨地前進。

愈靠愈近。

就在它旁邊。

駕駛，那個女人，打了方向燈，然後把車停在路邊。

「什麼……？哪裡……？」我喃喃地說，但她沒有作聲。

我們坐著，引擎隆隆響，等待。

我忍不住往外看。看那個據說是我造成的屠殺現場。那些瓦礫、建築物的斷垣殘壁、傾倒的伊芙的樹，鳥八成是死了。爆炸中心並不是我丟下袋子的地方，而是在前面、停車場的地方。是汽車炸彈。有人放置了一顆汽車炸彈，把引爆裝置交給我，告訴我是用來引爆他們給我的那個袋子。說謊。讓一切變成這樣。殺死了以撒，我原本是為了要救他的。

是誰？

派蒂？

那她為什麼會進去裡面？

同樣的問題一直在腦中盤旋，但我對答案還是一點概念也沒有。

我也不知道自己在這輛車子裡做什麼，又或者現在是怎麼一回事、這個女駕駛到底是誰，我們又為什麼在這裡。

我什麼都不知道。

我張嘴想問她，但她突然在座位上動了動，把頭燈打開照亮了黑暗。

「移過去。」她低聲對我說。

我照她說的做，然後聽見她把門鎖打開的喀嚓聲。

「留在這裡，」她說，「要是你敢逃跑，我三十分鐘之內就會讓你從地球表面消失。懂嗎？」

我點頭。

她下了車，我看著她往前跑，消失了身影。我還是沒看到她的臉。

我現在可以逃走，不是嗎？

她永遠找不到我，對吧？

我可以試試看。

老天……

我僵住了。

眨眨眼。

試著聚焦。

有個男人正朝著車子走來，他的身影在車頭燈下形成剪影。

他的臂彎裡有某種又長又重的東西，小心地抱在胸口。

那個女駕駛在他旁邊，替他引路。

他每一步都走得很辛苦，看起來像是腿在發抖。是個很瘦的男人，不像是很壯的樣子。

頭髮亂糟糟，衣服破爛……

噢……

車門打開了。

「瑪莎，幫幫我。」

是葛斯。

我的老天爺啊。是葛斯。

「怎麼……？」我說，「是……？」但我停住了，因為接下來他從黑暗中傾身向前……

他……他……

屍體……

他正抱著……

葛斯把他放在我旁邊。我雙手抱住他的頭，放在我的膝蓋上。「他已經……？他已經……？」但我說不出最後那個字。太害怕聽見我不想聽見的回答。

車門關上。

黑暗重新降臨。

我摸上他的脖子，尋找脈搏。

拜託。

找不到。噢天啊。我找不到。

現在葛斯也上車了。那女人回到駕駛座上。引擎轟鳴，車子開上路。

「這是怎麼回事？」我一邊啜泣一邊問，又碰碰他的手。好冷。

「這位女士，」葛斯說著，從黑暗中看著我，「就是這麼回事。」

「你是誰？」我問。

她從後照鏡中和我四目相對。她的眼中閃著不知是頑皮還是興奮還是……什麼。

「我是蘇菲亞，」她說，「我想我們可以合作，完成由你開始的事。但首先……」她朝著躺在我身上、無意識的以撒撇撇頭。

以撒。

以撒？

我的心因希望而笑起來，但又因為害怕而鼓動，但當我傾身靠近他染血、傷痕累累的身體，貼近他的臉時，我發誓，我感覺到一絲呼吸。

翻頁閱讀即將推出的

《終結的7》

三部曲最令人激動的結局

即將推出

序幕・終結的 7

瑪莎

那是心跳聲嗎？

不知道，現在找不到了。

感覺不到。

我的手移動，再試一次。

什麼都沒有。

再試一次。

幹，還是沒有。

「他已經……」我喃喃地說，一邊搖頭。說不出那個字。沒辦法說下去。

眼淚湧出。

眼前一片模糊。

我抹抹眼。手黏黏的。

我看看自己的手。

像是血。

以撒的血。

車子在路上飛馳。

亮

暗

亮

暗

葛斯從前座往後轉，光線一明一暗照在他臉上。

他看著以撒，伸長了手臂將手放在他胸口。

如此冷靜。

然後他看著我。

我在發抖。

不知如何是好。

光線照在以撒臉上時，我看著他。

希望他能睜開眼睛。

我閉上眼。

以撒，留在我身邊。我在我腦中說。

某種東西，一輛大卡車或是貨櫃車，以高速超越我們，又快又重讓車子搖晃起來。我睜開眼。

車子慢了下來。

「什麼鬼——」女駕駛說。

我張口想問她究竟是誰，但當我轉頭看向窗外時，什麼話也說不出來。

不遠處，在高樓區的分界處，在泛光燈的範圍底下，是一排又一排的貨櫃車與大卡車。

我望向窗外，努力從黑暗中看清，眨了好幾次眼，想搞清楚我看到的是怎麼一回事。

起重機豎立在空中。有橘色的閃光燈。到處都是工人。
巨大醜陋的水泥板，堆起來成了一堵巨牆。
這是為了什麼？不讓我們進去？
擋住我們的影響？控制我們？
搞什麼？
「柏林，」我輕聲說，「以色列，貝爾法斯特，韓國。」
「現在換倫敦了。」葛斯回答。
搞什麼鬼？
這到底是些什麼鬼？

攝影棚

晚上十一點，「死即是正義」節目：午夜回顧——正要開始

螢幕被死刑列建築外面的畫面占據，是監視器的錄影畫面。一大群人。半明半暗。眼睛標識的藍光在眾人之上。

影像搖晃、歪扭、模糊。巨大的衝擊震動了整個區域，煙雲升上天空。

（畫面外）傑若米．夏普：「死即是正義」的新任採訪記者：傑若米．夏普在此，為您報導死刑列大樓的即時消息。我們要先警告觀眾，以下的影像有搖晃不穩，且有令人不安的畫面出現。

在錄影畫面中，帶毛邊的煙雲向攝影機捲來，眼睛標識發出的藍光閃爍、搖曳。

（畫面外）傑若米・夏普：令大地也震動的爆炸搖晃了整個死刑列，我們不禁要問：是恐怖分子在城市裡引發了這場屠殺嗎？

螢幕上的畫面轉到搖晃的手持攝影影像。人們在尖叫、奔跑，有些人身上血如泉湧。很多人步履不穩。鏡頭拉近大樓。在不遠處可以看見人體。

（畫面外）傑若米：多人受傷，街道驚恐撕裂，這一天被很多人稱為「正義最黑暗的一天」。

藍色的光線閃過整個場景。警笛的尖鳴呼號響起。鏡頭對準地面上的瑪莎，她的雙手舉起。雙眼圓睜、嘴巴張開。她臉上有血。警察舉槍對著她，向她靠近。

傑若米：頭號嫌犯，之前在逃的瑪莎・蜜露，當場被捕。在附近也發現了可能是引爆器的裝置。

錄影畫面淡出，被傑若米・夏普的連線畫面取代。尖下巴、深色長外套、圍得整整齊齊的格子圍巾。螢幕底端的跑馬燈顯示：「市中心發生恐怖攻擊」。

傑若米：這個重要的正義象徵，今天稍早因有目的的血腥攻擊而遭震落。就在以撒・派爵一案最終投票結果公布之後的幾分鐘，一場爆炸撼動了倫敦市中心，威脅著要摧毀司法系統。

目前爆炸的起因還不清楚，但是許多目擊者表示是來自一顆炸彈。我們也在等待確認死亡的人數。不過，在大樓倒塌成為塵土、讓整個地區陷入一片混亂時，有許多人聚集在現場，因此受傷的人數恐怕達數千人之多。瑪莎．蜜露，自從一星期前在死刑列被無罪開釋之後，就成為全國的焦點以及追緝對象，當場遭到逮補。她有多少同謀也參與了這場爆炸，目前還不確定。監視器畫面顯示蜜露靠近大樓時，身上揹著一個背包，因此也引發猜測，這是否是出了錯的一起自殺炸彈攻擊。下面我們將會聽到首相在事件現場發表宣言。

致謝

感謝我的出版社一夥人：艾瑪・馬修森（Emma Matthewson）、蒂納・莫里斯（Tina Mories）、夏洛特・諾里斯（Charlotte Norris）塔雅・貝克（Talya Baker）、梅麗莎・海德（Melissa Hyder）、莫妮可・梅勒耶（Monique Meledje）、露絲・羅根（Ruth Logan）、艾蜜莉・伯恩斯（Emily Burns）、艾蜜麗・考克斯（Emily Cox）以及卡拉・哈金森（Carla Hutchinson）。

特別要對我的經紀公司致上無比的謝意：珍・威利斯（Jane Willis）以及UA.團隊的其他成員。還要謝謝潑皮熱心的閱讀！

也要感謝讀者及圖書館：波比・奎恩（Bobbie Quinn）、安蒙・葛里芬（Eammon

Griffin）、梅蘭妮・惠勒（Melanie Wheeler）、凱瑟琳・亞哥（Katherine Jago）、勞倫斯・敦恩（Lawrence Dunn）、羅賓・噶爾蘭（Robin Garland）、塔尼雅・羅伯茲（Tarnia Roberts）、喬・斯邁德利（Jo Smedley）。

也要感謝LTC的讀者：蓋爾・卡斯特雷丁（Gail Castledine）、米歇爾・庫柏（Michelle Cooper）、蘿拉・霹區（Laura Peach）、蘿拉・史考特奧溫西（Laura scott-Allworthy）、羅斯與菲力（Ros and Phil）、梅格斯與西恩（Mags and Sean）、史蒂夫與喬・史蒂夫（Steve and Jo. Steve）。非常榮幸《第七號牢房》是你們離開學校後讀的第一本書！

謝謝LAC一夥人，以及麥克和戴比（Mick and Debbie），我還記得我們跑過養牛場時的對話！

要謝謝凱特和理查・康威（Kate and Richard Conway）、崔西・威金森（Tracey Wilkinson）、克里斯・吉爾斯與讓克・豪爾（Chris Giles and Jac Hall），我們之間有這麼多的笑聲以及有關髒話的討論，不過很抱歉，c***w****e還有l**pd**k最後沒有入選！

還要感謝作者們：凱瑞斯・史坦頓（Keris Stainton）、萊恩・埃佛瑞（Rhian Ivory）、喬・納丁（Jo Nadin）、佐依・馬力歐特（Zoe Marriott）、席納・威金森（Sheena

Wilkinson）、寶拉・洛斯松能（Paula Rawsthorne）、凡尼莎・拉菲耶（Vanessa Lafaye）、瑞秋・盧卡斯（Rachael Lucas）、貝絲・米勒（Beth Miller）、艾瑪・柯提斯（Emma Curtis）、莎拉・陶德泰勒（Sarah Todd Taylor）、莉茲・凱斯勒（Liz Kessler）、伊芙・愛因斯沃斯（Eve Ainsworth）、莉茲・德耶格（Liz de Jager）、安東尼雅・哈尼威爾（Antonia Honeywell）、艾希・福克斯（Essie Fox）、露易莎・崔格（Louisa Treger）及瑞・艾爾（Rae Earl）。感謝克里斯・卡朗根（Chris Callaghan）總是逗我笑，尤其是那些自拍照！也謝謝 The Prime Writers 的支持與幫助——你們真是太棒了！

超級感謝我的寫作伙伴、科幻愛好者同伴，以及理性的磐石：瑞貝卡・馬斯庫爾和艾瑪・帕斯（Rebecca Mascull and Emma Pass），他們給了我健全的建議，耐心傾聽我抱怨，而且總是給我蛋糕。

謝謝馬丁與敏思讀書俱樂部（Martin and Mim’s Book Club），你們的建議促使我想得更深、寫得更好。

謝謝我的家庭給我的一切：若斯（Russ）、傑斯（Jess）、丹尼（Danny）、波文（Bowen），還有我爸理查・蓋吉（Richard Gage），安・蓋吉（Ann Gage）、科林・蓋吉

（Colin Gage）、梅根・賀登（Meghan Holden）與大衛・史密斯（David Smith）、珍妮特、傑克與保羅・巴隆（Janet, Jack, and Paul Baron）、海倫與派崔克・梅金森（Helen and Patrick Megginson）、派特・薛爾德（Pat Sheard）以及丹・希爾（Dan Hill）。（丹，你成功溜進了家族感謝名單裡！）

最後，我要謝謝你，親愛的讀者。若沒有你，就不會有書，沒有圖書館，沒有書店，這個世界會是多麼貧乏。

半熟青春 31

第7天——第7號牢房・2
Day 7

作者　凱瑞依・卓威里（Kerry Drewery）
譯者　蔡宜真
執行長　陳蕙慧
主編　張立雯
行銷企劃　闕志勳、廖祿存
電腦排版　極翔企業有限公司

社長　郭重興
發行人兼出版總監　曾大福
出版　木馬文化事業股份有限公司
發行　遠足文化事業股份有限公司
地址　231新北市新店區民權路108之4號8樓
電話　02-2218-1417　傳真　02-8667-1891
email: service@bookrep.com.tw
郵撥帳號　19588272　木馬文化事業股份有限公司
客服專線　0800221029
法律顧問　華洋國際專利商標事務所 蘇文生 律師
印刷　成陽印刷股份有限公司
初版　2018年8月
定價　新台幣350元

ISBN 978-986-359-576-2

國家圖書館出版品預行編目(CIP)資料

第7天：第7號牢房. 2 / 凱瑞依・卓威里
(Kerry Drewery)著；蔡宜真譯. -- 初版. -- 新北
市：木馬文化出版：遠足文化發行, 2018.08
面；　公分. --（半熟青春；31）
譯自：Day 7
ISBN 978-986-359-576-2（平裝）

873.57　　107011624